漆蓝书简

被遮蔽的
江南

黑陶
著

QILAN SHUJIAN

广西师范大学出版社
·桂林·

图书在版编目（CIP）数据

漆蓝书简：被遮蔽的江南 / 黑陶著. —桂林：广西师范大学出版社，2019.3

（极度文丛）

ISBN 978-7-5598-0751-9

Ⅰ.①漆… Ⅱ.①黑… Ⅲ.①散文集－中国－当代 Ⅳ.①I267

中国版本图书馆 CIP 数据核字（2018）第 054134 号

广西师范大学出版社出版发行

（广西桂林市五里店路 9 号　邮政编码：541004）

网址：http://www.bbtpress.com

出版人：张艺兵

全国新华书店经销

湛江南华印务有限公司印刷

（广东省湛江市霞山区绿塘路 61 号　邮政编码：524002）

开本：880 mm×1 230 mm　1/32

印张：12.375　　　字数：205 千字

2019 年 3 月第 1 版　　2019 年 3 月第 1 次印刷

印数：0 001~8 000 册　　定价：56.00 元

如发现印装质量问题，影响阅读，请与出版社发行部门联系调换。

大地对我们的教诲胜过所有的书本。

——［法］圣·埃克苏佩里（1900—1944）

目录

浙

一

石门湾：丰子恺家居生活中的旅行 /3

河姆渡镇：河姆渡 /13

新市：夜晚之黑与剧院之艳 /19

千岛湖镇、深渡镇：新安江上 /28

西屏：旧街 /34

灵溪："壮烈的蓝色荒凉" /40

斯宅：一千根柱子的房屋 /46

俞源：宿相客俞俊浩家 /56

石塘：大海 /67

柳城：畲族镇 /70

皤滩：南方食盐之路上的寂静废墟 /77

方岩：母子 /90

安昌：缓慢的，古老的 /94

龙游镇：夜 / 102

报福：竹国 / 107

泗安：公共语言十三则 / 113

鄣吴：草幽木清，有人昌硕 / 123

皖 一

陈村：桃花潭边 / 135

伏岭镇、马啸乡：徽杭古道 / 141

建平：一个复杂、涩热的夜，在等待黎明 / 150

查济：华美破败 / 155

梅山：关键词为恐惧、寂静 / 162

天堂寨镇：途与瀑 / 166

章渡：白亮与暮暗 / 171

齐云山镇：游齐云山记 / 177

黄田：船屋及其他 / 186

宏潭：山乡 / 192

唐模：古徽村 / 200

鄂赣

蕲州：三种颜色　/211

九资河：往九资河之途　/216

五祖镇：五祖寺之夜　/222

浙源：吴楚分源　/231

岭底：铜钹山三日　/237

鹅湖镇：鹅湖会　/253

苏

戴埠：轮船码头湮没史　/265

严家桥：江南　/274

宝华镇：莲房之寺　/288

鸿声：烈士与鸿儒　/294

深溪：苏皖交界地的星空　/300

大塍：捕鱼者说　/306

阳山：浸透汗血的文化巨石　/312

马地村：落叶骤雨　/317

大浮：旋转庙会　/321

宜城：M先生的少年经历　/328

祝塘：民间藏书家李中林　/ 335

圯亭：一位画家的一生　/ 342

万石：颜色博物馆　/ 346

南方泉：湖滨友人　/ 356

淹城：春秋故事　/ 363

丁蜀镇：陶都　/ 370

后记：双重感激　/ 383

浙

石门湾：丰子恺家居生活中的旅行

到达石门湾，是在冷清的初冬下午。市面奇异地冷清，宛如20世纪七八十年代风格的街上空荡荡的，少有行人和车辆。在"丁"字形街口，一个老人枯坐在他临时搭架起的炒货摊后。货摊上，并排而放的灰白大塑料口袋里，盛满着葵瓜子、西瓜子、南瓜子、散装饼干和油氽花生米等。看来已经长久没人光顾他的生意，老人似乎正打着瞌睡。

在灰旧褐红的街道上行进不久，莫名就感觉到丰子恺（1898—1975）的气息在进入我的感官。路面挖开、烂泥堆垒的镇街一侧，经过"桐乡县石门中学"时问路人："丰子恺的缘缘堂怎么走？""不远，很好找的！"指点清楚后，他热心地补充道。

从地图上可以更为清晰地看出，京杭运河从东北方向流至石门时，拐了一个大弯，折而向南，故此，地处江南腹地的石门，称石门湾，也是古之所谓"吴越分疆"之地。

故乡在石门湾的丰子恺，是中国现代文学史上我心仪的一位作家。江南名士，享受于世俗又超拔于世俗，"潇洒风神"与浓重的理想主义色彩，法名为婴行的居士……得魏晋之真气——我认为——丰子恺是明清士人"公安三袁"（明代袁宗道、袁宏道、袁中道三兄弟，湖北公安人，分别著有《白苏斋集》《袁中郎全集》《珂雪斋集》）、叶绍袁（江苏吴江人，明亡后隐遁为僧，著有《叶天寥四种》《秦斋怨》）、袁枚（清代浙江杭州人，著有《小仓山房文集》《随园诗话》《子不语》）等在20世纪的一个余绪，他整个的创作生涯，展示了文学朴素的初始意义：叙述自己的生活——物质的和精神的个人生活。

在寻往缘缘堂的路上，还经过街边的一个敬老院。门厅里两张靠两侧墙壁安放的长条凳上，闲坐着五六位老人。数十年的时光风霜，使此刻的这些子恺故乡人显得格外沉敛，他们都很和蔼，几位老太太看起来特别洁净。老汉都戴了冬帽，一个双手笼了袖的，看见生人仍很安静；另一位穿褐黄棉袄、戴军棉帽的则笑眯眯地问我"从哪里来"。我给他们拍照，他们并不躲避，微微笑着，看我的镜头。

"陈生记酱油店"，在拐向缘缘堂的一条僻街口。这是一间幽暗旧店。店堂里堆满了蒙尘的酒坛酱坛。门口光亮处的曲尺柜台旁，一个顾客正拎了空瓶来零拷酱油；店主帮他拷好后，他们并没有就此分手，而是相互不紧不慢地点了一支烟，闲闲地说起话来。我从店堂里穿过，店内空气中弥散的酱油和黄酒的陈旧味道，让我想到童年故乡的乡镇老街。酱油店的僻街上，还有：闭门的米店；一位推着自行车的孩子进了家门；一所黑瓦小屋的窗口，在飘出淡青炊烟；一只黑猫，在一张空空的竹椅旁踟蹰……

很快，就走上了一座很大的桥，这，就是丰子恺笔下常提到的"木场桥"。"……我家染坊店旁的木场桥。这原来是石桥。我生长在桥边，每块石头的形状和色彩我都熟悉的。但如今已变成平平的木桥，上有木栏，好像公路上的小桥。"（《胜利还乡记》，写于1947年）只是，现在桥又变成了崭新的水泥大桥，由子恺先生的女儿丰一吟题写了桥名。桥下，就是著名的后河，它是运河的支河。在桥堍河边，有一座素墙黛瓦、绿树秀美的院落十分醒目，不用问，它应该就是缘缘堂了。

缘缘堂之于丰子恺，有物质和精神的双重意义。这幢"费了六千金的建筑费"的住宅，全是丰子恺用开明书店所赠的一支红色派克自来水笔写出来的——如同郁达夫的"风雨茅庐"。"缘缘堂构造用中国式，取其坚固坦白。形式用近世风，取其单纯明快"，整幢建筑"高大，轩敞，明爽，具有深沉朴素之美"。所以，新堂落成之后，丰子恺视为至宝，"倘秦始皇要拿阿房宫来同我交换，石季伦愿把金谷园来和我对调，我决不同意"。

于"民国二十二年春日落成"的缘缘堂（即1933年，此时丰子恺已经出版了20多本书，有了一笔积蓄），"至二十六年残冬被毁",丰子恺全家"在缘缘堂的怀抱里的日子约有五年"。缘缘堂并不奢华,它的大体格局是:"正南向的三间,中央铺大方砖,正中悬挂马一浮先生写的堂额……西室是我的书斋……东室为食堂……堂前大天井中种着芭蕉、樱桃和蔷薇……后堂三间小室,窗子临着院落,院内有葡萄棚、秋千架……楼上设走廊,廊内六扇门,通入六个独立的房间,便是我们的寝室。秋千院落的后面,是平屋、阁楼、厨房和工人的房间——所谓缘缘堂者,如此而已矣。"

缘缘堂见证着世事沧桑。1937年11月6日,丰子恺家乡石门湾遭日寇飞机轰炸,全镇顿成死市。缘缘堂后门外不远处也落下炸弹数枚。丰子恺全家于当天"傍晚的细雨中匆匆辞别缘缘堂",避难到距石门湾三四里外的村子南沈浜——丰之妹妹家在此村。没想到11月21日他们就永别缘缘堂,浮家泛宅,逃离火线,"经杭州、桐庐、兰溪、衢州、常山、上饶、南昌、新喻、萍乡、湘潭、长沙、汉口,以至桂林",开始了8年离乱的逃难生活。在6日到21日之间,丰子恺曾回缘缘堂取过一次书,永诀缘缘堂的情形在他的笔下记叙得相当动人:"黑夜,像做贼一样,架梯子爬进墙去……室中一切如旧,环境同死一样静……检好书已是夜深,我们三人出门巡行石门湾全市,好似有意向它告别。全市黑暗,寂静,不见人影,但闻处处有狗作不平之鸣……忽然一家店楼上发出一阵肺病者的咳嗽声,全市为之反响,凄惨逼人。我悄然而悲,肃然而恐,返家就寝。破晓起身，步行返乡。出门时我回首一望，看见百多块窗玻璃在黎明中发出幽光。这是我与缘缘堂最后的一面。"（以上引文均见《辞缘缘堂》，写于1939年）

直到1945年抗战胜利后，丰子恺一家才于1946年返回江南，暂住上海朋友家中。歇息几日后，丰子恺便迫不及待地去石门湾故居看个究竟。现实宛如重现了《诗经》中的《黍离》或《东山》篇章。凭着荒草地上的一排墙脚石，丰子恺约略认定了书斋的地址，"一株野生树木，立在我的书桌的地方，比我的身体高到一倍。许多荆棘，生在书斋的窗的地方"；至于灶间，"但见一片荒地，草长过膝"。那一晚，"我们到一个同族人家去投宿。他们买了无量的酒来慰劳我，我痛饮数十盅，酣然入睡，梦也不做一个。次日就离开这销魂的地方，到杭州去觅我的新巢了"。（以上引文见《胜利还乡记》，写于1947年）

眼前的院落，果然就是缘缘堂的所在地。

堂门已关，人需从边侧的小卖部进去。两个年轻姑娘在卖门票兼物品。小卖部里有众多版本不一的丰子恺的作品集出售。

现在的缘缘堂，是在1985年，即丰子恺先生逝世10周年之际，由曾任新加坡佛教总会主席的广洽法师资助，经由地方政府共同努力重建完工的。除了在原地照原样重建了缘缘堂之外，还在它旁边盖了一个丰子恺纪念馆。

院内立有子恺先生的塑像，四周环绕十分整洁雅致的花圃、花坛。院落的围墙内侧,像木场桥的护栏板上一样,镶刻着一幅幅丰子恺的漫画,十分引人注目。缘缘堂的主体,其实只是一幢两层楼三开间的砖木结构房子。当年缘缘堂被炸后,丰子恺的一个亲戚从废墟堆里捡出一扇烧得焦黑的大门,居然把它保存了约半个世纪之久,在缘缘堂重建时仍然把它安装在原处。楼下正厅里还有缘缘堂原来的石础,现放在玻璃罩内供人参观。

缘缘堂期间,可以说是丰子恺一生中最为幸福、适意的时光。

虽然丰子恺天性具有超拔于俗世之上的悲悯与参悟(参见他写于20世纪20年代末的著名散文《大账簿》),但他同时又是世俗生活的善于享用者,他有着极其精致、闲适的生活态度与生活方式。

这方面或许是深受了他父亲的影响。丰子恺4岁时他父亲即考中举人,不幸同年丰之祖母病逝,其父就在家"丁艰",而"丁艰"后科举就废;在丰子恺9岁时,其时42岁的丰父患肺病而殁。丰子恺父亲惯常的晚酌很能见出他民间隐士般的生活一斑:

"大家吃过夜饭,父亲才从地板间里的鸦片榻上起身,走到厅上来晚酌。桌上照例是一壶酒,一盖碗热豆腐干,一盆麻酱油,和一只老猫。父亲一边看书,一边用豆腐干下酒,时时摘下一粒豆腐干来喂老猫。"(《辞缘缘堂》,写于1939年)另外,

"自七八月起直到冬天,父亲平日的晚酌规定吃一只蟹"(《忆儿时》,写于 1927 年)。

石门湾地处嘉兴和杭州之间,前往两地都十分方便。缘缘堂落成后一年,丰子恺又在杭州租下别寓,并且请了两名工人留守,以代替游杭时的旅馆。这仿佛是缘缘堂的支部,旁人则戏称它为丰子恺的"行宫"。从此,丰子恺春秋居杭,冬夏居缘缘堂,开始了他家居生活中一段典型的江南名士式旅行。

"从我乡石门湾到杭州,只要坐一小时轮船,乘一小时火车,就可到达。但我常常坐客船,走运河,在塘栖过夜,走它两三天。"

丰子恺所坐的客船是这样的:"客船最讲究,船内装备极好。分为船梢、船舱、船头三部分,都有板壁隔开。船梢是摇船人工作之所,烧饭也在这里。船舱是客人坐的,船头上安置什物。舱内设一榻、一小桌,两旁开玻璃窗,窗下都有坐板。那张小桌平时摆在船舱角里,三只短脚搁在坐板上,一只长脚落地。倘有四人共饮,三只短脚可接长来,四脚落地,放在船舱中央。此桌约有二尺见方,叉麻雀也可以。舱内隔壁上都嵌着书画镜框,竟像一间小小的客堂。"

吃过早饭,丰子恺从家中从容上船。凭窗闲眺两岸景色,自得其乐。中午,船家送来酒饭;傍晚到达塘栖,丰子恺就上岸吃酒去了。塘栖是水乡古镇,临河街道都建有廊棚,俗语叫"塘栖镇上落雨,淋勿着"。丰子恺喜好的塘栖酒店也颇有特色:

"且说塘栖的酒店,有一特色,即酒菜种类多而分量少。几十只小盆子罗列着,有荤有素,有干有湿,有甜有咸,随顾客选择。真正吃酒的人,才能赏识这种酒家。若是壮士、莽汉,像樊哙、鲁智深之流,不宜上这种酒家……必须是所谓酒徒,才可请进来。酒徒吃酒,不在菜多,但求味美。呷一口花雕,嚼一片嫩笋,其味无穷……我吃过一斤花雕,要酒家做碗素面,便醉饱了。算还了酒钞,便走出门,到淋勿着的塘栖街上去散步。塘栖枇杷是有名的,我买些白沙枇杷,回到船里,分些给船娘,然后自吃。"

继续开船。在船行中触目皆是诗趣:"使你想起古人的佳句:'人人尽说江南好,游人只合江南老。春水碧于天,画船听雨眠。''闲梦江南梅熟时,夜船吹笛雨潇潇。'"(以上引文见《塘栖》,写于1972年)总是在这样一种诗酒醺然中,丰子恺完成他自石门至杭州的客船旅行。

在丰子恺纪念馆内,我见到众多丰先生生前用过的实物。约略计有:

望远镜(十分小巧)。

很大的皮包(广洽法师所赠)。

白衬衫。

呢衣(领口已磨损不洁)。

板刷。

在浙江省立第一师范的毕业证书（22岁毕业，有经亨颐校长的硕大方章）。

鹅毛扇。

司的克（拐杖）。

罐头式的铁质茶叶筒（略已生锈）。

…………

纪念馆内，还有两样物件印象很深。

一件是丰子恺老师弘一的一张布质坐垫，后被广洽法师改为拎袋随身携带。纪念馆落成时，由丰一吟赠送于此。

还有一件是丰先生的一张独特照片：晚年长髯的丰子恺正戴着眼镜，在凝神看书；一只温驯、安详的小猫，歇在他的头顶，似乎也沉浸在主人所读之书的氛围之中……照片的基调为纯黑，只有书、脸、胡须和头顶小猫是（灰）白色的。强烈低调的照片，却奇异地拥有着一种出世的安宁。

从缘缘堂小卖部出来，在故居周围闲走。时值初冬，后河岸边的泡桐树差不多落光了叶子，系于两棵树身之间的一根绳子上，晾挂了稀疏的几件花绿衣服；一丛丛的冬青则幽绿得近乎发黑。河对岸两层楼的民居被夕阳披上一层薄金色。一只有蓝布雨篷的水泥船歇在河边的砖砌垃圾箱旁。

趴在木场桥的扶栏上，朝下俯瞰。后河浑浊的绿水流淌很急，泛滥成灾、根部发黑的水葫芦，在河道随着急水疾速而过，没有间断。有妇女正在河边汰衣。

"在这种河里汰衣,近似于我们在此时代还在写诗。"一旁的庞培触景感慨。

后来,在木场桥边的河埠上,我遇到一位来此洗塑料盖子的老人。聊起来,才意外惊喜地发觉,老人竟然是丰家的亲戚!老人姓钟,今年77岁,家就住在缘缘堂附近。"20岁不到时我到杭州游玩,住在丰子恺家两天,"老人竖起两根指头,"他家吹拉弹唱,热闹得很!"据老人讲,他亲见了缘缘堂的被毁……

离开石门湾前,我特地去看了在此转了一个大弯的那条中国历史上的著名运河。运河距缘缘堂非常之近。水面十分开阔,同样浮满发黑水葫芦的河边,泊满了数不清的大船。河道中央,舟船熙来攘往,江南千年繁盛的经济依然不衰。运河岸畔,歇停了众多卖熟食的玻璃推车,内里,有金黄的整鸡、赤酱的大肠,以及堆成尖顶的各式各样的臭豆腐——所有这些,都在提醒:时辰又已到了该吃晚饭的黄昏。

石门湾的薄暮里,我的脑中一直回旋着丰子恺喜欢的两句话。一句是他自己的:"小桌呼朋三面坐,留将一面与梅花";一句是古人的:"不为无益之事,何以遣有涯之生"(丰子恺注解:益就是利)。细品二句深义,真正属于丰子恺的某些风神,或可于此中一睹。

(石门湾,浙江省桐乡市所辖)

河姆渡镇：河姆渡

> 南方中国的夜，
> 从一只黑色的夹炭陶釜的内部弥漫出来……
> 火星明灭，
> 是渔猎归来后细碎的越语，
> 是七千年的稻谷，
> 在我凝神寂视的目光里闪烁熟香。
>
> ——旧作《河姆渡》

从绍兴到周巷。在强烈阳光和蒸腾市尘交织的周巷公路口，再转上到余姚的中巴。"请问余姚到河姆渡怎么走？"拥乱车上忙着卖票的妇女似乎没有听见我的询问。"先要到东站。"坐在我前面的一个衣着休闲又沾带旅行尘色的年轻人，转头主动对我说，而且很快就补充了一句："你跟我走吧。"周巷到余姚，一路人上人下，但仍然很快就到了。我跟随年轻人，在下车处上了一辆等在旁边的很旧的出租车。在车上，年轻人给了我一张名片：余姚市丈亭镇海波电器弹簧厂，陈海波厂长；地址：丈亭镇龙南村湖田湾；电话：（0574）62983365；手机：013958357088。除此以外，还有税号、邮编、传真、开户行、账号等信息。名片反面印的是"经营范围"：本厂专业生产各种遥控电池弹簧、五金冲件、塑料产品等。这是一个典型的江浙一带尚处于打拼阶段的年轻老板。我们交谈起来。他告诉我他帮奥克斯空调做配件，今天是出来"催款"（他空手，没带任何行李）；丈亭与河姆渡同方向，但不到河姆渡；汽车东站有到河姆渡的车……下车，我想付费，但他抢先将一张纸币塞给了司机。

余姚汽车东站。与海波道别，他坐往丈亭的车，我上到罗江的车（罗江车经过河姆渡。1973年6月，当时的罗江公社副主任罗春华，首次发现了河姆渡遗址并报告文物部门）。车票5元。中巴车很快就驶离主线公路，在浙东变换着麦田和集市的乡村窄道上穿行。

"河姆渡"。这是在学校历史教科书中见惯了的一个名词，一个似乎丝毫不染人间烟火气的历史名词。但是，在今天，在眼前，这个名词却第一次让我强烈地感觉到了它的入世性。沿途，我不断看见如下的招牌：河姆渡派出所，河姆渡中心幼儿园，河姆渡××金属制品厂，河姆渡小学，河姆渡××有限公司，河姆渡茭白示范基地……

遗址在僻静的河姆渡镇外。到达。下车的只有我一个人。

浓重的、枝柯交错的大树绿荫。空旷。鸟，在白亮阳光和如墨绿叶的阴影间扑腾斗打。我呼吸到自然（真正的自然！）散出的强劲、清新的气息。遗址博物馆。绿地。遗址。一个巨大的区域。很快，我在路边发现一块浑圆的大石头，上有字迹：河姆渡史前文化发现处。石上的小字说明是："一九七三年六月间，在此碑石对岸，当时的罗江公社在建设排涝站深挖墙基时，最初发现了河姆渡史前文化遗址。"在遗址的巨大区域内（室内或室外）我漫行。数千年前中国东南土著人类的遗迹不断撞击着我的视线和思想：干栏式住屋的硕大残件；有着明显砍削痕迹的黑朽木头；有锋刃的、用来砍树的石斧；剖裂木材的石楔（顶端留有明显的捶击之痕）；木头上光洁的榫卯（与当代工艺比较毫不逊色）；稻穗纹或猪纹的陶盆、陶钵；残存的五叶纹陶块（中国最古老的类似万年青的盆景）；制作精美的连体双鸟纹骨匕；圆雕木鱼；烧过的陶鱼、陶猪、陶羊、陶狗、陶人头像；骨笄；石璜；黑陶敛口釜、敞口釜、筒形釜；各种骨哨（用于诱捕野兽的"拟声工具"，乐器的实用之源）；圆锥形的骨箭头；纺轮、骨梭、骨针；磨制骨针的砺石；手搓的绳子；苇席的残片；少年完整的骨骸；最古老的水井；木杵；骨镰；缠藤的骨耜……在河姆渡，我印象最深的两种东西如下（分属物质和精神）。

物质：7000年前的栽培稻谷。7000年前由河姆渡人栽种的稻谷！刚出土时外形完好，颜色依然鲜黄！但瞬息即变为黑褐色。在照片上，我看到了依然鲜黄和炭化变黑的出土稻谷。在河姆渡遗址第四文化层的上部，出土有大批稻谷、谷壳、稻秆、稻叶。据介绍，它们相互掺杂，平均厚度在40～50厘米，也有厚达100厘米以上的。有的已经烧焦，有的保存完好，有的稻叶的脉络和根须很清楚，甚至连颖壳上的纵脉和纤细的稃毛仍清晰可辨。有人从稻谷堆积的厚度及面积推算，稻谷总量当在100吨左右。河姆渡遗址中稻谷堆积之厚，数量之多，保存之完好，堪称中国最丰富的史前稻谷遗存。在某片黑色陶釜（河姆渡人的"饭锅"）的内底残片上，我还目睹到一层已经烧焦的黑糊状东西，无须仔细辨认，肉眼就可以看出这是"锅巴"，7000年前大米饭的焦结物。

精神："双鸟朝阳"碟形器。7000年前，烈日的树荫底下，或是雨天的干栏式木房子内，某个有突出颧部、低平鼻根的河姆渡人，在刻制着这件精美的艺术品。这是一件磨得很光滑的象牙雕件。上半部残缺，底端也稍残。正面雕刻一组花纹：中间为一组由五个大小不等的同心圆构成的太阳纹，外围周边刻着炽烈升腾的火焰纹，象征太阳的光芒。两侧对称，分别刻出一只钩喙大鸟，引吭啼鸣，似在振翅欲翔。器的边缘衬托以羽状纹，鸟眼和太阳纹中心均以圆锥浅钻而成。整件象牙雕刻工精细、线条流畅。据说，图案的寓意是：照耀万物的太阳之所以每天能够按时升起，就是因为这两只巨大神鸟的飞翔托举！——我感到震动！因为，不管图案的寓意是否为此（寓意肯定是有的），从这片长16.6厘米、残宽5.9厘米、厚1.2厘米的古老象牙上，我看到了史前的河姆渡人在追求饱食暖身的同时，他们玄思深广的精神世界！

河姆渡遗址就在姚江北岸临水处。三块庞大岩石构成"品"字形的遗址标志物，架立于水滨。"品"字形上端的那块岩石，仿制"双鸟朝阳"碟形器，栩栩如生。源出于四明山、东西流向的百里姚江，在我的身边澄静如练；姚江南面的四明山脉，连绵起伏，青黛不绝；广阔富饶的宁绍平原田畴如画，青麦郁郁。蓝空、江水、山脉、白云、平原、村舍，一切都是娴静的、和谐的、生机勃郁的，身临其间，我又一次深切领受了中国自然乡村所赐予的几千年一贯的灵秀、美丽和深情！

河姆渡如名，真是一处古老的渡口。我从遗址所在的北岸，渡往姚江南岸，渡费两元。很新的铁皮小船，摇橹。江水清澈，深不见底。摇橹人告诉我，此处江深20米，中有巨鱼。渡到南岸，没走几步，在田野间遭遇到一座古老美丽的石桥。穿过凌越头顶的杭甬高速公路，迎面是一个掩映在绿色里的小村庄，窄街无人，寂静，旧色的门户皆闭。在一所新式房子门口看到一块牌子，我才知道，这里是河姆渡的核心：河姆渡镇河姆渡村。房子（敬老院）里面，几个老人在静坐摸牌。穿出河姆渡村，是柏油路面的老式公路。在路边一块简易的"河姆渡名茶"何处有购的指示招牌旁，我站下。我准备等待从这里经过的、前往宁波的班车——此处距离宁波，已只有19公里。

（河姆渡镇，浙江省余姚市所辖）

新市：夜晚之黑与剧院之艳

住宿的旅店就在镇河之畔。这条狭窄但是望不见头尾的镇河，在拥垒的密密麻麻的古青民居间挤行，让人为它感到费力。吃好晚饭，从住店出来，新市的天已经黑了。一排暗红的灯笼，在微弱夜风里，摇曳于停车场的边侧。没走几步，就看见了这个地名：

西河口

蓝底白字的地名铁牌旁边，是一座石桥。桥面由两块厚长的石板构成，石板与石板间的缝隙很宽，站在桥上，能见底下灰白的河水在缓缓流淌。镇河两岸是漫长旧街，一边为露天走道；我们所走的这边，则是由倾斜木柱支撑住的沿河廊棚；头顶，尽是人家歪歪扭扭的祖传木阁。廊棚黑暗，地亦不平。人行其间，像正在走向梦的深渊，一个没有尽头的、沾带着鱼腥及疲惫市尘的梦的深渊。

镇影剧院看上去是新建的，要踏很多级台阶才能抵达它的大门，因此，簇新的影剧院看上去高大巍峨。剧院门厅内，是一排靠墙的电子游戏机，众多少年或青年男女正聚精会神地沉浸在他们眼前的虚拟世界。台阶下边一面小小的水泥广场上，歇满了等待载客的人力三轮车。一张巨幅（！）的广告喷绘画矗立其上，暴力地攫取着所有人的目光。广告喷绘画的焦点是人像：一位妖娆的、穿着暴露的"丰乳肥臀"美女，一位肥胖、酷似臧天朔的光头男优。广告当然还有文字：

模拟超级震撼秀……红遍香江的著名艺人××……倾情献演……晚上7：55开始演出……××××歌舞团。

乡镇中心冷落的灯火似乎有晕染过来的欲望，但实际至此，夜黑的镇河仍是无力的朦胧与灰白。河水，以及两旁的旧街、廊棚，在夜晚空空荡荡。某处人家一方亮灯的木格窗户映在水中，河道里就有了一团边角模糊的橘红色方块在微漾。木柱的黑影，檐角的黑影，悬挂竹篮的黑影，供白昼晾衣裳的绳子的黑影，马头山墙的黑影，老屋其他局部构件的黑影，也纵横投布河中——纵横的黑影，分割了平静的夜河，像极了荷兰人蒙德里安的抽象几何绘画（艺术确乎是源于生活）。河对岸，一个蹒跚老人沿着河埠石阶走到水边，他在汰拖把。浸透水后的拖把被拎起来，"哗哗"的落水声在夜晚回旋，异常醒耳。映于河内的亮灯窗户的橘红色方块，以及纵横复杂的种种黑影，随着拖把的惊扰，全部改变了初始的模样，晃动、扭曲、变形、颤动……我站着不动，在我长时间的注视下，终于，河道内的一切，又全部回归了平静的从前。

炫目的舞台灯光照耀下，是炫目的金色和炫目的肉色。乳罩下沿的美丽流苏在舞动，长长的金色的流苏。闪烁金色的六名舞蹈女郎，她们乳罩下沿的金色流苏在不时腾起细小灰尘的舞台上按部就班地呈现韵律。领舞的瘦削男青年头发染成金白，穿银色长制服，一脸严肃。在金色乳罩和金色流苏的簇拥下，银色的、专注的、严肃的男青年率领着漠然的她们在跳着飞天风格的舞蹈。

中南街

顺西河口而行的镇河，与又一条出现的河道呈"丁"字形的衔接处，便到了"中南街"。钉在木板屋檐下的地名牌，在夜色里幽暗模糊。西河口与中南街，同样是一个九十度的转角。逢到这样的地形，总会出现江南乡镇常见的双桥景观：转角处，西河口河上有一座石桥，中南街河上也有一座。一杆路灯孤零零地立在那里，散出灯泡的昏黄；路灯下的河水，像淘米水那样泛着雾白。仔细观察，你会发现尚有细鱼在这雾白的河面上浮游。一对母女从转角处出现，她们应该是从中南街河上的石桥下来,母亲推自行车,女儿跟在旁边。在黑夜里看不清她们的面容,她们沉默地行走。过中南街河桥,下桥左拐又是长长的旧街,第二天黎明我曾深入过那条旧街。我见到过一个倚着木门让她奶奶或外婆梳头的可爱的小女孩;一面爬满鲜红藤蔓的颓圮古墙;老宅庭院内一丛生机盎然的百年天竹;在一间坐落于石桥堍的夫妻馄饨店里(灶上散出的白色热气弥漫了半条窄街),我还吃了一碗久违了的、带有童年味道的滚热馄饨⋯⋯但现在我和同行者并没有过桥,而是在更浓的夜里沿中南街走去。

　　黑漆色但是闪亮的风衣,脚步呈外八字,闪亮的皮带金属扣,个头不高但很壮实,头戴黑色棒球帽——应该是光头,因为帽檐一圈以下全是闪亮的头皮。很酷的男歌手上场。"是谁带来,远古的呼唤——"变调的《青藏高原》的歌声高亢火爆。慢慢地,他做起了头手倒立,戴棒球帽的头、两只手(其中一只手握住话筒),三点支撑起笔直的躯体:

　　"给点掌声!好吗——"近乎呐喊,极富鼓动性的声音,通过话筒,发自他那个紧挨舞台地面的头颅。

　　热烈的掌声沸起!倒立着,黑漆的男歌手继续歌唱。最后,他一个鲤鱼打挺腾起,向台下的观众弯腰谢幕。

中南街上的房舍一片寂黑，似乎已经久无人居。有的临河木窗空洞敞开着，玻璃残破，里面是散发霉味的漆黑一团，望进去，让人充满神秘恐怖的遐想。中南街河桥的石缝里，有一棵虬曲的老桑树，正奋力地从桥的一侧，将枝杈升上桥面。站在桥上，会看见前方不远处一个硕大的河闸。水泥浇铸的河闸，现在被高高提起，在黑蓝夜空的衬托下，它狰狞、绝望、冷漠，宛如耶稣受难时的溅血十字架。

舞台的布景是一块巨大布匹。

布匹上描绘的是杭州西湖风光：碧波荡漾的大幅湖水，绿色垂柳，粉红桃树（花），如黛远山，隐约白塔，等等。画工相当业余，由于年月已久反复使用，布景上有明显的霉斑和污痕，在耀亮灯光下显得刺眼。

两只喷出数束彩色强光的射灯，在影剧院的空旷内部不停旋动，因此，头顶的天花板上宛若爬满了抽象之龙蛇，始终溢满让人眩晕的旋转之彩。

洒满泡桐浓深枝影的高墙斑斑驳驳。

一只肥大的白猫，从一间漏出灯光的旅社旁的黑暗巷子里疾速窜出，悄无声息。

这副石库门的石门框应该有百年历史了吧，手摸上去，有夜和年代的最深的凉意。

弧形的深巷。"此处禁止小便",墙上的白石灰水字已经变暗。枯萎的悬藤长长短短。

一座水塔,它粗巨的黑影先是投布巷壁,然后折落地面,像一管沉默的大炮。

尖锐的屋脊,顶着一颗微星。

一个门户很深的人家,我走进去。随后进门的一个推自行车的男子,用狐疑的目光在夜色里回头打量我。

——"药王路"所见。

"我叫阿金,体重220斤。"影剧院门口广告画上的"阿金"——裸露肥胖肚子的胖子"阿金"上场。他浑身的肥肉有无数的皱褶。站在台上,额头冒汗,他只是憨憨地傻笑。外形确有几分像臧天朔的阿金唱了两首歌后便下场了,他没有引起观众很大的回应。

彩色的旋灯停止,聚光灯照耀重新出现在舞台中央的女主持人:露肩、露背,穿湖绿纱裙。她猩红妖冶的嘴唇凑近话筒:

"你们还想看什么?"

"什么?刺激一点的?!"

"好——"

"保证你们今晚回去睡不着觉!"

…………

河边烟酒店隔壁一家小书店还未关门。走进去看,大多数是落满灰尘的教辅书,店里还兼卖铅笔、墨水等文具。在近门的一排打折书架上,我看见萧红的《马伯乐》和沈从文的一本散文精选,很旧。出书店,狭窄镇河的对岸是一爿美容店:绝黛美容。灯很亮,但里面没有人,只有靠玻璃门旁安放的一张美容床空空地等在那儿。走上大街,新市的大街在夜晚少有人气。温州的品牌服饰"美特斯·邦威"连锁店也没有打烊,店门外,就是它的一个气势颇盛的跨街广告:美特斯·邦威的形象代言人郭富城的巨幅画像。

观众席上有四五位打扮时髦的当地姑娘在不停地抽烟、啸叫。

其中一位离子烫(?)的黄褐长发在故意甩来甩去,弄得她们后排的两位拘谨的小伙子十分尴尬。她们中的某两位或某三位一会儿起身挤出去,一会儿又买了吃食挤进座位。

"她太性感了!"她们站起来大叫,对着台上的一位歌手。

"你们还要她做什么?"主持人在问台下观众。

"脱——"还是她们,在啸叫……

黄昏刚进入新市镇中心时,曾听到热烈的鞭炮声,那是一家名叫"张一品"的羊肉店在举行什么仪式——新市的羊肉很有名,在我们的住店里所吃的羊肉同样也非常可口。那位油头滑脑的餐厅经理向我介绍时十分自豪:许多上海人特地开了车到我们这儿吃羊肉呢!

现在又转到了"张一品"羊肉店门前。从这里可以目睹整个镇中心的广场。广场是一个巨大的杂乱工地:高矗的泥堆,乱砖,众多太湖石堆垒起来的假山,已经完成的"山"顶凉亭,尚未用完的已搅拌的水泥,新栽的几棵树,乱拉的沾满泥浆的电线……这里是要建一个街景花园式的广场,已经现出了雏形。

两辆有彩篷的人力三轮车耐心地等在广场边侧的黑暗里。他们尚未结束一天的生意。

"她太性感了!"底下的观众在啸叫。

女歌手:白漆的脸,深紫的唇,黑色厚底高跟鞋。透过透明薄纱的飘飘一层,肉体上的乳罩与三角裤清晰可睹。《千千阙歌》。她唱歌、扭动,话筒里传出不时的"吻"声。

"你们还要她做什么?"主持人在问观众。

"脱——"底下的观众在啸叫。

背对着台下,薄纱脱掉了。继续唱歌、扭动。

她转过身来。她在解她的乳罩。

终于,乳罩解掉了。在全场的哄然声中,所有的人都发现——

　　她是男的！

（新市，浙江省德清县所辖）

千岛湖镇、深渡镇：新安江上

从临湖的旅店推门走出来，便感觉一阵巨大、湿润的寒意。"巨浸"，这一描述大湖的古词，此刻，我领略了其中内蕴的砭骨寒气。天色仍然是黑的。深冬黎明的天幕上，只点缀有几粒晶亮的星光。待眼睛熟悉了这黎明的黑暗后，才重又看清身旁昨日已经看惯了的千岛湖的黑蓝轮廓。投宿的旅店距镇上的客运码头很近，到那儿搭船只需步行即可。蜂腰形的整座半岛还在趴卧着沉睡。空旷街道上空的树枝间，暗红的路灯寥落。步行者能够清晰地听闻自己的呼吸和脚步声。

客运码头是一幢四方形的水泥建筑。敞开的门外，是小块水泥场地，有早起的小贩用竹竿支起电灯泡，在卖面包、饮料、水果和冒着热气的褐黑茶叶蛋。码头室内人影稀疏。睡眼惺忪的中年女检票员，在乘客的叫喊下慢吞吞地从里间出来，一一检好搭船者的票。水边是向下的水泥坡道。没有照明。跟着前面两三个黑乎乎的背影，遐玉师和我也深一脚浅一脚地持续向下行走。港湾的水边密密挤着二三十条铁轮船，没有一条船有可以看清的标识。"这船是到深渡去的吗？"终于，在得到肯定的回答之后，我们上了要搭的船。

船舱内同样黑灯瞎火。过了好久，才有如豆的昏黄之灯燃起。船分上舱和下舱，我们昨天买的是上舱票。从浙江淳安的千岛湖镇（原为排岭镇，旅游兴起后才改此名）到安徽歙县的深渡镇，这是千岛湖镇仅存的一条新安江水上客运路线。被告知要费四个半小时的这趟行程，票价分两种：上舱22元，下舱18元。

船家在解缆绳。此前，昏暗的上舱内，一位年轻女子在向一对年老的夫妇叮嘱着什么——他们的腿旁，是一个啃着油饼的孩子在蹒跚着转圈，随后，她匆匆道别下船。震耳的机器自船尾处轰鸣起来，沉重的铁船动了。

清晨六时，前往古徽州深渡的客轮，准时启程。

我和遐玉师坐在上舱靠板壁的最后一排。同一排坐着的，是开船前最后一刻抽着烟匆匆进舱的两个壮实的中年男人。上舱乘客中，除了那对一望便知是来自农村的老夫妇和蹒跚学步的孩子外，另有一个腼腆内向的小伙子，一个一直看窗外、孤寂瘦小的老太太；还有，就是一对中年男女。女的穿红色羽绒大衣，偶尔侧过来的脸细腻而白，男的魁梧高大。他们似乎总在座位上头碰头地喁喁私语，两个人没有带一件行李。

微红的晨曦在船后的东边初透。铁轮在平静深阔的湖面犁出愤怒水浪。散落远近湖上的无数岛屿，已经完全显现出它们美丽的姿影：近的深沉，中的柔和，而远处的岛峰，则如薄纸，如虚云，如画家洗完笔后再随意加上画纸的一抹淡青。船舱外的湖水，已由黎明时的深黑，渐渐转变，接近为它的本来面目：动人的青玉色。

舱内的灯熄了。仍显昏暗的舱中，一位挎着帆布票袋的小个子男子来验票、补票（有的买的是下舱票，坐到上舱来了）。随他而来的是一位胖胖的妇女，问谁要吃面，船上供应面条早饭。很快，我们就吃到3元一碗的热烫面条——是加了豆腐干丝、微辣的红汤阔面，很鲜美。

轮船持续地由东向西行驶。

一盘小小的太阳，从船尾远处的山峰背后渐渐露出脸来。

青玉色的湖水内部，起先是一支鲜红的火把，在震颤着燃烧。

紧接着，鲜红火把幻变成一条巨大、扭动的金色之龙，鳞甲闪动，耀灼人眼。这条赤金的巨龙，总是奋力尾随着我们的轮船，一路欢叫着，在狂噬由轮船源源不断制造出的雪白波浪……

又是一个阳光灿烂的晴寒白昼。轮船已驶离千岛湖，进入狭窄的真正的新安江上。

新安江亦称徽港或歙港。作为钱塘江的上游，新安江源出安徽省休宁县的六股尖，东流到浙江省建德县的梅城汇纳兰江，全长373公里。目前通客轮的,也就是千岛湖镇到深渡这一段。因为千岛湖往下,在建德境内已于1959年筑起了新安江水库大坝;而深渡往上,则江水已浅。

历史上的新安江,是万山丛中的徽州联系浙西的极其重要的纽带。中国古代文学史中众多重量级的诗人作家,都走过新安江。古时这条山间大江,滩多水急,非常凶险。清朝江苏常州诗人黄仲则(1749—1783)如我一样,也曾溯流而上前往徽州,他是这样记述当时的所见和感受的:"一滩复一滩,一滩高十丈,三百六十滩,新安在天上。"(《新安滩》)——据此,有人将徽州称为"天上徽州"。现在因为有了大坝蓄水,视觉里的江水已然平静如镜,昔日那种滩滩相连、层层递高的江险之状,已不复存在。

然而新安江水之清,奇迹般地几乎还是古今同一。南朝浙江德清诗人沈约(441—513)在1500年前看见的新安江是:"洞澈随深浅,皎镜无冬春。千仞写乔树,百丈见游鳞。"(《新安江水至清浅深见底贻京邑游好》)唐朝四川江油诗人李白(701—762)在1300年前看见的新安江是:"清溪清我心,水色异诸水。借问新安江,见底何如此?人行明镜中,鸟度屏风里。向晚猩猩啼,空悲远游子。"(《清溪行》)而今天,我的手边,地图册上是这样介绍的:江水的"含沙量每立方米仅0.007克,透明度在7米以上,不经任何处理即达国家一级饮用水标准";我的眼里,江水是确确实实的"绿如蓝"——古人描写皆有自然之范本，信然。

"人行明镜中，鸟度屏风里。"江风冻手。在两岸青山屏风的夹峙中，行驶着我们的轮船。

客轮如城市中的公共汽车，一路上要停很多码头，不断地上客、下客。

上舱共有38个座位，座位是漆成蓝色的火车椅。舱前还放置着黄色的救生衣。舱壁上写有提醒的句子："湖水清清，手下留情。"因为上厕所，我也去了下舱，下舱座位密集，载客更多。因为上舱视线好，并且可以到舱外甲板上走动，所以比下舱的票价高出4元。

淳安境内的威坪镇，看起来是新安江上的大码头。前几个码头停船后，最多只有三两个人上下，而到了威坪，远远就见码头的滩地上站着许多蚂蚁似的人。船刚一靠近，抱小孩的、拎包的、肩挑手提物品的搭船者，就顺着跳板络绎不绝地上船。船上顿时热闹不少。在船首甲板上，我发现临时堆放的乘客行李更多了：有红漆木圆台，有轮胎上沾满山泥的好几辆自行车，有整担的山货，有不知装了什么东西的纸箱和蛇皮袋，有竖起的散发硬木和棕绳气息的棕棚床……上舱的乘客同样增加很多。闲聊中也大致了解了彼此的信息。身旁的两位中年男人是淳安人，长年在新安江上搞运输。此番去深渡，是想看看安徽那儿的铁船价格，因为浙江方面就要禁用水泥船运输了，而安徽铁船的价格总是要比浙江的低一些。我们后来还互留了地址，他们一位叫章桂松，一位叫方樟生（名字都跟山中植物有关），都是"浙江省淳安县郭村"人。同在千岛湖镇上船的老年夫妇是安徽绩溪人，他们的女儿嫁在了淳安，这次是特意过来，将外孙带回老家准备过年。腼腆内向的小伙子和一直望着船窗外的那位孤寂老太太，不知什么时候已经下船。只有那对头碰头喁喁私语的中年男女，还是始终如一，跟周围人保持着矜持的距离。

威坪过了以后是鸠坑。鸠坑是浙江境内的最后一个码头。随后，轮船就驶入安徽。至此，我们已将近完成了整个行程的四分之三。

街口。新溪口。三港。小川。正口。我们的船一一驶过这些徽州渡口。"天然国画长廊"，这是街口码头上骄傲的大字标语。虽是深冬，但两岸仍旧覆满绿意的山上，散落着茶厂、小学和零星的白墙人家。不宽的江面上，常有蚱蜢小舟载人作渡。上得岸后，有线似的阶道曲折通向大山深处，那茶垄间背负竹筐的人形，便如极细的墨点，渐行渐逝。

清澈缓流的新安江水，倒映着临近中午的天光和散絮白云。这是中国南方群山腹地间一条依然清新刚健的蓝色血管。顺着它，我们正一点点儿地，接近古徽州的心脏……

（千岛湖镇，浙江省淳安县所辖；深渡镇，安徽省歙县所辖）

西屏：旧街

【画像店】深褐的木排门店门。店内幽暗。几只镜框内的炭笔人像——遥远年代曾经活生生的人——在幽暗中凝聚固定着忧郁的表情。里面看不见人。一个长方形的木牌子，挂在店外半空中，上书一个巨大无比的"像"字，墨笔写就，用红色勾边。正反面都写。"像"字边角，还有小字，一面是"画像多年，得心应手""画料质优，永不褪色"，另一面写着"老画老包，价格最低""对面写真，小照放大"。巨"像"牌子旁，还贴有或挂有小广告，它们是"画像、百子图、联对"，寓示在画像之余，这里的店主还会画百子图，还会写各种各样的联或对。

【杂货店】一只有"恭喜发财"字样的大红灯笼，孤零零挂在店前。脸盆。烧水"吊子"。红或绿的塑料热水瓶壳。刀砧板。铁链条。竹制自行车孩子座椅。铁皮蜂窝煤球炉。红色或浅蓝色尼龙绳。黑塑料桶。畚箕。有红塑料柄的小铲。似乎刚淬过火的锄头。毛线团。衣架。插在桶里的玩具孙悟空金箍棒包。仿金属的银色奥特曼。包装袋。布拖把。扫帚。洋铲。大套小的铁锅……随意置放、越过店面台阶的杂货，真正是"杂"乱无章。

【做秤店】一张很大又平整的自制工作台摆在店门口。束着青布围裙的中年男人在当众做秤。他的脸面和神情，有一种从事精细手工业制作的特别的洁净（被长久熏染而成的洁净）。工作台上杂乱：细卷木屑，圆形和六角形的铁墩子，打火机，红皮木工笔，布条，剪刀，老虎钳，小铁锤，钢尺，细尖凿子，大小的铁质秤钩……男人身后的店内，挂满了各色的新秤。墙根，还有一捆捆泛白的秤杆木坯。束青布围裙的中年男人，在聚精会神地敲动他手中的小铁锤。

【被絮店】两辆破自行车停在门口。棉胎充塞了店内的局促空间，并且从店内一直堆溢到了窄窄街上。套在透明塑料袋里的棉胎，看得见上面绗的纵横红线。一位穿着臃肿的妇女，正从棉胎堆的缝隙里费力地挤出来。

【酥饼店】店老板热情介绍，这是正宗的金华酥饼，好吃！确实好吃，香，甜！一种残存于当代的，属于农业文明和童年记忆的香和甜！烘烤酥饼的是一座结构精巧的庞大木头圆炉。圆炉内壁，整齐地排满了待熟的面饼；而刚刚出炉的酥饼则金黄诱人，特别是上面星散的芝麻，绝对勾人食欲！

【打金店】招牌是白底红字：大运打金店。字体是努力的隶书。长方形的木牌，竖挂在店外。为了更广泛地吸引注意，店外白石灰墙上，同样写着字迹更为稚拙的五个字：大运打金店。

一个胸部高耸、头发染黄的年轻女人从里面出来，她是来打金戒指、金耳环还是银手镯？

【草药店】是"冯氏祖传"。整个屋内，堆满了枯干的植物的根、茎、叶、花、果：白果、白芷、百合、薄荷、代代花、淡豆豉、淡竹叶、当归、刀豆、丁香、榧子、佛手、茯苓、甘草、高良姜、葛根、枸杞子、何首乌、荷叶、红花、胡椒、花椒、黄芥子、黄芪、核桃仁、姜（生姜、干姜）、金银花、橘红、菊花、决明子、莲子、绿豆、马齿苋、蒲公英、芡实、青果、桑葚、桑叶、石斛、酸枣仁、鲜白茅根、鲜芦根、香薷、香橼、小茴香、罂粟壳、鱼腥草、栀子、紫苏。衰亡的植物的各个部位都在散发气味。它们经水煎熬之后，以特殊的苦的品质，成为东方的药。

【钟表店】"老蔡钟表店"。还有过街拉的四个字招牌：修理钟表（四个白铁皮方块）。为了遮阳，店门上方悬了一块皱皱巴巴的白布，像儿时露天电影的幕布，只是比幕布要小。下半截是木头，上半截是玻璃罩的钟表修理台似乎落了一层旧灰。看不见店主。修理台上端墙上的方形石英钟，显示的时间为：下午2点35分。

【棕板店】这些是与睡眠有关的器物。只是目前这些器物，还只与灰尘与寂静的等待有关，尚未沾染上肉与梦的复杂气息……

【配钥匙摊】手动的机器静止在那里。一长串各种形状的粗糙的钥匙坯件,挂在那里。看不出年纪的、瘦削的配钥匙者,将乱发的头颅伏在店内桌子上。他在午眠中等待着盼望的生意。

【诊所】两三间的门面被打通,所以显得很大,而且进深也长。阴黑、潮湿,这是诊所内部予人的感觉。蓝色的类似于快餐店的硬塑料椅子,一张接一张形成一排,共有若干排。椅子上空,有能够悬挂输液瓶的滑轨。诊所空荡。一个眯眼的老人斜靠在椅背,他的一只手臂裸露了一半,半空中瓶子内的液体正一滴滴地进入他苍老干枯的体内。一位母亲陪着她哀蹙的女儿,刚刚走进去,在最靠内里的蓝椅子旁的一个小玻璃窗口,办理打针的手续。同样挂在半空的一台油腻的电视机,在放着某个洗发水广告,声音,回旋于这个午后,这个环境,显得如此怪异和空洞。

【牙科】肮脏的牌子:"牙科"。在诊所,数不清的脱离了口腔的沾血牙齿。奇形怪状的钢制器具。

【打铁铺】靛青的现实与心理感受。有一根大烟囱通向屋顶的炉火冷熄。壮实的、穿铁青色衣裳的打铁男子在抽烟,喝白瓷杯里的茶。他的脸背着街面。他背后的木头架子的展示柜上,摆着新打的,但已失去温度的刀、锄、镰、斧。

【花圈店】为前往另一世界的人们准备东西的店,依然融洽地与混俗的此世交杂一起。两只印有"龙"形图案,同样写有"恭喜发财"字样的大红灯笼挂在门口。"子孝孙贤福如东海",这是待卖的对联。几只扎好的金纸闪闪的大花圈挤靠在墙。圆形中的大黑"奠"字。屋角成堆的黄表纸。银光黯淡的纸锭。用彩纸竹骨扎成的高楼房厦（"扎库"）。长凳上一溜厚厚的印制粗糙但面额巨大的"冥钞"。坐在花圈旁边的女人在吐着如雨的瓜子壳。

【肉墩头】厚实的树板。树板上的累累刀痕。刀痕的沟缝间残留的暗红间白的骨渣和肉屑。市时已过。两个已经解去黑皮围裙的男人，站在肉墩头后抽烟说话。

【药店】……银翘解毒片、桑菊感冒冲剂、小柴胡冲剂、银翘解毒颗粒、消炎利胆片、排石颗粒、京万红软膏、地榆槐角丸、连翘败毒膏、痔疮栓、妇乐颗粒（冲剂）、金刚藤糖浆、妇科千金片、气滞胃痛颗粒（冲剂）、三九胃泰胶囊、左金丸、青黛散、皮肤康洗液、癣湿药水（鹅掌风药水）、三七伤药片、云南白药胶囊、复方甘草片、复方降压片、利舍平、红霉素、硫酸庆大霉素、沉香化滞丸、活血止痛散……

【发廊】这条街上好像数不胜数。"香发廊""晓红发廊""火金发廊""伟英理发店""美丽理容""倩梦理发厅""干洗""焗油""烫发""离子烫"。店内贴满了性感女郎的招贴画：一位挺胸翘臀的外国美女弯下腰，等待紧贴着她肉体的帅男理发师为她剪去额前飘逸的一绺秀发，等等。很久没有生意的年轻女理发师们百无聊赖，尽量舒适地躺坐在理发转椅上，她们的双腿交叉着跷得高高……

【帽子店】妻子始终不停地在戴帽子，脱帽子。她的年轻的丈夫，还有站在一旁的这个店的女店主，始终有着微笑的耐心。

【时装培训中心】前面还有冠名："俊俏时装培训中心"。很大如牌匾挂法的店招上，贴有一小张红纸："开业大吉"。这实际是一个老裁缝带了两个徒弟的裁缝铺。门口竖立的两个无头模特身上，各穿一件古板的旧式女西装。两个年纪很小的女徒弟在幽暗处踩着缝纫机。"俊俏时装培训中心"，夸张的命名，像极了这个时代的某种品格。

【浴室】近旁的空气明显有一种湿、热。涨溢出来的湿与热。绞干的热毛巾和热水里劣质香肥皂的湿热。没有人进出。湿热，以一种职业化的谦恭姿态，在招引、等待它已经烂熟（非常熟悉）于心的，这座镇上的，那些肥或者瘦的浴客肉体。

（西屏，浙江省松阳县所辖）

灵溪:"壮烈的蓝色荒凉"

> 一个作家,没有胆量向世人贡献自己艺术上全力以赴的发明,枉为人生。
>
> 显然,一个艺术生命,担负着改变文学面貌的全部意识。
>
> ——高崎

他在大海的乡间埋头阅读、写作、著书。笔和纸的近旁,是属于他的、浩瀚的东海:

巨大的蓝色以后,还是
巨大的
发蓝

灵溪,位于浙闽交界之地,是被东海"比世界还粗壮"的波涛的阴影所遮布的一个偏僻乡镇。一位诗人居住于此。在属于亚热带海洋性季风气候、散发鱼腥和夜晚台风气息的这座乡镇,这位诗人，面对或背向着大海，无论昼夜，沉思，然后疾书。

我认识这位年逼六旬却内蕴年轻激情的诗人。他瘦韧的身体，混合着南方和海洋的气质。背微驼，深陷又大的双目，注视你时炯炯有神；他特别形容他自己岩雕般的鼻子："像布达拉的宫墙那么雄伟，并且不可让别人超越和布道。"

他就是高崎。

在他个人诗集《顶点》的扉页，有这样的简介："高崎，现代诗人，作家。生于浙江南部。毕业于浙江大学。自觉深入大自然腹部达18年，致力于文学探索与写作。"

这是中国当代文学史（诗歌史）中极其罕见的人物！仅仅是为了文学，便不顾一切，主动脱离（请注意：是"主动"！）个人生活优裕的城市环境，像苦行僧般地，避居于隐闻大海澎湃涛声的"大自然腹部"。而且，这一避，就是整整18年！

1945年出生的高崎，5岁读书，17岁考取浙江大学。大学期间，读的是化工专业，但他的爱好远远超越了专业。他擅长书法、绘画，并且拉得一手好二胡，不仅如此，他还是当时浙大"鼓角诗社"的社长（初中时即对文学产生强烈兴趣）。讲起高崎，那时是校园内闻名的"神童"和"才华横溢者"。

浙大毕业之后，因为专业，所以他做的是跟文学毫无关联的工作。身居城市，烦躁、难耐、寂寞，就像想象中热烫的大海夜夜击醒他的身体一样，高崎体内潜伏的文学之神，一遍遍对他发出不可遏止的激情召唤。1978年，34岁的高崎做出了他一生中最为重要的选择：为了文学，他必须放弃，离开。

离开之前的高崎，在浙江省温州市某办公室任职，专门负责乡村水泥、木材等紧俏建材商品的调配——这可是一个炙手可热、人人眼红的位置。但是，义无反顾的高崎，在旁人一片惊愕的眼神里，他以一个借口回到了自己的出生地：灵溪；并且是在比灵溪更偏僻的海滨乡村苏家堡（生活6年）、樟浦村（生活12年），安下了一个人的文学之窝。

"到条件极差的乡间扎根18年，不仅是为了脱俗，而且是专注。……我在乡间极其独立的写作状态中，一边面对沿海飓风下破败居所晃动的恐慌，一边面对的是世界上真正诗歌的奢侈的浸礼。"在大海的乡间，他发愤苦读，涉猎极广；同时，写作不止，用"灵溪街157号"这个他亲属家的地址，向外投稿，发出自己的声音。

一位记者记录过他的乡间生活的若干断面：

"他的寓所谁见到都会异常感慨：巨大的劣质墙壁既隐藏着蚂蚁，又隐藏着蝙蝠与蟑螂。他与邻居的村民兄弟亲如手足。他在阿莱桑德雷式的艰难位置，仍然为他的乡亲父老和朋友解难，办了种种不予启齿的好事。他租住着他们从不索租的房子。并且附近竹林粗大又茂盛。还时常贯穿着蛇和它的蜕变的皮囊，甚至，这些盲目的家伙还三次光顾他的寓室。"

"在1994年17号台风到来的那个漫长之夜，残暴的台风，逼使他的房子晃荡不安——这是有家史以来的第一次。雨是到处在打击。他一边提防着屋顶的塌落,一边在烛光下(被逼停电),仍然工作着。外面的大樟树已经噗噗地折断。氛围很紧张。旁边的瓦片猛地骤然碎落。他誊好的作品也终于被大量的雨水打烂了——因为这个夜晚负伤的房子,没有任何干燥可言了——连蟑螂的绛红的背部也湿淋淋的,升起了蒸汽。"

他是孤独的。但他骄傲于这种地理和人事上的孤独。他强烈赞赏俄国作家亨利·特洛亚的一句话:"对于一个艺术家,没有比把自己限定在任何一种学派的体系中更可怕了。"他热爱"边缘地带作家"这个身份,甚至以远离所谓的文化中心作为他的"地利",他"忠贞"地进行着他野心磅礴的写作。

高崎有着清醒的自身意识:

在无边宗教的天空下

孤立

我就是开始

我就是任何方位的边缘

他无尽地开掘他自己,因为他深信:"只有自己,并且不断扩展自己所呈现的任性、大胆以及才华,才是独异与独到的。"

1996年告别乡村之后,高崎定居僻远的故乡灵溪,他依然拒绝城市。

我和高崎曾经共同参加过某两次"名家云集"的文学研讨

会。在会上,这个海洋和山地的儿子沉默或言说,他所显示出的一个真正诗人的必要的尊严(长期的艺术修炼所赐予),及其文本所呈现的艺术内质,令我暗中更生感佩。我认为他是我从文学研讨会上"唯一发现"到的人物。

尽管,长年乡村生活的"雨滴、黑暗已腐蚀了他的笑容",但他仍然矜持地微笑,他拥有着足够的艺术自信,这种自信,就像大海汹涌排空的浪涌,荡人心魄:

"我不想以粗糙的赝品诳世,因为中国于真正严格意义上的艺术文本无多,我只想以艺术的极致,铸就自己献身于汉语文本的一个结体。我已经再接再厉。"

"总之,个人是可以具备唤醒真正的诗巨大沉睡的力量的。"

更重要的是,他在远方,与我们隔离。在遥远的僻地,高崎显示着他孤傲的"大",这种人所难有的"大",在他的诗中,随处可见:

> 我怀抱远东
> 和它的
> 吐纳

或如:

> 我需要耳部的飞翔

从高空俯视

汹涌的

人生

死、梦和欲望、权

"苦涩，浑浊，奔放或痛苦"，是高崎的诗篇，也是他这个人的自况。诗歌中的高崎，是一头无法控制其激情的、近乎狂热的汉语之兽，大海之兽。像"光穿透着暴雨、奔驰和炎热"，他献身于诗的激情和狂热，有着奔驰的速度！高崎的可贵在于，在历经数十年的阅读、思索和艰辛写作之后，在他的笔下，终于酿成并获得了一种只属于他的，新鲜、有力的汉语状态。

从他迄今为止写成的两千余首诗中（创作量惊人！），我惊奇又感动地发现了蓝色，显示民间品格的、大海的朴野蓝色。这是高崎诗歌的共同底色。这种蓝，并不仅仅由海水或颜料染成，它的成分，包括礁岩、风暴、晚霞、苦雨、粗粝的严寒、恶劣的生存、灵魂的狂想和呼啸，以及一个人最后的血和生命！

这种蓝，暗含着深刻的精神，正如诗人自己早已预示的那样：

壮烈的蓝色荒凉！

（灵溪，浙江省苍南县所辖）

斯宅：一千根柱子的房屋

我到达斯盛居（当地俗称"千柱屋"）的时候，大约是上午10点钟。炎热阳光下，农民斯国材站在古屋边门口的小块阴影里，正和几个乡邻闲聊。他们都新奇地注意到我这个陌生人的到来。50岁上下，胡子拉碴、衣冠随便的斯国材第一个招呼我，后来，我就住在了他家。

斯国材家在庞大古屋的核心处，东面即紧邻千柱屋大厅。这里人家的住所一般都有两层，底下是客堂，上面为阁楼。国材家的客堂里很是挤乱：醒目的、漆成红色通向阁楼的楼梯；中堂画；画下长台上电线牵来挂去的电视机；挂历；隐约的墙间木柱；八仙桌及其凳子；油腻的电冰箱；散乱的或在纸箱里或委弃于地的各类酒瓶（大多是空了的啤酒瓶，显示他家做生意的迹象）；墙上的照片（斯国材和某位到此游访的政府官员的合影拍得不错）。客堂前面是有檐的走廊，再前面就是一个大天井。天井里有一棵很高的我不知名的树，还有丛生的似是无人照管的花木，当然，还有杂物；一个年纪很大的长瘦男人在天井的一堆火上，正在熏烤着青毛竹。国材家客堂后面，也是一个天井，只不过非常之小，可以作洗衣、养猪之用。国材领我到安排我住的阁楼上看。上楼梯时脱鞋子，红漆木梯很结实，折一个角后即入阁楼。楼上的空间有些逼仄、闷热，只前后两扇木窗，楼板上铺了整张的塑料地毯，加上楼角堆放的棉絮，愈益闷热。不过我不在意，况且推开北面的木窗，视线里还能够看见细如波纹的黛瓦屋顶、大天井里的青绿树冠以及不远处的山峰，我便住下。因距午饭时间尚早，放下行李后我就在这迷宫般古屋的内外一个人钻行。

千柱屋在斯宅乡螽斯畈村东首。由诸暨全境来看，斯宅处于它的最东南角，从县城开来的班车（我就是乘班车而来，诸暨到斯宅票价 6.5 元，费时约 1 小时），均在此掉头折返，因为前途已是无路，只有榛莽密生的会稽山挺耸于前。从斯宅翻越会稽山，就已是嵊州地界。也许正是地方偏僻，千柱屋这江南巨宅才得以完好保存至今。

我特意爬上屋北的山坡，俯瞰过这座巨宅。清澈的上林溪流过屋前，整座建筑秩序井然，呈现看起来十分舒服的长方形状；白墙乌瓦，历漫长的日月风雨依然有深湛生气。后来通过询问和查看资料，这座大屋的"资讯"变得清晰。斯盛居（千柱屋），建于 1798 年，为当地巨富斯元儒（1753—1832）住宅。据宁波考古测绘队 1999 年实地测算，整座建筑东西面宽 108.56

米，南北进深63.10米（此宽深之比恰符"黄金分割率"，故而整体看起来舒服），总占地面积6850平方米。巨宅共有楼屋121间，木柱则远远超出"千柱"，实测有1322根之多（用材多为当地的香榧木和板栗木）！

具体来讲，千柱屋依地利，坐南朝北，建有门楼五座。居中为正门，东西两侧各设边门两座。正大门青石门额上镌有"於斯为盛"四个篆字，"斯盛居"由此得名。"於斯为盛"之"斯"，在这里作两种解：一是宅屋主人的姓氏，一是"这里"之意，因此，这四字有一语双关之妙。从正门进入，为建筑主轴线，共三进，分别为门楼、大厅和座楼；三进之间各有宽敞的天井相隔。以主轴线为中心，东西侧各分设辅轴线两条。四条与主轴线平行的辅轴线上，各有前后两个楼式四合院，前后两院又由横向的"通天弄"相隔。故此，形成了整座建筑分设8个四合院的格局，共辟有10个大天井，36个小天井。巨宅内部各院以檐廊相互连接沟通，每座楼屋之间，都设有1米宽的走马楼道相连，走遍千柱屋，可以晴天免晒太阳，雨天不湿鞋帽。更令人称奇的是，整座巨宅构件中，竟不用一枚铁钉，全部由竹钉或木钉代之。

和斯国材全家一起吃饭。中午他家还来了一位男客人，于是，桌上主要是主人斯国材、男客人和我。饭间闲聊些生计，这里各家主要靠山货，如茶叶、板栗、香榧、毛竹等来钱，但

48

产量有限，经济收入均较窘迫，所以很多人都出外打工以贴补家用。后来过来吃饭的还有国材妻子、他们的大女儿，以及还在摇篮里的小婴孩。简单的三四样菜蔬，新挖出的带壳花生经盐水煮后，有很好的味道。我喝了一瓶啤酒。饭后，我上阁楼午睡。几个男女邻居过来，在撤走饭菜的桌上，他们摆起了方阵。睡意蒙眬中，听到下面麻将桌上发出激昂的争辩声，然后是凳桌移动、人群散开声，最后，又归于原样的阒寂。小睡片刻后，我起来。

午后的千柱屋显得清冷。正中空旷的大厅里，"孝廉方正""彤管重辉""一枝独秀之轩""石涧听松之馆"这些斑驳古匾（字句内容显现儒家文化无处不在的深刻浸染，以及造屋主人的某种雅意和自豪），依然悬挂不动。在它们之间，现在还挤挂了一长条的红布横幅，字为：热烈庆祝千柱屋被定为国家级文物保护单位。也许是挂得久了，红布透出旧感。大厅墙根下，两个男人在凝神下着象棋，一个坐在矮竹椅上，一个席地而坐。（千柱屋室内地面，全为南方乡居经典考究的"三合土"，据介绍，"三合土"系由糯米、石灰、黄泥等料拌制夯筑而成，其牢固程度丝毫不逊于当今的水泥地面。）我在整座古屋内散漫穿行。一个年轻的母亲，故意放开手，让她的孩子扶着檐廊木柱蹒跚学步；一位老婆婆，在阴影深浓的室内，向着光亮的门口，端坐不动；偶尔，室内有很响的电视声传出，是一个女孩，在看闪烁蓝影的电视里的谢霆锋广告；还有一位老者，躺在门口的竹躺椅上看书，后来重又经过他家门口时，他已经睡着，刚才翻看的书斜斜地合盖在身上，我看见了书名：《马本斋》。在檐廊走道上，在废弃不用的某些幽暗公共空间，堆满了落尘的杂物：石臼、锈坏的黄包车、破锅、锈自行车、堆覆柴草的石磨、石磨的牵木等等。我看见一只"拗手"（木盆），有着抽象的形象，颇见匠心。屋内散布的天井里，大多长有南天竺和橘树，我会心一笑，因为我懂得在吴越庭院栽种它们的"文化含义"：南天竺之"竺"与火神祝融之"祝"谐音，种"竺"可镇火；橘与"吉"谐音，种"橘"寓吉兆。在大屋某一个南端后门口，一对中年夫妻正在锯竹，他们身旁的板车上，是一车刚刚从山上伐下的青竹。丈夫持锯，妻子扶竹；在长凳底下，不断下泻的清香竹屑，渐渐聚成了沙塔。

斯宅，顾名思义，即"斯姓宅第"，是现今全国斯姓的最大聚居地。当地16200余人的现有人口，斯姓就占12000余人。千柱屋主斯元儒，为当年诸暨四大富商之首（诸暨清光绪县志有载），他所造的这千柱巨宅，不仅在邻近乡县独一无二，即在江南，也属罕见。对于这样的人物，民间传说自然纷纭。当地流传最广的斯元儒"发迹"故事，就很有传奇色彩。

斯元儒当年常到江苏的无锡太湖一带，做些茶叶、桐油、杉木等土货生意。通常是将货物用竹排从斯宅上林溪筏至诸暨浦阳江，再辗转至杭州钱塘江，然后入京杭古运河抵达无锡太湖。一次途中在饭馆吃饭，发现邻桌一人，满脸胡须，长有尺余，吃饭时总用钩子把胡须挂起，而那钩子，竟是用金子打的。斯元儒惊奇，饭毕，就把这人的饭钱一并结算，出门而去。其实，用钩子挂须吃饭的这人，正是民间传言的"金钩胡佬"，他是太湖地区最大的强盗头子。"金钩胡佬"听说有人为他付饭钱，好生纳闷，忙叫店伙计找回斯元儒。只见斯元儒方面大耳，身高八尺，胡须也有尺长，顿生好感。两人交谈很是投机，大有相见恨晚之感，于是当即把酒结义，拜为兄弟。"金钩胡佬"长斯元儒一岁，为大哥。临别时，"金钩胡佬"并未说明身份，只是告知：以后碰到难事、险事，只需称一声"金钩胡佬是我大哥"。数月之后，斯元儒做生意又经太湖，在湖中遭遇强盗，货物被抢，人要砍头。情急之中，斯元儒大唤："金钩胡佬是我大哥！"果真，强盗闻听此言，停住了砍头之刀，将他押赴湖中某座大岛。在岛上，"金钩胡佬"见到兄弟，大喜，不仅大摆酒席为斯元儒洗尘压惊，临走时还送给斯元儒100袋红糖，这批红糖也是前几天从湖中抢来的。斯元儒回到斯宅打开一看，每袋糖包里竟都夹有一根金条！整整有100根！从此，他就成了这山乡里远近闻名的大富翁。

千柱屋新宅初成时，只有斯元儒和他的四个儿子霖槐、霖棣、霖楚、霖株居住；两个世纪以后的今天，同样的宅屋之内，已居住了60余户人家,计有200多口人在此生息炊烟。古屋大厅是居民们聚会、休憩、举办婚丧红白宴席的公共活动空间。厅间墙上残剩的各类字迹,在我看来,是生存密码,它们顽强透露出这一聚落人民烟火生活的历史和"秘密"。

在大厅照壁后面的墙上,有已经变淡的墨笔字迹:"各地工农及亲戚朋友来此屋接洽,公事按宪法法律政策依法办事,私事按祖上风俗习惯……"——此接待原则,显示社会主义山村的某种意识形态话语气象。

大厅两边的墙上,是大小、高低、笔触、笔源、清晰程度不一的字迹,计有:(1)"生饲养家禽鸡"——肯定是"割资本主义尾巴"时期所写;(2)"1×1"——幼儿所为;(3)"菊英、×小伟两相好"——已经晓白于天下的私情,还是即将成家的小两口?(4)"十五担半,三担"——某次稻谷或干柴交易的临时账簿;(5)"斯重兴偷柴"——两边墙上都有相同笔迹的这句话,也许这个揭发是真的;(6)"过年来了"——春节到来的欣喜。

大厅照壁上,我注意到一张已经完全泛白的、驳蚀了的(红)纸头,内容是"螽斯桥造桥付款清单",上面详细列出了造桥所花的所有费用。我随意记下了若干项,它们是:

……均贤、培林去诸暨采购灯具车旅费97元;闸刀一把18.50元;仲乔制图费500元;×名茶785.40元;茶叶包装75元；桥头菩萨费用133.90元；培林去诸暨发信费用20元；均贤电话费100元；公事电话费51元；××经办桥字、石头、运费等1202.60元；×××晚餐招待费用240元；均贤去杭州5次车旅费150元；均贤去里浦车旅费24元……

——从中可见，现在乡间推行的"集体财务公开"，在这种宗族遗风的办事方式里早已实施。

另外，均贤肯定是族中能人，而且，他相当廉洁，5次赴杭州车旅费150元，每往返一次只用30元，那他在杭州城里肯定是没有舍得花大伙的钱去奢侈"打的"，他肯定是步履匆匆地完事即返。

出千柱屋南面后门，有一条山石古道，沿道只需上行百米，便到一个清静幽闲之处：笔峰书屋。《诸暨县志》记载："笔峰书屋在松啸湾之麓。襟山带水，曲折幽邃。门前曲池，红莲盈亩；夹路皆植红白杜鹃、月季玫瑰、桃杏梅柳，灿烂如锦；山上杂种松竹。有三层楼，朝揖五老峰。又有小池，水从石龙嘴中喷出。林泉之胜，甲于一邑……"现实中红莲盈亩的曲池已然不见，只是古道两旁的森森古木，蔚然深秀，令我震撼肃敬。这里盘根错节地长着枫香、罗汉松、黄檀、柳杉、香樟、紫薇，皆硕大无朋（有的树身，遍布像由雨水冲刷的深深沟痕）。山风吹树，其声飒飒；西来的夕阳被挡射，迷离金光，隐约耀眼。

过古道尽头残存的一扇"洪门",便入书屋。此处原来曾作小学(墙字为证),现在则已相当残破。木结构的三层房屋,瓦顶多处透光。杂草丛生的屋外庭地上,突然出现的两只狗在凶猛地朝我吠叫,住在屋内的、一个口齿含糊、无法听清其音的男人出来与我交谈……"耕"与"读",残破书屋涌溢不竭的强劲文气,像低低的云,弥漫在切近的、古老千柱屋的上空。

暮晚的千柱屋明显热闹起来。放学回家的小学生,进入古屋仍不愿意下车推行,用力按响着自行车铃,东扭西歪地骑行在屋内朦胧的檐廊走道上。出外干活的大人也陆续返家。炊烟升起。大嗓门的讲话、招呼声。生菜入爆热油锅的翻炒声。这种影像,与我后来在碟片《西施眼》中所见的影调灰暗的画面完全一致(《西施眼》VCD片,诸暨城内的朋友周明所赠,管虎导演,影片主要背景即是千柱屋)。晚饭之前,男人们都穿着短裤到屋前的上林溪里洗澡。溪中卵石累累,水则清纯见底。我也加入其中,沁凉的水,洗去了初秋仍存的暑气和身上的疲乏,我将自己的头,深深地、舒服地久久浸于这溪水之中。晚饭依然和国材全家一起吃。晚饭过后,千柱屋的住民们三三两两,拎凳携椅,到屋外的晒场上憩息乘凉(屋与溪之间,有一块面积很大的场地,上面还竖着两个篮球架)。国材给了我一张竹质躺椅。安静地躺着,我是千柱屋的一分子,宛如我从来就是这里的子民。夜空,挂一轮刚从东南山峰上出来的、已近于圆的明晃月亮(我到的这天,是八月十二,节气为白露)。不久前读胡兰成的《今生今世》，才知道抗战胜利后，他也曾短暂避罪于斯宅。那么，他该是看过这山间明月的，但这位背叛者的心境，则肯定无法有我这般的安闲与坦然。在这露天的山间场地，奇怪的竟是无蚊。周围乘凉的乡人，散淡地说话，皆是我不能听懂全意的古奥越语。慢慢地，先是一个年老的妇人起身携椅回家，然后是第二个、第三个……

明月悬空，夜已深寂。在散发松杉榧栗杂树气息的、古旧千柱屋的一处阁楼上，我准备入睡。偶尔，人家启合木门的醒耳"吱扭"声，在深夜未眠者听来，深含有人世的沧桑、温暖和荒凉……

（斯宅，浙江省诸暨市所辖）

俞源：宿相客俞俊浩家

暮色像残破的浓云一样，从四周的山林上弥漫下来，进而浸透这个浙江中部此刻显得空洞荒寞的县城。十字街头也异常冷清。白铁店停止了声音尖锐的切割，正在很响地拉下它蜷缩了一天的金属卷帘门；门口堆满了圆形空盒的蛋糕面包店，也在收铺；只有朦胧中露天的水果摊和它疲乏的主人，还在坚守着蔗皮与烟头狼藉的阵地。十字街头的道路上，也许是交警已经下班，横七竖八地暂停着几辆中巴，车上的人跳下来，大声吆喝着招揽乘客——这是开往县城底下各处乡镇的最后班车。在街头等待。终于，昏暗之中，看见驶近的某辆车上有大大的"俞源"字样，我跳了上去。

中巴车并没有马上出发。它也停在十字街头等客。男司机、售票的妇女下车吆喝："俞源！俞源！马上开车了！"车内还坐着一个不声不响的少年——后来我才知道他们是一家人。人陆续地上来。烟味、鼓鼓的蛇皮袋、咬开的馒头肉馅味、男人女人的方言，错综混杂。中巴车打开大灯，在夜色里驶离县城。

我寻找到最舒服的姿势，坐在这浓郁人群中一个局促的靠窗位置。交会而过的寂静车灯。远处的剪影般的漆蓝群山。起伏的路。"王宅"，这是途中经过的一个杂乱璀璨的乡镇。我坐的中巴从黑暗中刺入这座乡镇灯火的心脏部位，然而重又进入漫无边际的黑暗世界。车上的人又渐渐下空。明显地感觉到汽车左拐，离开黑夜里向前无限伸展的公路，驶上一条坑洼的山间小道。迫切的夜山和林木的激人清气，逼入车内。我呼吸着。我知道，俞源就要到了。

漆黑又长长高墙上的半轮月亮，在吐露古老的清辉——这是俞源给我的深刻第一印象。车到终点，下来的只剩两个人，一位妇女，还有就是我。沿着漆黑又长长的高墙下的卵石道进村，往昔听不到的自己的脚步声，突然变得如此清晰。俞源妇女不多说话，她在指点我往村中心走的方向后，便消失在另一条巷子的黑暗之中。

灯影稀落。一条山溪从村中穿流而过，两边都是黑黝黝的高低房屋。沿着溪边石砌的驳岸，我溯溪而行。昏黑中，还能看见溪边石缝间长出的丛丛枝影（草或小树）；溪流之上还有青石板古桥，桥上披满的藤蔓倒挂下来，像沧桑老者的飘拂长须——这座村落浓厚的古气，已然清晰地显示于我。

傍溪一间烟酒店的门开着，浊黄的灯光，水一样倾泼在它门口的驳岸上。店内有一位妇女，一位男子，他们都坐在门口，身后,是两三节摆了香烟食品的玻璃柜台。"请问,这里有地方可以住宿吗?"妇女和男子停止了他们的闲聊,将目光一起注视着我这个夜晚的不速之客。他们交换了两句,妇女对我说:"有,就在上头。"边说边指点我。可能是觉得指点还不清楚,妇女向男子交代了一声,就起身走出店门:"我带你去吧。""谢谢!"跟在妇女的身后,继续溯溪上行。感觉是到了村内古街的街口,因为两旁这时都有了很旧的高屋。妇女在街口左拐向一个黑暗小弄,到了一户人家紧闭的门口,用手拍门,同时仰起脖子高喊我听不清的两个字的名字。如是几次,仍然没有响应。"没有人在家,"她说,"要不,我带你去找找吧。""好。"高一脚,低一脚,在更细、更长的屋与屋间的古村巷子里夜行。果然,在村口一家亮灯人家,我们找到了要找的人,一个戴黑色礼帽,身穿浅金色唐装——衣着明显异于一般村民——的老者,应声出现在我们眼前。"吃过晚饭,没有事,就出来聊聊天。"他跟我们解释。重新穿行细细长长的夜巷,然后出巷,在溪边,妇女和我们告别。我心存感激,对这位热心的普通女性!在最底层的民间,我又一次学习了做人。

老者叫俞俊浩,66岁。不光是衣着,他的经历也果然异于一般村民。关于他的江湖生涯,容后叙述。

俞老在黑暗中拿钥匙开门,领我上他家二楼。让我看了我住的房间之后,又介绍,旁边的卫生间有太阳能热水器可以洗澡。从楼梯进入二楼的第一个空间，有点像会客室的意味，暗红漆的木头沙发，还有29英寸的大电视机。俞老家里早就吃过晚饭了，他问我吃什么，我说随便一包方便面就行。俞老下楼。一会儿，他帮我买来了方便面，同时手里拿了一只碗和一只热水瓶。碗泡面太小，我找出自带的一只不锈钢杯子，将面掰成两半放入杯中，冲开水，盖上盖子。与此同时，在电视机内《大宅门》的影音伴奏下（看来俞老是《大宅门》的铁杆观众，不时随着剧情而唏嘘感叹），我们聊天。

俞老矮矮的个子，戴眼镜，黑色礼帽，下颏光洁，上唇则留有长长稀疏胡须（从他家里墙上的照片可以看出，他的下颏昔日也曾有极长的胡须），浅金色的唐装，在灯光下熠熠闪耀。

俞老的经历就是一部传奇小说。

他是在很小时候被亲生父母换（卖）给人家的。俞老的养父母连生了6个女儿，在生儿无望的心理支配下，用第六个女儿连同"60块银圆"，换来了他这个儿子。孰料，换来儿子后，俞老的养父母又生了3个孩子，其中两个竟是男孩！于是，俞老从小就不幸受到冷落。14岁外出给人放牛，直到18岁回家。"那时候苦啊，冬天连被子都没有！"18岁到36岁，一直在家务农。36岁以后，俞老感觉务农实在没有前途，于是离家，开始了他的"江湖生涯"。

先是"在石矿上打石头"。活很苦很累，但挣钱并不多。

接着是在杭州、金华等地，找热闹场所"卖去油皂"。当时是卖两毛钱一支，三毛钱两支。随便租个小房子，自制自卖。

俞老还走村串巷给人家"取牙虫"。这个灵感源自他一个外地亲戚给他寄的一本书（他特地把这本小心收藏、纸已发黄发脆的书捧出来给我看）：《〈串雅外编〉选注》。这本书是"福建省医药研究所《〈串雅外编〉选注》编写小组编写"，人民卫生出版社出版，扉页上有"毛主席语录"："千万不要忘记阶级和阶级斗争""中国医药学是一个伟大的宝库，应当努力发掘，加以提高"。书中就有一则专讲"取牙虫"。"我出去取牙虫总是把这本书带好，因为上面有毛主席语录，人家就相信。但实际哪里有牙虫，都是我用油菜籽做成的。"他自我"揭秘"。

另外，俞老还在"金华茶店"和"武义茶店"说过书。"我讲得最好的是《绿牡丹》！"

俞老干过相当长时间的一项活计，是在浙江境内"卖尼龙袜胶水"。尼龙袜易破，而在贫瘠年代，袜上有一两个小洞是舍不得扔掉的，因此，补尼龙袜的胶水就有市场。他感谢尼龙袜胶水，因为现在的老伴，就是俞老在武义县城卖胶水时认识并最终结为夫妻的。当时，家在乡下的老伴上县城卖稻，而他正在城里卖胶水，卖完稻的她来买他的尼龙袜胶水——由冥冥中的缘分牵引，他们好上了。

一个偶然的机会，他认识并叹服于一个路边的看相者。从此下定决心，拜师学艺，开始了他崭新的相客生涯。说到给人看相，俞老又给我搬出了他包装极好，但纸页上充满汗渍油腻的《麻衣相书》。他反复强调的一句话是："男以精神富贵，女以气血荣华。"这是他看相的一个总纲。相客生涯中值得俞老自豪的一件事是，一个上海游客，经他看相后，觉得非常准确，返沪后又专程赶来俞源，力邀俞老到上海住了一周，向他"拜师学艺"。"上海繁华啊，我住的一个房间一晚上要几百块钱！全由他包了。"俞老感慨。俞老常年在武义县城熟溪桥畔看相，他在1999年造的这幢三层楼房所花的5万块钱，基本上就是他"看"来的。楼房造好了，年纪也偏大了，而且，家乡俞源的旅游也慢慢开发了，于是，俞老结束江湖飘荡生涯，回老家定居下来，每天在村内的洞主庙中，设摊帮人看相。

我吃方便面，俞老的夫人（面目慈善的一位老妇）也帮丈夫拎来了一袋零食：散装的雪片糕。"我不吃烟酒，就爱吃点零食。"他让我也尝尝，我吃了一块，很酥，很甜。

夜渐深浓。俞老夫妇下楼，他们住的房间在一楼。我用太阳能热水器洗澡。然后舒服地躺下。

溪流无声，俞源的夜真静啊！

而且，寂静之中，渗着丝丝缕缕可以感触的神秘。我知道，这种神秘，关联着俞源古村的种种传奇。

俞源村古称朱颜村，相传南宋时，任邻县松阳儒学教谕的杭州人俞德过世后，其子俞义护送灵柩回杭。途经朱颜村，停柩夜宿。次日清晨,发现停在溪边的灵柩被紫藤缠住。俞义认为这里是风水宝地,天地留人,必有吉祥,遂置地安葬。自此,俞姓开始在此繁衍成族,而原先的朱、颜二姓不知何故,竟渐趋式微,朱颜村最后变成了俞源村。

到了明初,俞氏后人俞涞为趋吉避祸,又特地请明朝开国帝师、著名的刘伯温前来规划全村。据考证,目前的俞源就是当年刘伯温"按天体星象排列"设置的村落;将村口直溪改为曲溪,设计成太极图形,传说也是刘伯温所为,故俞源又有"太极星象村"之称。令人惊奇的是,从此以后,俞源村果真旱涝无虞,村泰民富,在明清两代不仅富甲一方,而且由于重视教育,读书为官者甚众,成为远近闻名的名村。

种种传奇并没有妨碍我的一夜好睡。黎明,房间窗口的一团墨黑好像有人在用水清洗,渐渐地,水洗出了墨黑中近的屋顶和并不远的山峰。天亮了。

俞俊浩老人早已起床。仍然是一身昨夜的装束。他正在进大门的堂屋中俯身写字。原来,他还是一个绝对的书法爱好者。昨夜昏暗中没有注意的堂屋,也像一个书画展览室。中堂画是寿星图,两侧对联为:"天竹蜡梅相映成色,寿山福海共祝无疆"。我发现俞老特别喜欢据说是自撰的一副联语,他用了三种字体写成贴于壁上:"经济文章朝盛鲁,诗书礼乐传东唐"。在搁在两条长凳上的门板上,俞老饱蘸墨汁,快速写就"腾飞"

两个行草大字。门板底下，滚满了收获已久的红皮山芋。他还领我参观了紧靠堂屋的一楼他们的卧室。里面，有足以组建一支乡村乐队的全套乐器，"这个我也喜欢，全是自己置办起来的。"看来，乡村奇人俞老真可谓是十八般兵器，样样精通。因为早饭尚未烧好，所以我跟俞老打了招呼，先出去转转。跨出俞家大门，扭头一看，才发现门楣上也有俞老的大字墨迹，他把他的家命名为：梦溪草居。

岚气淡拂，朝阳升起，古村迎来了新的一天。很多村民都在溪边空地摊开硕大的竹编凉席，在上面摊晒已经榨过油的油茶果。

在昨夜曾经走过的村里布告栏内，我读到"武义县俞源乡俞源行政村计划生育政务公开"的信息，一张很大白纸表格，内容有"2003年出生对象""2003年应放环对象""2003年应结扎对象""2003年妇女透视管理情况统计"等，人员名单十分详尽，俞源女性的"私事"似乎能够一目了然。在此政务公开的上面，还新贴有一张盖有村委会红印的小白纸"公示"："俞永清、饶月仙夫妇于2001年6月收养女孩一个，经审批准同意再生一胎（现已怀孕）。俞源村委会。×年×月×日。"

门前竖有密密旗杆的俞氏宗祠，很快出现在眼前。两只陈旧红灯笼后面的大门紧闭，上面有庞大的八个字：事在人为，人定胜天。我从边侧小门入内，里面空无一人。宗祠空荡浩大，朝阳斜射下，粗大木柱交叉的阴影，让我暗觉震撼。在一个挂着"武义县俞源村文保所"牌子的楼里，我小心地拾级而上。楼道内黑乎乎的，像是藏着什么神秘物事，老房子的古旧霉味在阵阵散发。这座楼的墙上贴着报纸，在我身旁的，是一张1970年11月23日的《红色金华报》，上面，我读到了一则寒流即将南下的气象消息……

从俞氏宗祠出来，我还一口气登上了村口的高冈，见识了著名而且巨大的俞源田野太极图。在高处俯瞰，只见一条山溪从村庄东南方入村，改为东西流向横穿村庄，直至村西山根，与另一条从南方流来的山溪合二为一后复折向北，至村口呈"S"形流向村外田野，"S"形溪流与周围山沿在村口正好勾勒出一个巨大的太极图。"S"形溪流恰是阴阳鱼界线，把田野分割成太极两仪，溪东阳鱼古树参天，鱼眼处是一圆形水塘；溪西阴鱼则是大片水田，鱼眼处高出田畈，种着旱地作物。据村民介绍，这个太极图面积有120亩，此图好似一座气坝，可以防止村里瑞气外泄，使俞源永远浸在"瑞气"之中。

早饭地点在三楼，和俞俊浩夫妇俩一起吃。大铁锅内，是热气腾腾的山芋稀粥，搭粥的几样小菜也十分可口保健。三楼室外有露天晒台，俞老在这里种了很多盆修叶纷披的兰花。站在兰花的露台上，与不远处的青峰对望，心神俱宁。

吃过早饭，着礼帽唐装、戴眼镜的俞老要去洞主庙"上班"。

我也随行。从俞家出来，继续溯溪而上。俞老不断地与碰到的村民打着招呼。路旁溪流里，有青衣的老太太挽起裤管，赤足立在水中汰衣。让我惊讶又欣喜的一景是，这里的白鹅竟能飞翔！几只田野中的白鹅追逐着，突然就一齐起飞：双翅扑动，足收缩，身弓形，就像天鹅一样，飞行距离足足有五六十米！

外墙呈水红色的洞主庙，坐落在古村边缘的溪流上游处，旁边掩映着百年古樟。庙内有俞老的"工作场所"：招摇的看相幌子，工作台上摆放着《麻衣相书》和手绘的男女脸形（上面标着密密麻麻的看相术语），另外还有一句广告语——"本人在武义熟溪桥畔看相二十年"。俞老向我介绍，洞主庙是江南著名的圆梦胜地，十分灵验。每年农历六月二十六是圆梦节，每年此日，四面八方来俞源圆梦的人数不胜数；而且，每年的圆梦节必降喜雨，即使大旱年头也不例外。

静静立于古庙，一刻之中，我同样祈盼，在这个奇异古村的圆梦胜地，能够圆我，也圆天下所有人心中善良的好梦。

俞源村口广告牌抄录：

俞源村之谜

俞源村是中国历史上"前知五百年，后知五百年"的大预言家刘伯温按天体星象设置的古村落，布局奇异，充满神秘，至今留有许多不解之谜。现选摘供游客破解：

（1）俞源村为何要按天体星象排列设置，用意何在？

（2）到过俞源的气功师都惊讶地说，俞源的气场特别强，练功事半功倍。

（3）白栎树属灌木，而今在古树林内却长成高23米的参天大树。

（4）据记载，俞源以前常遭洪灾，自改溪设太极后，至今600余年未再发生。

（5）俞氏宗祠内不结蜘蛛网，无燕雀之巢。

（6）"声远堂"沿口桁条上九条木雕鲤鱼，会随季节变化而变色。

（7）"七星塘"中第三口"玉衡塘"，村民填塘造房三次，三次遭火灾。

（8）"高坐楼"边有口井称"气象井"，平日清澈的井水发黑，就必要下雨。

（9）每年农历六月二十六俞源圆梦节，必降喜雨，大旱年头也不例外。

（10）俞源村附近田地不多，过去却是历代远近闻名的富裕村，明、清两朝出过进士、举人、秀才293人，弹丸之村，何故富有？

（俞源，浙江省武义县所辖）

石塘：大海

黄皮肤陆地的一处尽头，新世纪（21世纪）中国大陆第一缕阳光的首照地，海湾山旮旯里密挤石屋的微小渔镇，石塘。码头腥臭——在国家版图东端的、微若水滴的渔镇石塘，我们始终遭逢的是惩罚，大海对于人类肆意掠夺的内心痛苦的惩罚。所有的石屋瓦上，都恐惧地压着沉重的石块——显示过去或将来从海上刮来的台风的痕迹。揭开盖的舱中，银光熠熠的成堆已经死亡的带鱼、比目、乌贼等等，连同岸上角落里乱七八糟塑料筐中的发白细虾，正在一起散出浓烈的腐烂气息。

《台州府志》记载："塘多泥筑，少石砌者，唯此塘独砌以石，故即以为岛总称。"其实，不仅是塘以石砌，这里遍布山体、错综参差的所有渔屋、街巷、道路、台阶皆用石块垒筑。炎阳灼人，但码头高敞的石头廊棚内却有着异常的阴凉。廊棚内的石块地面，因为赤裸或穿鞋的劳作之脚的磨损，因为台风的吹击，因为长年累月呼啸海潮之声的揉擦，虽然高低不平，却光滑无棱。石块与石块的缝隙间，有黝黑的积水，还残存着鱼虾局部的尸骸。在廊棚内侧，是一长溜的小摊贩。临时搁起的货板上，堆放着花花绿绿的糖水橘子、洗衣粉、成筐的空啤酒瓶、五颜六色的香烟、袋装的饼干、鲜艳的塑料质地的筒状儿童饮料……商品后面的男人或老妇，皱褶又漠然的脸上含满陈旧的鱼腥气息。

飞舞的黑色蝇群近旁，破败制冰厂似乎日夜繁忙，呼啸闪亮的碎冰（固体的激人的人造冬天！），通过黄锈驳蚀的铁质管道泻进即将出海的渔船。披红带彩，堆放着粗细绳索、大小容器和各色雨布的宝蓝色新船，在港湾缓缓下水，船上站满的古铜色汉子，正为即将增添的钱额而热烈燃放鞭炮。纸屑与死物的水面荡漾。一群灰蓝的海鸥，在新船、海面和阴凉腥湿的石头廊棚间盘旋低飞。

码头附近的滩岩上，是如山起伏的、墨绿或海蓝的成堆渔网。戴尖顶斗笠的妇女不顾烈日（她们的皮肤泛闪黑油），在山似的渔网间不辍织补。强劲的海水涌过来，被硬岩的山体阻挡，于是激起巨大的波浪；有时正好撞上某处暗洞，那低沉却极具霸劲的回声，让人心惊。山岩的肌体伤痕累累，布满着由大海冲刷而成的浅深沟壑。

码头。破败制冰厂。下水的新船。织网的渔女。任贤齐闪烁荧光的歌声。穿超短裙咬棒冰的时髦渔家姑娘。石巷深处的"美容护肤院"。快餐店白搪瓷盆内陈列的烧熟海鲜。剖开并摊晒在网具、藤篓或竹匾内的各种鱼干……海洋开始摇晃，两舷挂满黑色橡胶车胎的木船升起继而坠落，我和阿福各自拎了一瓶啤酒，离开岸地，向大海的深处前进。

"青春和海洋……愉快而强大的海，咸湿而苦涩的海，它能够在你耳旁窃窃私语，它能够对你怒吼咆哮，它也能够使你筋疲力尽……这就是海的奇妙之处。是海本身就是这样，还是人们的青春使它这样，谁又说得清楚呢？"（康拉德）我所热爱的表述。渐渐地，暗蓝大海瞬息激溅继而堆起的絮沫，和天上翻卷的云山开始呈现为同一纯粹的颜色。真正属于大海的、一种伟大而磅礴的清新，也突然来临，并深深浸彻身躯。……但是，大海仍然摇晃。寂劲、难以诉说的海洋的巨大力量，仍然在拍撼着近旁的陆地，拍撼着身后我所熟知的代继一代埋首人类那日渐浮嚣迷乱的世俗生活。

——我知道，这是提醒，海洋对于人类尚未放弃的最后的提醒。只要仔细观察，谁都会发现，这种善意、迫切并渐生郁闷的巨大内心情感，此时此刻，已是如此焦灼。

（石塘，浙江省温岭市所辖）

柳城：畲族镇

（1）不知是否因为近午，镇子相当冷清，一种与世无争的、类似僻野山居的慵懒闲适意味，在此地的每一寸光阴中缓缓逸出。从镇口经过，自武义到松阳的蜿蜒山间公路，不仅同样寂寞，而且显出古老的疲倦面貌。温热阳光下，镇内的花坛小广场也是懒洋洋的，蒙沾灰尘的花木明显萎靡不振；中间竖起的白颜色小雕塑，虽然手法拙朴，却透出一股世俗生活的亲切感。也许是好日子，在镇内我遭遇两家私人饭店正在开张。簇新的招牌挂妥，不断升窜的爆竹在空中炸响，但并没有几个围观看热闹的人。噼噼啪啪热烈的响声过后，是满地狼藉的红色碎屑，然后，重新是近午的、镇子的慵懒闲适。

（2）畲，意思是"刀耕火种"；畲族是一个生活在中国东南部崇山峻岭中的古老纯朴的少数民族。畲民自称"山客"，即崇山中间的刀耕火种之客。（畲民耕种之田叫畲田，范成大《劳畲耕》诗序："畲田，峡中刀耕火种之地也。春初斫山，众木尽蹶。至当种时，伺有雨候，则前一夕火之，借其灰以粪。明日雨作，乘热土下种，即苗盛倍收。"）在浙江省地图册上，"柳城"一般都会特地注明"畲族镇"。但我在柳城，并无置身一个异族镇的感觉。书上介绍，畲族妇女的民族服装是镶花边、有刺绣的大襟小袖衫，然而视线所及，我没有看见一个穿畲服的女性，不论是服装、建筑还是其他什么，柳城与汉族乡镇并无二致。不过，我在柳城的第一个交谈对象，却竟然就是畲族人！她是一位脚踩人力三轮车的车主——非常奇怪，寂静柳城镇上，偶尔往来的踩三轮车者，几乎清一色的全是女性。我坐她的车。她穿那种最最普通的蓝灰色罩衫，中年，看起来很壮实，甚至有一点点儿臃肿。三轮车妇女十分开朗、健谈，从她的神情可以看出，在镇上的大街小巷踩三轮车对她来说简直是一件享受的事情。"我的家在下面村里，全村大多数人是畲族；现在谁还穿那种花花绿绿的衣服？！我出嫁时倒还穿过，对，就是'凤凰装'，辫子盘在头顶，扎红头绳，全身钉钉挂挂的，好看是好看，就是太烦了……"边踩车子边说话的时候，她总是止不住在笑。（凤凰装：畲族妇女最典型的装束。红头绳扎的长辫高盘于头顶，象征凤头；衣裳、围裙上用大红、桃红、杏黄及金银丝线镶绣出五彩缤纷的花边图案，象征凤凰的颈项、腰身和羽毛；扎在腰后飘荡不定的金色腰带头，象征凤尾；佩于全身的叮当作响的银饰，象征凤鸣。）

（3）两块钱，我在属于柳城镇中心的十字街口下车（不管远近，这里坐上三轮车的价格都是两块）。镇内基本看不到汽车，只有几辆从容的自行车经过眼前。空荡的十字街口，最醒目的，是两处甘蔗摊头。摊头极其简易，一辆货运三轮车上散着一捆连根带叶的甘蔗，车子前面有一只方凳，方凳上是一张小圆竹匾，匾里是三两支已经削皮、斩断的待卖甘蔗。这里甘蔗的皮、叶一律青色。一整根甘蔗斩成两支，每支一元，非常便宜。买一支咬嚼，坚劲的青皮甘蔗咬起来很是锻炼牙齿，但汁水却是真正的清凉、甜蜜。我独自在镇内闲逛。两个老人在没有人的人行道上沉默下棋，一旁地上，有一只近乎发黑的紫砂茶壶。某处沿街房子凹进去的地方，是一个老虎灶。灶上木头锅盖的上空，弥漫着滚水的白雾热气，但是既不见灶主，也没有前来泡水的居民。我走过柳城的医院，大门旁的招牌是"武义县第二人民医院"，大门敞着，里面是一个颇为古朴的花园式院落，望进去，只散淡地停着几辆自行车。绿色邮政所内生出凉意，有人在仔细地存钱。邮政所前，是一个撑着旧红遮阳伞的水果铺，一张硕大的圆竹匾内，整整齐齐摆满了金红饱满的成熟柿子，两个面慈的男人坐在铺后的长条凳上低声谈话；一个清秀干净的年轻女性推着自行车停在水果铺前，她来买柿子。正在谈话的男人立起一位，他和她似乎相熟，他们彼此微笑，然后安静地成交。离水果铺不远的屋墙上，贴有一张红纸，墨汁淋漓的新鲜字迹，是本镇一座寺庙某日举行开光仪式的通告。我抬头，在镇子后面的山头上，果然有一座黄颜色的宗教建筑，远远地，正在阳光下偶尔闪出它一角的琉璃光亮。

（4）进一处没有顾客的个体书店。书店卖文具、式样繁多的各年级教辅，也有一架放的是文学、历史和各类畅销书，古今中外杂置一起。看店的是一位上了年纪的老者，戴眼镜，皮肤很细腻，耳朵很大。也许是寂寞所致，他对我这个来客十分欢迎，让凳给我坐下。聊起来发现，这个汉族的老者对畲族倒是了解很多。敬烟，我请他谈畲族。书店老者说，畲民现在和汉族基本混杂，从外表是很难区别的；他们会讲汉语，也会讲自己的方言，讲方言外人就听不懂。老者介绍的两个畲族的传统节日给我留下了印象。一是二月二的"会亲节"，散居浙闽山中的畲民都习惯在这天走亲访友，到夜晚山谷里彩色烟花怒放，提灯游村的人穿行在各个畲村，非常热闹。还有一个节日是"三月三"，这天畲民各家照例都要蒸乌米饭，用来聚餐、赠友、祭祀祖先。乌米饭的做法是把当地野生植物乌树叶捣碎煮汁，然后捞出叶渣，在汁中浸入糯米，用这样的黑糯米做出的饭颜色乌黑，味道清香，可以数日不馊；用猪油炒热，香软可口。对于"三月三"这个节日，我特别亲切。因为在我的家乡——太湖西岸的江苏宜兴，也有吃乌饭的习俗，但时间是在农历"四月初八"（吃乌饭的习俗如何来，家乡传说是源于一则"目连孝母"故事。古时有孝子目连，其母受冤入狱。目连每次探监给母亲送白米饭，都被狱卒吃掉；后来便用乌树叶捣汁烧成黑漆漆的乌饭，狱卒异之不吃，目连母亲才终于吃到米饭）。同为吃乌饭，但为什么一个在"三月三"，一个在"四月初八"？稍稍思索我恍然大悟，是地理纬度的差异，决定了同一习俗在两地时间上的先后：柳城在南，宜兴在北，春天柳城的乌树新叶，要比北面的宜兴早发大约一个月！

（5）柳城曾是一座旧县的县府所在地。这个旧县名叫宣平，1958年5月被撤，并入武义县。宣平虽然被撤并已有近半个世纪，但无论是外表环境，还是在当地人心中，都仍然留有它强烈的影子。武义到柳城的中巴车，牌子上写的是"武义—宣平"；车到柳城，司机对我说的是："宣平到了。""对，宣平就是柳城！"镇口花坛小广场边上有一座老旧的公共建筑，屋檐下是三个年代久远的水泥隶书大字：宣平站。看来，这座建筑就是当年的宣平县汽车站。而且，到现在，"宣平人"的复县之心也是仍然不死——我在镇内某沿街房子的门口看到一块牌子：宣平人民复县办公室。紧闭的金属卷帘门上，贴了大大的对联：贯日精忠拼复宣平无杂念，改天正气彻底为民绝私心。

（6）柳城的特产是"宣莲"，"宣平之莲"。我在下车地附近的小超市内，就看见杂乱的货架上摆满了纸盒包装的各种"宣莲"产品，如莲子、藕粉等等。据说，"宣莲"颗粒硕大，圆润酥松，在清代曾列为贡品，与湖南著名的"湘莲"齐名。2000年8月24日的《人民日报·华东新闻》，曾刊登特写《畲乡八月采莲忙》（作者：朱治平、周新旺），讲的就是有关"宣莲"的事情，兹录如下：

车入浙江省武义县柳城畲族镇，沿途所见莲田景致让人叹为观止，真可谓"接天莲叶无穷碧，映日荷花别样红"。在荷花丛中，姑娘和小伙头戴笠帽忙采莲，一幅幅美丽的畲乡风情画卷令人赏心悦目。

宣莲，因产于原宣平县而得名，始种于清嘉庆年间，由于宣莲味美质高，一度列为清朝贡品。200多年来，柳城畲族镇的农民种莲不辍。改革开放以后，种宣莲的农户更是与日俱增。循着莲荷的扑鼻清香，我们来到了柳城畲族镇宣莲种植村祝村。行走在村头巷尾，随处可见妇女小孩围坐在家门口剥莲子。只见他们灵巧地剥去莲子的外壳，用手指小心抹去果子表膜，然后取出莲子中间的绿芯。宣莲的几道加工工序，便是在拉家常或说闲话的气氛中愉快地进行着。村党支部书记涂立斌喜滋滋地说，村里家家户户都种莲子，全村现有莲田210亩，去年仅莲子一项，给村民增加了40多万元收入。

宣莲给村民带来了可观的收入，村民的生活也一年比一年红火。

在田头，随处可见采莲的农民。"种莲大户"姜钱丰告诉我们，采莲是一门学问，早采或迟摘都会影响莲子的质量，莲蓬80%呈淡褐色时采摘为最佳。这时采摘的莲子，烘焙出来圆润饱满，肉色纯白。

在祝村，你总能碰上慕名前来购买宣莲的客户。涂立斌说，他们村的莲子不愁销路，每天都有客户上门，镇农业服务公司也会定期派人前来收购。他说，村里还将创办莲子食品加工厂，开发莲子食品、藕粉等产品，提高宣莲的附加值，让村民得到更多实惠。

畲乡八月采莲忙。畲乡农民的生活，正如田田莲叶丛中的映日荷花，越开越红火。

（7）镇边的饮食店阔大、豪放。一盆盆色彩各异的菜展示在店外；店内，是成排的长木桌和长木凳。你点菜，热情、油腻的老板便将菜拷在你端着的不锈钢餐盘之中；随后，做服务员的纯朴乡镇女孩，会应嘱为你拎来啤酒或是端上大碗的堆得尖尖的雪白米饭。几个附近单位的叽叽喳喳的姑娘，一群明显是刚干了重活敞着衣服抽着香烟的男人，头发染黄的小伙子，还有两对母子……异乡的我混融于他们之间，身心舒坦。糟辣椒（这是畲菜）、炒绿豆芽、切成小方块的红烧肉（味道太好了！），啤酒和米饭——我埋头"革命"！

老板告诉我，开往松阳的班车，等会儿就要从店前经过。

（柳城，浙江省武义县所辖）

皤滩：南方食盐之路上的寂静废墟

笔记整理之一：我见到的"夜观五月"

"皤滩囿万山中"。朱姆溪、万竹溪、九都坑溪、黄榆坑溪，这四条从翠绿深山中泻涌而出的溪水，在皤滩，同点汇入宽阔流急的永安溪中。因此，皤滩自古就有"夜观五月"之景（五条溪中各有一个月亮的倒影）。

农历八月十四之夜，我在皤滩看见的，却并非仅仅是五个月亮，而是有五十个月亮、五百个月亮、五千个月亮；在皤滩，作为一个被默允的悄悄的旁观者，我幸运并且神奇地目睹了无数中国月亮在此举行的一场超级盛大的聚会。

我住宿的个体旅馆，就在溪畔。夜静人稀，分开及膝的高茂野草，我到溪边。这是一处河埠，站在长长的条石上，脚旁溪水中突然凸现的一轮明晃晃的月亮，让我吃惊！这局部黑蓝的溪水非常安静，耀眼的月亮映在其中，它与我是如此接近，但凝神注视，这溪中的月亮又好像在深不可及的、遥远的另一个世界。我忍不住将手伸入水中——明晃晃的月亮怕羞似的，顿时碎了。破碎了的月亮，像是水中无数条银色活泼的小鱼，兴奋地窜游着，碰撞着；最后，游累了，撞累了，这么多银色活泼的鱼儿，又慢慢地、安静地复归为一轮原初的月亮。

在夜色的溪畔漫走，河埠月亮，只是我在五溪汇合处见到的无数月亮中的一个。此处地形复杂，无数或大或小，或断或连的卵石滩地（有的长草，有的则纯为裸露卵石），凸出水面，将溪水分割成无数不规则的局部。或是一洼，或是一池，或是一摊，或是一潭，或是一塘，或是一条，除了主干道在疾速流动外，其余都似不规则的镜子，散落各处。于是，每一块镜子内，都有一轮或完整或残缺的月亮——中秋前夜，中国古代文学卷册内所有依然新鲜如初、皎洁如初的月亮，不顾时间和空间的阻隔，在此僻野的群山溪涧之中举行盛大聚会。我几乎熟悉每一轮映入我眼的熠熠银盘：有屈原的（"夜光何德，死则又育"），有曹植的（"明月照高楼，流光正徘徊"），有阮籍的（"薄帷鉴明月，清风吹我襟"），有李白的（"举头望明月，低头思故乡"），有杜甫的（"露从今夜白，月是故乡明"），有张九龄的（"海上生明月，天涯共此时"），有李商隐的（"嫦娥应悔偷灵药，碧海青天夜夜心"），有苏轼的（"暮云收尽溢清寒，银汉无声转玉盘"），有文天祥的（"拜华星之坠几，约明月之浮槎"），有文徵明的（"桂花浮玉，正月满天街，夜凉如洗"）……

清凉浓郁的溪水野草气息中，像一个隐身人，我的眼前一刻不停地炫射着古老但是莹润的银色光线（月亮！）。

笔记整理之二：南方食盐之路

这是一条已被时光湮没的著名历史之路。

南方食盐之路可分水陆两段。东向水路，在地图上看是一条由细渐粗的蓝线。这条蓝线头、中、尾三部分分别有不同的命名：头是发源于浙东南括苍山的永安溪（属仙居）；永安溪进入临海后，称灵江，这是中；灵江流入台州境内，便是蓝线尾部的椒江，最后由椒江在台州湾汇入东海。西向陆路，始于浙江仙居境内的苍岭古道，由古道越缙云，再过金华，即可通往浙西及赣、湘、鄂、皖等广大内陆地区。

因此，可以这样形象地来描述这条著名的食盐之路：满载海盐的船只，从紧邻东海的椒江溯水而上，经灵江，往西驶入永安溪；到永安溪中游，船只停下（因为再往上水已太浅，无法通航），将盐货卸下，改由人力从陆路苍岭古道，继续向西直至广大内陆。

交汇南方食盐之路水与陆的要隘，就是皤滩。

鼎盛时期的食盐之路非常繁忙。据《光绪仙居县志》载，"盐法附：仙居县年销正引一千九百八十七引（清代一引为六百斤）外，东阳、永康、武义三县，共年销正引四千五百十四引，皆由该县皤滩而上"。由此推算，明清时期光仙居西部与东阳、永康、武义三县每年经幡滩盐埠中转的食盐就达390多万斤，折合现代计量已近2000吨。如果再加上缙云、丽水、云和、龙泉、金华、义乌、兰溪、龙游等县及江西、湖南、河南、安徽等省区向幡滩进盐的数量，粗略估算就在5000吨以上。据说，那时每天停靠在幡滩永安溪水埠头的货船多达四五百艘；而陆路的运盐大军则"挑者经属蚁接"，场面极为壮观。

我寻访过通往西向内陆的苍岭古道。踏足其上，那蜿蜒绵长的山间石阶，因为长年累月盐屑的不断散落，石色已由原初的青白，变成了隐含着万千挑盐人艰辛汗血的凝重赭红。

笔记整理之三："白滩"和"幡滩"

"幡"的意思是"白"，所以，"幡滩"以前的名字很直白，就叫"白滩"。

为什么称"白滩"？因为这里是万山丛中一处凸起的河谷滩地，而滩上全是白花花的鹅卵石（在滩上，我捡过有着象形纹路的椭圆石头），故此，以视觉命名。

由于从东向水路来的船只在幡滩拢岸，通往浙西等地的苍岭古道也在幡滩起步，这种连接东南沿海和西向内陆的优越地理位置，使得幡滩天然地形成以水陆交汇要隘为特征的物资集散地（大宗为盐，其余有布匹、山货、陶瓷等）。

据记载，幡滩集市萌芽于唐代，发育于宋代，成长于明代，鼎盛于清代。

在鼎盛的清代中期，八方商贾云集蟠滩，遐迩闻名的古镇已经颇具规模。主街道龙形古街长达两公里，街面柜台鳞次栉比，店后沿溪排列着众多船埠，除"水埠头"渡口作官埠外，其他有各地客商经营的如永康埠、缙云埠、金华埠、丽水埠、东阳埠、龙泉埠、安徽埠、河南盐栈等（各处遗址至今依稀可辨）。人声鼎沸，摩肩接踵，"风送蟠滩雨注酒，帘习隔岸花自醉""宿酒蟠滩眠未起，半窗红日鸟声多"，其街道繁华之景，宛如《清明上河图》的再现。

与历史上扬州的盛衰相仿，兴也交通，败也交通，蟠滩同样无法挣脱这种命运。

1929—1937年浙赣铁路逐段修筑贯通，这条从东部沿杭州、金华通向内地的大动脉，遏阻了东西走向的仙居苍岭古道向内地的盐业扩张，完全切断了原先兴旺的"食盐之路"，造成了蟠滩盐业中转市场的萎缩——千年古镇衰败的结局，由此注定。

笔记整理之四：龙形古街

在蟠滩龙形古街，我看见和听见的，是寂静，深深的被遗弃的寂静，废墟的寂静。

古街之所以被称为"龙形"，首先是它的酷肖龙形的总体形态。在古街有九处竟然是直角90度的转角，让人似觉"山重水复疑无路"，但一拐弯，顿感豁然开朗，"柳暗花明又一村"。这是由于当年永安溪河床曲折多变，最早在蟠滩经商的古人遂依水建屋,从而渐渐地使街道成为九曲回肠的形态。古街为龙形,还在于它的局部,街道清一色是用永安溪河滩上的鹅卵石(就地取材)镶嵌成的龙鳞图案,中间高,两侧低,便于排水,宛如龙脊。

"龙舞九曲穿白滩,人共溪声到小堂",这是早年的嶓滩。今天的龙形古街,确乎已经是一处寂静的废墟。

依然沉睡在过去时间中的九曲街巷上,很少见到人。空荡寂寞,龙鳞的卵石在闪烁湿意。偶尔从对面一个直角拐弯处出现的,不是蹒跚挂杖的青衣老太,就是一个嶙峋驼背、表情木然的长须老头。很多的户槛石上有狗,但这里的狗也一律卧躺,有生人走近,无一发出吠声,最多是半睁着瞟上一眼,便重新闭拢,继续沉浸在它自己的蒙眬睡乡。

"四间封"的木结构街屋很多歪斜,有的接近坍塌(每三间或四间店面为一"封",两端各立一堵防火墙,多见于明清时期)。米行、药店、南货店、首饰局、滋补店、布庄、染坊、油坊、碗店、打铁铺、杂货店、陶瓷店、饭馆、酒家、赌场、茶楼、妓院、客栈,260多家商家铺号,依然遗存于今天的古街,但几乎全部是:无人、闭户。只有石板的柜台,驳蚀但墨色依然清晰可辨的招牌或匾额,以及偶尔出现的"毛主席语录"(奇异的并置),茫然地裸露在空寂的流光之中。在我的感觉中,好像是一座繁华的商镇,突然所有的人被无端蒸发,只留下一具空壳,然后,这具空壳的商镇,在风、雨、雪和日、月以及时间的侵蚀下，慢慢地衰败、腐朽。卵石街道两旁已生出满目的萋萋绿草……

我在古街东边的上街街口小憩（我也曾在古街西端，穿越街外茂密的黛青橘林，到永安溪畔喝过清亮的溪水）。对面是一个冷灶无人的小吃店。堆叠的竹蒸笼。乱放的红、绿塑料盆。"五味生香"的门楣旧纸。依稀从附近旧宅里传出的缥缈地方戏。一个挑泔脚的束青布围裙老人，担着空桶从我眼前走过。第二天清晨，在变得热闹的这里，我吃了早饭：热粥，掰开的肉馒头有淌出的油汁……

笔记整理之五：废墟上的人文化石

【同庆和】一家老字号药店，占有两间店面。店面门楣处的长条隔栏板上，一句过去醒目现在暗淡的广告词是："同庆和号道地药材，参茸官燕丸散膏丹"。正门左边的柜台隔栏竖壁上，还写着"松鹤长春"四字（蟠滩龙形古街上的店铺，除了店名外，很多还附有一块与店有关的招牌）。据考，同庆和药店开张于明代，第一任掌柜名叫陈庆和，他曾在北京最有名的"同仁堂"和"鹤年堂"当过学徒。据说"鹤年堂"也有一块与蟠滩"同庆和"一模一样的"松鹤长春"竖牌，为明代奸相严嵩手书，陈庆和爱好此四字，回乡开店遂临摹了一块。

【官盐绍酒】一家专卖盐酒的店铺，在龙形古街占三间店面。此四字存于店面左侧的砖墙上。我国旧时依盐法生产、运销并纳税的食盐为官盐，反之为私盐。私盐之所以不能禁绝，在于其价格远比官盐低廉，经营利润颇丰；而官盐的价与利则比较稳定。"绍酒"即绍兴酒，我国名酒之一，品种有元红、善酿、加饭、竹叶青等，酒液黄亮有光，香浓味醇，当时市面十分畅销，也属官府统购统销的物品。

【万春号】一处据传开张于宋元时的妓院。规模很大，有房30多间，大小天井3个，后花园1座。临街正门的檐下搁板上"万春号"三个字模糊漫漶，但柜台右侧所竖"色赛春花"墨字招牌，还相当清楚（只"花"字一角木头朽烂）。"万春号"内的天井中，现在长满寂寞红花，不知从何处拆下的木柱梁椽弃于其间。正堂八扇大门上的漏窗交条中心，都有一组雌雄配对的动物肖形；印象最深的，是地面上用鹅卵石镶嵌而成的各种图案，如有九连环铜钱，中间部分是用莲花作底的"心"形图，寓须花大钱才能得到女人芳心，而莲花之心又说明这里的女子虽身陷红尘，却又"出淤泥而不染"。

【山珍海错】一座较有档次的酒店。"山珍海错"实际即"山珍海味"。典出韦应物《长安道》诗："山珍海错弃藩篱，烹犊炰羔如折葵"，泛指山海中出产的各种珍异食品。"海错"有"海物唯错"之说，谓海中物产，种类复杂，极易错认，故称海味为"海错"。此酒店檐下阁楼装有木交条的防盗窗栅。

【炼石补天】一家滋补店。拥有两个石板柜台。由于年代久远，招牌木质腐朽，但字尚能看清。"炼石"指用炉火烧炼药石，

84

也称炼丹;"补天"之"补",为补益、滋补之意,"天"即指人。店家后人收藏着几张泛黑的黄纸手抄疗方,若干内容为:"肾阴虚可有形体消瘦、眩晕、腰酸、遗精、神疲、虚热升火等症,可用龟板、熟地、鳖甲、黄檗、女贞子等药物成丹。肾阳虚表现为面色光白、气短气促、头晕、阳痿、便秘、肢冷、水肿等症,可用巴戟天、仙灵脾、肉桂、补骨脂、菟丝子等成丹。"

【何氏里】一处典型的江南庭院式民居,过去曾是"八对旗杆门前竖,中举捷报挂满堂",盛极一时。我在何氏里,一个说话含混不清的孤独看房老人热情想为我介绍,但我却一句都听不清楚。宅屋正厅就是"捷报厅",两侧壁板上,至今还贴着16张当年官报、捷报之类的"榜文",均为隶书。尽管这些"榜文"在壁上度过了几百个春秋,但主要文字还费力可辨,如其中一张捷报上,可以看到当年何氏家族中一个叫何朝华的人,中了进士第四名——历史的变迁在何氏里已经入木三分。何氏里后花园依存,但杂草已经及人。宅院西面一口千年古井十分奇特,它为台阶式方井,沿台阶可一直走到水边,两侧石壁上印满青苔,井水上方有石板架住,其上林木阔叶野茂纷披。这种形式的井相传在唐代就已开挖使用,目前在龙形古街尚存30多口。

【胡公殿】一座古殿,建于南宋,明万历重修。位于龙形古街西端街尾,这非常吻合古代"殿后"之说。胡公殿供奉的是北宋清官胡则。磻滩人供奉胡则,原因有二:其一,他为官廉正，是著名的清官；其二，胡则是蟠滩的女婿，他的夫人陈思兰是蟠滩陈氏之女。关于清官胡则，有毛泽东的评价可参看。1959年的某天，毛泽东在金华接见永康县委人士时曾表示过："永康最出名的不是五指岩生姜。永康有个方岩，方岩有个胡公大帝，胡公大帝才是最出名的。胡公大帝不是神，不是佛，而是人。他姓胡名则，是北宋的一个清官，为人民做了很多好事，人民纪念他，所以香火长盛不衰。我们共产党的干部也应该多做好事。为官一任，造福一方嘛！"（吴康福《毛泽东与浙江建德》）——"为官一任，造福一方"，语出于此。胡公殿内让我惊奇的是，所有的柱子都是石柱。大殿的石柱，中间的圆径比底部的圆径还要稍大；大殿对面的戏台石柱为上圆下方，意为"天圆地方"；台前两根矮石柱的顶部雕饰"莲台"，除取意"好戏连台"外，还可放置照明灯盏。在胡公殿内我碰到一个中年男子，矜持之余，又向我大谈蟠滩的历史与今天，我请教他的名姓，称"李世春"，再请教他的身份，却再也不肯吐露。第二天正好又在古街上碰到他，彼此点头微笑。我问街边闲坐的老者"他是谁"，才知他是本地的干部。"他是一个好官。"被问的老者向我补充。

【蟠滩"巧话"】蟠滩古时有很多"巧话"，至今仍然流行。这种"无形"的"人文化石"，仔细品味，可以强烈显示出民间百姓的智慧和幽默，让会心者会心一笑。兹举数字"一到十"为例：

长竹——一

元头——二

横川——三

罗顶——四

插丑——五

断大——六

毛根——七

散人——八

老弯——九

田心——十

笔记整理之六：李湘满和针刺无骨花灯

经过仙居朋友的介绍，在龙形古街，我遇到并结识了皤滩文化站站长李湘满老师。年近花甲的李老师儒雅内敛，他几乎是皤滩的"活字典"。由于他，我有幸目睹了皤滩一绝——被誉为"中华第一灯"的针刺无骨花灯。而此种原本近于湮没的古老花灯在当代得以再生，李湘满老师的挖掘之力功不可没。

关于花灯，在皤滩有着美丽的传说。

相传在唐朝，皤滩一秀才为治母病，上山采药迷了路，怎么都下不了山。第三天夜里，秀才碰到了一个仙女，仙女递上手中的花灯说："看你三天三夜跌跌撞撞寻找下山之路，仍把背笼里的草药视为宝贝，不肯松手，想必是救母心切……你提上这盏灯往北走,灯火所照之处,就是下山之路。"果然,秀才提着花灯走路,不一会儿就到了家,母亲也终于得救。为纪念这次奇遇,秀才把灯挂在家门口,众人观看,赞叹不已:这盏花灯造型别致,制作精美;更奇的是,灯身没有骨架,全用绣花针刺成各种花纹图案的纸片粘贴而成,玲珑剔透,轻巧能飞,村民疑为"神灯"。于是家家仿制。此事被唐太宗李世民获悉,遂下诏皤滩针刺无骨花灯每年进贡十对,曰十全十美。以后,历代都以花灯进贡朝廷。

清末民初以来,针刺无骨花灯的制作工艺几近失传。还是在1984年春节,皤滩文化站举办迎春灯会,当地一位80多岁的老人告诉李湘满,以前皤滩有一种灯不用铅丝、竹篾做骨架,只用纸粘贴而成,并用针刺出各种各样的图案,比现在的灯好看多了,可惜已经多年不见。言者无意,听者有心,李湘满在次日清晨就专程拜访了这位老人,详细询问花灯的情况。经过多方打听,才知道皤滩竟还有10多位老人会制作这种花灯!于是,他邀请这些会做花灯的老人聚在一起,凭记忆终于复制出古老的花灯——独特的民间艺术得到生还。

李湘满老师介绍,制作这种无骨针刺花灯工艺非常复杂,要经过绘图、粘贴、烫纸、剪样、装订、凿花、拷贝、针刺、竖灯、装饰等十多道工序。一盏灯制成少则三四工,多的则要花费上百工。

在夜色来临之前,李老师领我到文化站二楼的花灯展室。

掏钥匙开门，进入昏黑的室内，当他摸索着拉亮开关绳后，我的眼前顿时晶光绚烂，犹如置身于一个神奇的仙境！悬挂于展室内的上百只各色各样美丽的花灯，竞相斗艳，有宝石灯、花篮灯、龙凤八卦灯、绣球灯、荔枝灯等；仔细观察，纸做的灯身之上，针刺的图案精美绝伦，传统的有"马上有喜"（马背之上歇有喜鹊）"老鼠偷油""麒麟送子""鱼篮""鲤鱼跳龙门""福禄寿三星"等。花灯丛中，李湘满老师像介绍自己的孩子一样，向我介绍一只只花灯的制作和图案的特点。大饱眼福，叹为观止——我真正理解了这两个成语的意义！

南方食盐之路已经湮灭，皤滩的龙形古街也迹近废墟，但是，花灯还亮着，闪烁着。夜色里，一只只璀璨的针刺无骨花灯，像一颗颗鲜红的心脏，从中，我感受到了那古老的路与街依然跃动不息的生命之力。

（皤滩，浙江省仙居县所辖）

方岩：母子

方岩山，丹霞绚烂的山体上，深绿的林木古老翁郁。山上的胡公殿内，照例是红烛煌煌，香烟缭绕。（胡公殿是浙江中部和西南地区最有影响的庙宇，该殿所供奉的胡公，是浙江最著名的地方神之一。胡公确有其人，他姓胡名则，永康人，北宋清官。现代毛泽东著名的"为官一任，造福一方"句，即指此人，殿前墙上所镌刻的这八个字的毛氏书法，赫然在目。）从山下一口气爬到山顶，身体已散出欲汗的热气。于是，在胡公殿稍歇。陪我上山的当地朋友星光兄说，胡公殿求签很灵，所以这里的香火永远是这样旺。确实，缭绕的烟气之中，殿内拥挤的烧香求签者已接近于摩肩接踵的程度。

杂乱喧吵的人群间，我注意到两个人。他们是一对母子（我听到轻微的一声叫"娘"的声音）。他们显然不是旅游者，素朴得近乎寒碜的衣着，带有强烈的乡野或山间的气息。儿子不高，旧蓝衣裤，非常清癯；同样瘦的母亲，更要比儿子矮一个头。儿子空手，母亲则攥了一个瘪瘪的小布袋。在杂乱喧吵花花绿绿的人群间,这对母子散发出一种孤零零的寂静,像两株沉默的、营养不良的植物——滚滚红尘与他们无关,他们的眼神,含满虔诚、渴盼、紧张、专注。他们紧挨着,随着人流向胡公像前的拜垫靠近。首先轮到的是儿子。他庄重地跪倒,叩头;然后双手摇动圆形的签筒,一支竹签落了出来,他捡起来,双手握住,站起来立在拜垫一旁——他等待母亲。瘦弱的母亲将瘪布袋交给儿子,跪倒在垫上,叩头。她善良的神情里,有着一股恨不得将一辈子的信仰都倾注在此时此刻的意欲。她也是双手摇动圆形签筒,将落出来的一支捡起,双手握住,然后,在儿子的帮助下,慢慢站起来。这对不说话的母子,来到殿侧,将手中的竹签双手递给阴影里的一位黄衣人。黄衣人依据竹签上的编号,找出了分别属于母与子的两首签诗。也许是不认识字,也许是极端的虔诚,反正,他们谁也没有看手中签诗的内容,就紧攥着,向殿外走去。职业的解签者坐在长条的桌子后面,像仪仗一样排在殿外。这对母子选择的解签人,是一位头发花白的老者。仍然是儿子首先递上求到的签诗。儿子的签诗是这样的:

  阴阳显晦本从天,
  不遂群心已变迁;
  虽谓精诚能感格,
  奈从人事尚迟延。

解曰：
谓天盖高，惟听极卑；
人事有待，请祷渐随。

这是一首中下之签，不过还是"人事有待，请祷渐随"。在白头发老者戴起眼镜仔细端详阐释的时候，很奇异地，母亲并没有去认真倾听有关儿子的解签内容，大概是由于紧张，站在旁边的她一边等着，一边总在时不时地瞟着手中自己的命运。我看清了，这位母亲的签诗是：

炎炎酷日炽终朝，
龟坼田畴槁禾苗；
悯念至诚来虔祷，
沛然甘雨下云霄。
解曰：
举行必成，祈祷必灵；
俯周人意，定遂安宁。

我忍不住悄悄对这位母亲说，你是好签！紧张等待中的瘦弱母亲，对我绽放了难得的微笑。

后来在下山途中，我又看见了这对母子——游人之中，行走之中，仍然散发出一种孤零零的寂静，像两株沉默的、营养不良的植物。步履匆促的他们，越我们而过，急急地向山下赶去。看来，今天的他们是专程来烧香求签的。……步行，在尘土漫舞中等乘最便宜的车，最后，在浓暮时分回到乡野或山中清贫熟悉的屋檐之下。

今夜，这对母子应该有一个近于温暖踏实的眠梦。我祝福他们！

（方岩，浙江省永康市所辖）

安昌：缓慢的，古老的

烛火在夜的廊街上摇曳。暗红沉郁的摇曳烛火，像一匹匹柔软的血绸，在坚硬凹凸的街面上，在某扇合上的木门上，在河边漆黑林立的廊柱上（木质或砖质），在混浊疲惫的市河上……波动、放大、晃漾。

廊街由无数厚重方粗的青石板块铺成。因为有宽阔绵长的廊棚的遮盖与压抑，廊街的夜，就要比裸露市河上的夜更为深浓。夜晚停电。人家，或是尚未关门的店铺内，便燃起了烛火。在一个幽暗如深渊的沿街居室内，我看见一张孤寂的老人的脸：白蜡烛点在近侧的堆垒杂乱的长台上，他的脸，布满了块块飘忽的红光和暗影；他的嶙峋的手边，一只仍然看得清瓷质的碗内，是残剩的、偶尔闪烁一丝清亮的深黄酒液。有人在往寂静的河里哗啦泼水。湿漉漉的狗，敏捷地擦过廊街内夜行人的裤管。还有，黑暗中突然响起的自行车铃。

高桥旁边的那个店铺，因为门面较阔，所以店内燃起了好几支蜡烛。它的门口，摆了一张台球桌。三五个年轻人——看不清面容，只是嘴角都有一星烟头闪耀着碎红——在围着桌子打球。他们灰黑的影子，随着身体的移动，变幻无定，有时，最长的一具，甚至会越过夜晚的河面，折弯后，投映在对岸某堵斑驳古旧的墙上。

【廊街·长镜头之一】廊街临河的木柱间，倒悬的火腿，看它们发褐风干的肉色，就知道时光又已经消逝了多少。还有咸鱼。剖开的咸鱼（肚内的一切早已掏净），都用一根短竹棒撑开，一条条，不，应该是一张张的鱼，同样，晾晒在临河木柱与木柱间的线绳之上。因为盐和风的缘故，鱼肉也已失去水分，发硬变红。晨光里，一张张发硬变红的鱼，在我的视线里是透明的，像皮影戏的晕红布幕。一个老人，在悬挂的火腿和咸鱼队列旁边做香肠。他的工具是一支竹筷和一个漏斗，将塑料脸盆里的绛红碎肉放入漏斗，再用竹筷挤塞进肠衣，用棉线扎紧——香肠做好了。于是，在火腿和咸鱼们之外，又多了一连串呈"U"形或"W"形的当地特产。沿河廊柱，在极宽的街的繁华处，是用青砖砌筑成的方柱；而极大多数是立在石础上的，或粗或细的圆木柱，漆成越地常见的黑色。晃射河光的廊街宽阔，巨大的青石方块地面缝隙很大，少数的缝隙间潴有阴黑的水。人家和店铺杂处。络绎不绝撞入眼帘的各种招牌。"国营安昌食品站"（白底红字）、"火腿、香肠、腌腊品"（白底黑字）、"宝麟酒家"（红底黑字）、"安昌集体商业综合公司"（黄底红字，牌子的四周积累岁月的油尘）、"中国电信电话超市·每分钟0.3元"（白底红字、蓝字）、"小吃"（蓝底红字，布质）、"中国铁通·公话中心·IP每分钟0.3元"（白底黑字）、"旅游茶室"（灰底白字）、"药店"（白底绿字）……店铺早晨开门后卸下的一块块门板，全部靠在临河柱间的木横档或铁丝上。青石街面只有中间一部分是空的，它的两边，即临河和靠近店面的地方，摊放满待卖的商品：卷面、红枣、书籍、风筝、布匹、自行车、霉干菜、糖、方便面、煤球、丝瓜精、食油、铁锅、铲子、香烟、花生、鲜肉、粗盐、米、苹果、香蕉、钢丝洗碗球、塑料盆、彩色果冻、肥皂、瓷碗……这些商品，有的放在店门前敞口的纸箱内，有的放在木门板上，有的放在长方形的白铁盒内——门板和白铁盒，又都搁在居家所坐的长条木凳上。在一个木花翻涌的箍桶店内，一只扁圆形的、散发木香的巨深洗澡盆刚刚箍好，我问戴老花眼镜的制作老人，这只桶怎么卖，他校正着手中的刨刀回答我：600元。

我独自住的房间在私人旅馆的四楼。水泥楼道和水泥地面都刷了暗淡红漆，中间一部分由于人走得多的缘故，已经磨去红漆，露出一轮一轮、像水波一样的水泥原色。旅馆墙壁的颜色是下绿上白：下部漆成绿色，其余是石灰的白色。下绿上白的楼道内部墙上，还贴有当地派出所的宣传小牌子："除毒务早，除毒务尽""严厉打击毒品犯罪活动"。

私人旅馆就在市河旁的廊街中部，过去好像是安昌供销社招待所，现在则是一家人在经营。底层是杂乱的居家面貌，我到的时候，从很暗房间出来的一个女人，招呼隔壁烟酒店的一个中年男人给我登记。圆珠笔写不出来，店主在旁边的旧报纸上用力划了几下，写我的名字、身份证号。然后领我上四楼，给我钥匙。然后给我拎来了两瓶热水。然后离开。

整个旅馆似乎就我一人。我先去了在走廊西头的空荡荡的厕所。厕所外面的水龙头（水池）后面墙上写有歪斜的字迹：谨防下水管道堵塞。

我所住的朝北房间的内部情形。很大的北窗，木格玻璃窗。屋西北角是一张四仙桌，上面摆了一台电视机。四仙桌旁靠北墙是一个灰色的单人旧沙发。沙发旁近门处是一张方凳，上面放了一个红塑料盆。北窗下是办公桌、扭动的靠背木椅——从桌面就可看出桌子已经年代久远，上面布满了各种硬器的刻痕和划痕，但是擦洗得非常洁净。办公桌旁、屋东北角是一个带大镜子的大衣橱，打开来，里面空空如也。进门右侧，也就是房间东南部位，是一张棕绷大床，床上堆了两条厚厚的花被。床头有一小柜。房间的空中有孤独的电灯泡，有灰尘的不用已久的三叶吊扇，他们的拉线开关就在门边。房间很小，而老式的床啊、四仙桌啊、办公桌啊又都是既笨又大，所以，所有这些家具物件其实都挤在了一起。局促的、挤满了东西的我的旅馆房间。

我喜欢坐在北窗前的办公桌前（右边的衣橱镜子也有一个我）。窗下是市镇纵深处那些参差起伏的青瓦屋顶。我长时间静默地注视它们。它们渐渐地浸入很深的青蓝，然后是真正的黑暗，最终又在另一种青蓝的空气中渐渐隐显出来——在这个越中市镇，在这间旅馆的房间里，我又一次感知并亲历了童年的记忆：由黄昏、夜晚直至黎明的古老、分明的程式。

黎明的鸡鸣中，我在安昌的某个屋顶下醒来。

【廊街·长镜头之二】剃头店。宽大的褐木转椅旁的砖地上，落满了花白与浓黑的头发——老者和少年被剪落的头发。现在那个动作迟缓的年老理发师坐在黄昏的店门口，看着近前的市河和行人抽烟发呆。河对岸一长排黄旧的木板墙壁前，一个穿绿毛线衣的男孩，在孤寂地移走，他的瘦小的倒影，也在脚下的河内跟着细细移动。廊街边上的市河大约3里路长，两岸皆是非常干净整齐的石块驳岸。为便于沟通行走，市河上造型各异的石桥有17座之多，它们的名字有颖安桥、安康桥、横桥、寺桥、瑞安桥、安吉桥、三板桥、清风桥等。放学的小学生，有的并不直接回家，而是将某个桥栏板当作书案，在露天完成他们的家庭作业。很多人家，把竹椅矮桌端出家门，在临河的一棵香樟树荫下，进行他们的晚餐。一位抱着婴儿的戴眼镜的父亲，和河对岸的一对老年夫妻打招呼，还自作主张地抓起怀中婴儿的小手，向对岸的"爷爷奶奶"问好。三五个孩子惊叫起来，原来他们玩的皮球蹦跳着掉进了河里。零拷了黄酒的妇女在回家。买了一包酱猪头肉的下班男子在回家。在黄昏，我还看见废弃的河边巨宅，看见补了铁钉的大缸，看见有雨棚的破败夹弄内的一口棺材，看见"仁昌酱园"内堆成小山的酒瓮在张开空洞的嘴唇，看见某幢台门的深红对联：琪花芝草佳树四时春，宝瑟瑶琴蟠桃千岁果。清晨的市河和廊街弥漫着白色的水雾。新叶间纷飞的燕子，在去年人家的旧梁上筑巢。"福安居"茶馆内热气腾腾。茶馆暗旧，面积不大，摆了十几张狭小的小木桌。据说，茶馆的房子已经有300年历史，茶桌用了80年。湿漉漉的馆内灶台上排满了热水瓶和搪瓷茶缸。红茶，1元。戴毡帽的二三十位老人在喝茶、打牌、聊天或沉默——我亲见了年老的、饱经岁月沧桑的"闰土"们。我在一座宁静的桥畔小吃店吃我的早餐。店内只有一个如弥勒佛一样喜欢微笑的胖胖女店主。一碗小馄饨，一个包子；吃完以后，忍不住再要一碗小馄饨，再要一个包子。一个拄杖老人拿了盆子和一个生鸡蛋蹒跚过来，女店主熟练地接过他的盆子和鸡蛋，将鸡蛋打开入盆，然后再舀进了熟烫的小馄饨。与市河同样长的廊街并不是都有廊棚，很多段落其实还是裸街。又圆又大的红日升起来后，桥上、沿河的空地上，摊晒了无数的竹匾竹床，里面是霉干菜或笋干菜。（《越游便览》记载："干菜绍兴民间十九自制。"它一般用芥菜，尚未抽薹的白菜和油菜腌制晒干而成，其中以芥菜为主。）家家户户做干菜，家家户户晒干菜，此季市镇的每个角落都回旋着干菜特别的气息。一位家庭主妇，在河边的煤炉上放置了一个巨大的铝锅，里面是煮着的笋片和干菜，她用铲子挑出一片已熟的竹笋请我尝尝，是的，很鲜。

夜幕下的"悦来酒家"，在廊街的弘治桥边。酒家有红暗的灯火，倾泼进临窗的市河深处。不大的酒家似乎有无数的窗户。店名写在匾上，颇有古意。又是漆成黑色的门。店内有圆桌和小桌，不过总共只有四五张；一角有一个玻璃卤菜间，另一角有冰箱，杂置着酒瓶和未洗的菜蔬。店内的墙上还挂有一只腌猪头、一条腌青鱼、四分之一只风鹅。酒家主人是一位年老的妇女、一位年轻的妇人和一位五六岁的小女孩。我进去前的店内只有一桌客人，三个脸色醉红的年轻人就着临河一张杯盘狼藉的桌子在抽烟喝酒。我一人在圆桌旁坐下。盐水花生、荷叶包肉、笋片咸菜炒肉丝，这是我的菜；撬开瓶盖，直接拿瓶喝"石梁"啤酒。偶尔有一只小巧的乌篷船在窗外无声划过。剥开的盐水花生有清凉和咸的味道，一块烂熟的排骨肉染了荷叶的清香，笋片和咸菜极其佐酒。三个醉红脸色的年轻人踉跄着离去。我一人在红暗灯火的店内看着外面夜晚的河流喝酒。后来又进来四个中年男人吃饭。后来他们又先我离去。卤菜间前的电视里在播放《射雕英雄传》。年老的妇女在里间洗刷；年轻的妇女和她可爱的女儿在店堂内嬉笑玩耍——这是当代的、没有失去丈夫和孩子的、幸福的"祥林嫂"。

夜风吹过我热热的脸。我行走在夜晚河边的石驳岸上。飞机，我又一次看见了飞机（因为杭州萧山机场就在近侧，所以在安昌的河畔巷中行走，无论白昼黑夜，抬头经常可以看到身形巨大的飞机），飞行很低、闪烁夜灯的现代化庞然大物，又一次正在慢慢掠过市镇一线弄堂的上空。这是一种奇异的对照，现代与传统的对照。但是，至少我所看见的祖居于此的人们并没有抬头，他们仍然一如既往地沉浸在自己那缓慢的、古老的生活习惯之中。

夜静人稀。在经济热浪翻滚奔突、不舍昼夜的越中大地上，这个小小的，犹如孤岛般的，有着河流、廊街的市镇，准时，浮起了它依然安宁的睡息。

（安昌，浙江省绍兴市所辖）

龙游镇：夜

混浊而尚未睡眠的浓夜。浙西小城的浓夜。中午还在人声鼎沸的杭州城里，但是此刻，我，一个人，却奇异地又置身于这样一个寂冷的环境：长而狭的巷子，是由青砖墙壁所夹而成；巷子的折弯处，有一盏孤零零、躲在密树间散泻光线的路灯，紧挨墙壁的水泥电线杆是倾斜的；除我之外，小城的这条巷子暂时没有行人——而且，在我的直觉里，似乎永远也不会有人从对面的黑暗中走来。黑暗。两边高大、驳蚀、微凸的旧墙所夹的街巷黑暗，是悠久生苔的年月的黑暗。我走着，漫无目的。树叶的阴影，墙或屋檐的阴影，偶尔无名处泄漏的昏红灯光，持续交替地打在我的脸上。独自在陌生的异域，我热爱这样的感觉：孤寂、自由，又有着莫名的温情和感伤。

午饭后从杭州出发，在杭州汽车西站，花 50 元票价坐上开往这座浙西小城的长途客车。汽车走拥杂的 320 国道，富阳、桐庐、建德……念着这一个个地名，我知道，我正在行进着的，是留存于中国文学史和绘画史上的著名段落。"自富阳至桐庐,一百许里,奇山异水,天下独绝。水皆缥碧,千丈见底;游鱼细石,直视无碍。急湍甚箭,猛浪若奔。夹岸高山,皆生寒树……泉水激石,泠泠作响;好鸟相鸣,嘤嘤成韵。蝉则千转不穷,猿则百叫无绝……横柯上蔽,在昼犹昏;疏条交映,有时见日。"(吴均,469—520,《与朱元思书》)纸质上的语言图景令我陶醉。但耳旁不断的刹车声、发动机声、载重大卡车的呼啸声,总是顽强地将我拉回现实。视线里的富春江两岸,是冬日的枯瘦萧瑟,是被挖开山体裸呈惨痛伤疤的石矿,是如蛇般曲折的坑洼江边小道……吴均的泉声和猿叫安在?黄公望《富春山居图》中的"华滋"草木安在?郁达夫笔下令人遐想的"水浪清音"安在?只是,途中后来见到的群峰间的落日,红圆一轮,先耀眼,渐沉静,似还存着未曾更改的容颜。

　　黑暗里的小城。混浊的黑暗虽然弥布天地,但是总有小城中的人类,用电或火,在这块巨大无边的古老黑布上,制成若干或大或小的局部破绽。有篷的脚踏三轮车,一律像失去发声器官的甲虫,在眼前的城巷中爬来钻去。抵此之前,我曾在行囊中携带的1998年版的浙江地图册上,找看过这座小城的微小详图。因此,当我坐上一辆黑暗中停在身旁的三轮车后,也能随口模糊地说上一句:去镇政府旁边的电影院那儿。

　　在自己极其想去的地域的方位判别上,我有着天然准确的嗅觉。"镇政府旁边的电影院那儿",突然就呈现于我面前了,一口半月形、围以粗糙的过去年代水泥栏杆的硕大人工池塘,让我深深地震撼。暗夜里的月塘以及月塘四周,灯火零落,散发出浓重的遗址气息。但即便如此,我从月塘无形却强劲可感的某种吸力中,认定,这里应该就是小城的核心部位,尽管,现在的它已被废弃,已经衰萎。我停下来。水泥栏杆年代久远的粗糙质感,由手掌向身体的内部传递。身后又是一盏孤零零的昏暗路灯,我的影子投入池中。路灯下有竖着的一块路牌,上书:县学街。县学街前的这口月塘,也许以前会有美丽的荷花和灵动的红鱼,但现在什么都没有。粗粗一看,它现在只是一池墨汁,长衫的县学生们积聚了许多世纪的一池腐败的墨汁——我感觉,无数的墨汁汉字早溶解于内,并正在无声地、汹涌地发酵。再仔细观察,这半月形池塘的内部又并非单调,它宽容地接纳着许多倒映:一弯上弦月,像一把没有木柄的淡金色的锐利小镰刀;几粒米似的依稀星子;歪斜二层木楼的半扇窗户,因为那里正漏出灯光;路灯近旁一辆遮了篷布的大卡车的奇怪身形……

月塘旁的镇电影院,早已不放电影,蠹在黑暗里,它阔大的门面和台阶像死寂的坟场。与县学街相对的池塘边缘,搭了一排临时性的简易棚屋,其中若干是夜间仍在渴望营业的大排档,偶尔,鸡蛋打入油锅的声音,听起来细微而又凄凉。和淡金色弦月靠近的塘边,是一间平屋顶的发廊,"斌斌发廊"。肯定已关不严密的黄漆门敞开着,内室的墙面肮脏,墙上,有手写的"文明理发"的红漆字。看不到理发师,只有一位妇女,头被罩在烫发的铁皮大套子内，宛如睡着（她一动不动）；或者，像是一具梦中的东方木乃伊。一团骑自行车的黑影，从县学街的一头移来。然后，这团黑影停住，他（她）手中一方闪耀的小小荧蓝（手机短信？），在黑暗里，醒目、刺眼。

黑夜里我所遭遇的半月形的古旧池塘，它是小城正在沉沦的面容；

或者，它就是奄奄一息但仍在尘世里微弱跳动的小城心脏……

我继续漫走。

水泼湿的石板巷道；

从屋顶和窗台传过来的咸菜味道；

"武警卫生队"大院里成排的高大泡桐树和它们的浓影；

"录像·空调开放"；

抽烟者红闪的移动烟头；

"干洗·面膜"。玻璃门后面坐着的两个浓妆女子；

一对烟酒店的老夫妻将摆在屋外的货摊抬回家里；

婴孩的哭声；

…………

雾起来了。灰白的夜雾，从小城的各个缝隙间喷吐逸出。这大概是我所熟悉的、一场覆盖极广的雾的余绪，白昼时候，我在浙江省历史悠久的晚报上阅读过它："大雾又来了，杭州市区最低能见度只有10米。尽管事先有气象预报显示有雾，但因为缺乏更多有效的信息，昨天上午的大雾再次给了杭州一个措手不及：机场40多个航班延误，数千旅客耽误行程；高速公路封道；汽车东站160多个班车停开；钱塘江封航时间长达9个小时……"（2004年12月15日《钱江晚报》A5版）。但来临的一条街上闹哄哄的俗世生活的杂热，暂时挡开了这雾。饮食店门口的炉火上腾地窜起，弥漫住油汪汪的浅底铁锅——店主正在炒菜，揉皱破碎的彩色餐巾纸和一次性木筷撒了一地的局促室内，电视机声响嘈杂，正在喝酒的食客们同时叫着快点上菜；糕饼的摊子在门口铺得极为广大，新出炉的饼是热乎乎的；桌球房内的两张绿布球桌明显污脏，但丝毫不减抽烟打球者的勃勃兴致；裁缝店和烟铺的灯泡贼亮；时髦的当地或外地姑娘搂住开摩托车的男友呼啸擦过身旁；一家堆满面粉袋的店内，衣裳沾满白粉的女孩趴着在写家庭作业，旁边一个魁梧的男人——她的父亲？——正在木案旁使出全力揉动面前的庞大面团……置身其间，我有尽情的随意和沉醉。"华生堂药店"，这条街的出口和结束处。夜雾飘拂的街外，是小城崭新的商业地带，参差高楼、大幅的霓虹广告或招牌、璀璨明亮的百货公司和"肯德基"……这是商品世界里到处一样的、人类聚居处的特征物，而对于这些，我总是习惯地，熟视无睹。

（龙游镇，浙江省龙游县所辖）

报福：竹国

夜行于山中。浓黑的竹林之河在头顶无声急泻。浓黑竹河的上面，是星空，如浪沫般闪烁石蓝的星空。感觉里，还有这个季节峰谷间笋的声音——无法胜数的、炮弹似的壮笋破土的声音，剥壳的声音。夜的空气里，弥漫的新鲜笋味混合着山壤的涩湿，呈现激烈。我们经过山路旁一幢似乎废弃的宅屋，密集的枝叶掩映下的高处楼窗，奇异地亮着昏红的灯火——这是一格恐怖的窗户，一具类似人形的衣物，阒寂地挂在窗内。废弃的宅屋被长长的破败围墙围住，电筒光照去，围墙上有字，明显没有经过训练的陈年毛笔墨字依稀可辨："逸庐"。围墙的门反锁着，墙与屋之间的空地，充满枯朽的柴枝和丛深的杂草。由此，我们的大脑无端生出令头皮发麻的想象：眼前漆黑的群山，也许会突然亮出众多石窟样的血红窗户，每一个血红窗户内，都在刹那间探出一个雪白的骷髅。人的脚步很响，倾斜的山峰则始终是随时压迫下来的姿势。夜的山中世界仍是深浓的黑液，星光，以及白昼繁茂的绿叶现在尽情溶解其内，让山夜的黑液散发出植物的特殊清香。临近山村的时候，奔走纵横的狗的群吠迎接我们。电筒的光柱中，是一颗颗闪闪发亮的狗的绿色眼睛。

黎明的声响非常丰富复杂。除了窗外一直陪伴夜眠的轰响溪声外，还有杂乱鲜亮的鸟鸣，还有溪涧对面山道上间隔就有的毛竹捆擦地的声音。我见过那些在山上砍伐竹子，然后运下来的拖竹人。瘦却坚韧的身子，微驼的背，有时从挽起的裤管处，可以看到他们小腿肚上一律发达鼓起的肉块——这是长期艰辛劳作后的职业化特征。他们通常将锋快的竹刀挂在腰后，人人手中有一根齐眉高的竹棒。竹棒的用处有两个，一是在拖竹时拄着当手杖，一是在途中休憩时用它架住竹捆。一捆竹子一般有七八棵，重量在300斤以上，重心在后，总有一棵最粗壮的竹伸在最前，拖竹人将它架在肩上，拖着下山（职业的拖竹人一天山上山下可拖六趟，每趟约赚10元。今年此地的毛竹价格是每担28元左右）。

我们置身的世界：到处都是竹子，竹子，竹子；到处都是初发竹叶的清新绿云；到处都是竹笋，竹笋，竹笋。竹子一般在人的居住生活区域以外，笋却不管，遍地都在使劲地拱顶出来。屋前，户后，石阶的岩缝里，鸡窝旁，菜地间，河埠侧，甚至是人家幽暗土屋内部的灶台边、床底下，都有顽皮强韧的竹笋在不知疲倦地钻啊顶啊。笋的生长速度太快了，只要一个闪电的时间，它们都能蹿上几分。笋箨的色泽很好玩，褐红的底色上布满大大小小的乌点，像豹纹，又像鸭子的翅羽。有的笋只露出尖尖的一点儿，有的则已亭亭高直，初成幼竹——只是尚未抽枝展叶，手敲上去，是沉闷的噗噗声，它依然充满了笋的澎湃汁液。

在中国南方竹和笋的海洋里，我们徒步攀过一座不算太矮的山峰。眼前身旁万千棵新篁旧竹，我无法分辨苏轼的竹、文同的竹、倪云林的竹、石涛的竹、郑板桥的竹、吴昌硕的竹，但我一眼就能认清这是"泉实"的竹，那是"根大"的竹，再那边是"祥生"的竹，因为，分山到户后，几乎每棵竹上，都用墨笔写有主人的名字。呼吸着竹的清气，让攀登也显得轻灵。我凝视过我们所经过的一巨块的岩石山壁，上面，渗满了不绝如缕的、经年的泉水和泉声。生出干燥绿苔的凹凸山石道上，有一段是满地的红杜鹃花，真正的落英缤纷——抬头，一棵鲜花凋落的野红杜鹃树就在顶上。将要到山顶的时候，一大匹落差百余米的白瀑在浓叶间迎候我们。停驻，已然发热的身子蹲下来，用手捧舀，那聚于局部深潭中的清凉瀑水，是甘甜的。

我们还乘着车，像梦幻一样，持续分开波浪般涌来的竹林，沿细窄、干净、无限弯绕的山中柏油路，直上龙王山顶（山顶的梨花雪白）。龙王山——天目山主峰之一，浙江北部的最高峰，海拔1587米。南方群山起伏。群山遍生竹林。风动，竹林动，于是，群山随之荡漾。

翠绿。雄秀。"虚怀若谷"——伟大的自然对人类的人格启迪。渺小如我的人在群山中，就有飞的梦想。在群山之上、之谷中缓缓飞翔，多么美好！

山农孙培林 1959 年出生，已经有了蹒跚走路的外孙女。他和他的女婿一样，身材都是瘦长却结实，令人立即会想到韧度极好的竹。我们在他家屋前的场圃上露天吃饭。四周的山坡上是倾斜的竹的绿海，眼前的饭菜因此含满竹叶清香。他家盛放于广口大玻璃瓶内的杨梅酒（整整大半瓶的杨梅），倒出来，是浓艳的红色，老于饮道者马上看出这酒在杯内有"挂壁"，是好酒。

王东方夫妇的家在地势很高、竹木茂密的半山腰，独门独户。他家门前也有一块大的场地，场外是竹林，是怒发新叶的栗树。三两棵蹿出的剑笋旁，生长着花瓣有油汪汪蜡质的鲜黄毛茛，以及清新欲滴的大丛蓝色鸢尾（想起异域凡·高笔触劲扭的画）。喝他们自制的新绿茶。闲聊。他们家的旁边是有名的"亚洲第一石浪"。无数块浑圆、巨大的石头以滚动的姿势，凝固在自山顶到山脚的"河床"内（绵延一二公里）。老王拿出珍藏的资料，从中得知，地理学家李四光在 1938 年曾来此考察，此石浪源自地球第四纪冰川时期的江南冰川运动，形成于 2000 万年前（人类彼时尚未出现）。古老却依然生动的巨石瀑布！老王的家是建于 20 世纪 70 年代的木结构房子，孩子们现在都已下山另立门户，这里只有他们老夫妻俩住。用太阳能热水器。屋内的木头结实牢固，似乎仍能嗅得到久远的桐油气息。老王主宅旁的池园极其美好，散种花木，还引来山泉蓄有一池，深碧的池内竹影摇曳，隐约可见众多游鱼。

胡有田家进去就感觉有书卷气。中堂是《陋室铭》，两边是"寿槐"所书"请有田同志指正"的对联："春风大雅能容物，秋水文章不染尘。"宽阔溪涧在胡宅房后（秋水），葱茏绿意充满他家屋前（春风）。记忆深刻的胡家晚餐。此前我们到山中一烟酒店（在通往龙王山的细柏油路旁，高大金钱松和柳杉的阴影下）买零拷白酒和蒙尘的杭产啤酒。竹笋炖咸肉——江南春季的绝妙美味，山中几乎每家都用此待客。曲调委婉的越剧。主人家的一对纯朴母女。民间旋律、酒和溪涧之声交织的一个夜晚。

…………

竹林。薄岚。溪涧。涧边无数姿态各异的粗巨枫杨古树。我领受着又一个清凉并且生机旺盛的山中之晨。

竹的生长（摘编）：

竹笋出土后到幼竹高生长停止这段时间，称为竹笋—幼竹的生长期，时间一般为50天左右。按其高生长的速度可分为初期、上升期、盛期和末期四个阶段。初期（竹笋阶段），高生长缓慢；上升期（竹笋和幼竹的过渡阶段），高生长逐步加快；盛期（幼竹阶段），高生长十分迅速，自下而上的生箨逐步脱落；末期高生长由缓慢渐至停止，竹竿上部开始展枝放叶，形成新竹。

新竹形成后，竹子的杆形生长结束，竹竿的高度、粗度和体积不再有明显的变化；但竹竿内部的材质（木质化）生长还在继续进行，各部分的组织仍在不断老化成熟，此时的生长称为竹生长。它可分为幼龄（1年生）、壮龄（2~5年生）、中龄（6~8年生）和老龄（9~10年生以上）四个阶段。山农俗称一、二、三、四、五伐头。随着竹龄的增加，竹株各器官的水分含量逐渐下降，表现竹子老化成熟衰退的共同趋势，但壮龄阶段较为稳定，老龄阶段下降趋势加快。

（报福，浙江省安吉县所辖）

泗安：公共语言十三则

1. 拍卖公告（湖信拍05-65号）

本公司依法接受委托，于2005年9月13日上午9：30在长兴县雉城镇金陵中路244号4楼信诚拍卖公司举行拍卖会。现公告如下：

（1）标的物

①坐落于长兴县雉城镇人民北路6号地块的部分房地产，房屋建筑面积为一层证载面积50.14平方米，二、三层证载面积603.38平方米；土地使用权证载面积159.69平方米，使用类型为出让的商业服务业用途，部分为出让的仓储用地。整体拍卖，起拍价218万元。

②坐落于长兴县泗安镇平桥村烧基塘的土地，土地使用权面积约242平方米。起拍价4万元。

（2）咨询、看样、报名时间、地点

自公告日起至拍卖会前，在长兴县金陵中路244号4楼信诚拍卖公司办理参拍和报名手续。

（3）有意参拍者，请携带有效身份证件，并交纳起拍价10%的参拍保证金，方可办理报名手续（支票以入账为准）。

（4）联系人、联系电话：杨女士 6045316 6053316 7217328

湖州信诚拍卖有限责任公司（盖章）

2005年9月6日

2. 酿成春夏秋冬酒，醉倒东西南北人。

尊敬的顾客：

您好！欢迎您成为"百老泉人"的"上帝"。

在您今后的消费中，我们将向您提供优质产品、优良的服务和丰厚回报，请给予及时的监督，以便我们能更好地为您服务。

优惠条件（批发除外）：

（1）每累计购散酒10斤，送高一档次的酒1斤；

（2）累计购酒金额满200元时，赠送价值16元的"状元红"1斤；

（3）累计购酒金额满300元时，赠送泡酒药材一服；

（4）累计购酒金额满600元时，赠送"开坛香老窖"一坛；

（5）累计购酒金额满1000元时，赠送"百年老窖极品"一坛，同时收回原本卡（公司备案）另换发新卡，重新记录。

百老泉酒业公司监制

咨询电话：0563-6015067

3. 泗安镇凤凰村第七届村民选举委员会公告（第六号）

经有选举权的村民投票提名，本村第七届村民委员会成员正式候选人已确定，现将名单公布如下（按得票多少顺序排列）：

主任正式候选人：顾盐恩、张天忠；

委员正式候选人：来立权、贺发星、熊玉琴、王星。

本次选举产生主任1人，委员3人。全部实行差额选举。

投票时间：2005年5月24日7时至18时。

投票地点：大会中心会场设在村会议室。

流动票箱：设12只流动票箱。

投票方式：无记名投票。

监票人：金国亮、桂新忠。

计票人：史有顺、李根年、叶来春。

请选民互相转告，安排好时间，准时参加。

特此公告。

泗安镇凤凰村村民选举委员会（印章）

2005年5月18日

4. 每日供应

现烤现卖：

新麦园鸡排：1元

新麦园里脊肉串：1元

新麦园章鱼棒：1.50元

香酥鸡（条）：2~5元

台湾一口肠：4元

脆皮鸡腿：3元

原味鸡翅：3.50元

比利时薯条：3~5元

浪味仙虾片：3~5元

汉堡

5. 泗安镇团委2005年工作重点

（1）通过网络、培训班、读书会等多种形式，加强和改进青少年思想政治工作。

（2）加强流动团支部建设。

（3）对于工业区企业引进日益增多的情况，抓好非公有制企业团建工作。

（4）以"双选双备"为契机，调整一批团支部负责人。

（5）加大乡镇"团代表常任制"民主制度建设。

（6）开展一次"让团旗高高飘扬"主题活动。

（7）深入农村团组织，为农村团组织寻找活动载体，通过什么样的途经（径）发挥团组织作用。

（8）成立青年突击队，以承担急难险重的任务。

（9）在工业、农业上分别树立一批创业先锋带头人。

（10）加强未成年人思想道德建设，开展"新世纪、新少年、新青年"活动。

（11）发挥"共青团青年服务中心"的作用，转移青年劳动力，服务青年就业和再就业。

6. 新人婚纱摄影

新娘化妆·婚纱出租

鲜花扎彩·婚礼录像

地址：泗安凤凰街粮管所旁

电话：6810267，13857283321

7. 泗安镇简介

泗安地处苏浙皖三省交界之要，历来是兵家必争之地，最早于秦时设郡，称彰（鄣）郡，隋建业年设镇。泗安古称"四安"，因其筑有广（广德）安门、吉（安吉）安门、宜（宜兴）安门、长（长兴）安门四座城门而得名，喻保四方平安之意。后因开凿泗安塘而改名为"泗安"。

泗安镇现镇域面积176平方公里，辖24个行政村，4个居委会，人口5.6万人，镇建成区1.5平方公里，常住人口1.2万人。作为一个历史古镇，边界重镇，泗安人杰地灵、人文荟萃。镇域内以仙山古遗址为代表的历史遗存文化，以扬子鳄自然繁育基地为代表的古生态文化，以仙山显圣禅寺为代表的佛教文化和旅游文化，以多地域人群杂居为特点的移民文化，以民间旱船舞为代表的民俗文化相互交融、互相激荡，孕育了一代又一代泗安优秀儿女。

迈入新世纪，勤劳朴实的泗安人民正以昂扬向上的姿态开放兴镇、工业立镇、生态建镇，全力打造浙北边界经济强镇。规划3.8平方公里的泗安绿洲工业园已启动建设一期工程1.2平方公里；规划1平方公里的城镇新区按高起点、高标准建设的要求，打造现代化示范城镇。重视环境保护与建设，全力建设全国苗木之乡，建设生态大镇。苦干3年见成效，奋斗5年大变样，古镇泗安正以开放、创新、实干的精神，全面提升经济社会发展水平，建设一个综合实力较强、人民生活富裕、生态环境良好的社会主义现代化城镇。

8
夜间外出　保持警觉
财不外露　防止意外
——长兴博爱门诊部提醒您注意出行安全
长兴县公安局监制　广告策划　TEL：6028888

长兴博爱门诊部

专业治疗：男女泌尿性疾病、痔疮、腋臭、各种妇科疾病（男女专家全周应诊）

地址：雉城镇解放中路85号（长兴中医院东侧二楼）

健康热线：0572-6053605，0572-6045120

9. 长兴县人民政府关于深化殡葬改革　全面推行生态葬法的通告

长政发〔2005〕19号

为进一步深化殡葬改革，保护土地资源和生态环境，全面推进生态县建设，根据《中华人民共和国殡葬管理条例》和浙江省人民政府办公厅《关于进一步深化殡葬改革全面推行生态葬法的通知》精神，经县政府研究，决定在全县范围内开展坟墓专项整治，全面推行生态整治，做好长效管理工作。现将有关事项通告如下：

（1）全县三沿（沿公路、沿铁路、沿河道）视野范围内的坟墓，在4月8日前全面完成整治任务，整治可采取迁移、就地深埋等方法。

（2）全县三沿两侧500米范围内从即日起严禁新建造坟墓（统一规划批准的公墓除外）。

（3）其他区域新建坟墓要严格执行生态葬法，单穴面积不超过 0.7 平方米，双穴面积不得超过 1 平方米。

（4）严禁乱葬滥埋。本通告发布后仍乱建坟墓的，所建坟墓一律平毁，并依据《中华人民共和国土地管理法》等有关法律法规予以查处。

（5）严禁任何单位和个人无照经营墓碑墓料，一经发现，将依法进行处罚。

如发现违反本通告规定的，请广大干部群众积极举报，举报电话：6040061。

长兴县人民政府（印章）

2005 年 3 月 16 日

10. 告示

泗安影剧弄茶室（好心情舞厅旁边）今愿转让，有意者请前来面洽。

茶室内设备齐全，内设空调、卡拉 OK，大小包厢。

联系人：张小九

电话：13115727999，6810236

2005 年 9 月 6 日

11. 迁坟公告

为了加快我村的经济发展，利用荒山荒坡开发，增加土地和利用土地，经我村二委研究决定，报上级有关部门批准，决定在本村六墩山范围内进行荒山开垦造地（东至六包山，南至储根喜林场，西至六墩山住户房后，北至原轮胎冶化厂），此范围内的坟墓，希各坟主在8月20日前全部自行搬迁，如不搬迁作无主坟处理。

特此公告。

联系电话：13905824971，13868279529

联系人：陈旺生

泗安镇新丰村（印章）
2005年8月5日

12

来古集镇泗安，享小九华灵气。

13. 苗木信息

本苗圃大量提供各种苗木，以市场最低价格供应，欢迎客户朋友前来购买和订购。

主要品种介绍如下：

1~7厘米香樟、1~8厘米广玉兰、杜英、独木女贞、金合欢、重阳木、乐东拟单性木兰、栾树、无患子、楠木、乐昌含笑、雪松、七叶树、枫香、桂花、银杏、红花木莲、马褂木、珊瑚朴、红枫、红白豆杉、红花继木、喜树、茶花、桑苗等及其他芽苗和风景花木。

长兴县人武部民兵苗圃江、浙、皖苗木调剂中心

业务总代理：吴礼东

联系地点：泗安镇老车站……（下残不清）

（泗安镇，浙江省长兴县所辖）

鄣吴：草幽木清，有人昌硕

去看吴昌硕，去看吴昌硕的鄣吴。近代"海上画派"代表人物吴昌硕（1844—1927），像一柱野生的艺术硕笋，汲地力，饮风露，自浙皖两省交界处、草幽木清的古村鄣吴拔土而出，进而怒长并成材于中国的艺林。

从行政区域上看，鄣吴属浙江省安吉县辖。我和阿福从同属浙江省的长兴县，辗转搭车至安吉的北林场。在午后北林场近乎空旷无人的岔路口，租乘一辆类似微型甲虫的三轮农用车，前往鄣吴。"油价涨了，去鄣吴最少18元。"漏风的钢铁甲虫，载着两人，在植物茂盛的丘陵和稻子渐熟的平缓谷地间慢慢爬行。一路无人、无车交会，连偶尔穿过的果实般的村庄，也是寂静的；大自然在使劲散发浓郁的成熟气息，充斥眼睛和心胸的，全是中国东部烂漫9月的秋野和群山之景。

农用车爬下一个山坡后，视野顿时为之开阔。这是山间一大片平坦的谷地，青黄相间的凝浪般的稻田远处，是参差错杂、连绵迁延的白墙黑瓦——鄣吴到了；诞生出吴昌硕这棵艺术大笋的古老村落，就在眼前。

在村外的路口下车。我们愿意步行进入。

说鄣吴古老，毫不为过。早在秦代，鄣吴就是秦始皇所置鄣郡的治所。鄣吴地处江南腹地，即使在今天看来，这里仍然未受现代污染，仍是古今一贯的山水钟灵、风物清嘉之地。元代湖州画家赵孟頫极其喜爱鄣吴，甚至想着"归隐"于此，他有诗云："山深草木自幽清，终日闻莺不见莺。好作束书归隐计，蹇驴来往听泉声。"清人王显承眼中的鄣吴是："行到吴村香雨亭，柳丝斜拂酒旗青。玉华金华双峰峙，流水落花出晚汀。"

进入鄣吴的村路一侧，仍有赵孟頫听到过的"泉声"，这是一条源自深山的漫淌大溪，一直伴路而行；在路的视线尽头处，可以看见两座青蓝色的山峰，这便是王显承诗中所说的"玉华金华双峰峙"。玉华山在鄣吴之南，金华山则在村的西北。由于有金华山在西北的阻挡，鄣吴落日较早，日照时间相对一般地方要短，所以鄣吴古时有"半日村"的别称。吴昌硕的父亲吴辛甲曾著有《半日村诗稿》。吴昌硕晚年思乡，在70岁时刻过一方"半日村"的朱文印。

缘溪，听水音和偶尔擦耳而过的车声而行。一边走，一边可感受着吴昌硕《鄣南》诗中的意境：

九月鄣南道，家家云半扉。

日斜衣趁暖，霜重菜添肥。

地僻秋成早，人荒土著稀。

盈盈烟水阔，鸥鹭笑忘归。

吴昌硕故居在鄣吴老街的中段，从缘溪的村路进村，隔一块新修的广场也能看到。和数月前我来鄣吴一样，故居还没有整修结束，三三两两的工人在宅园里铺地、修廊、油漆。他们大多是鄣吴本地人。在红漆味浓重的木楼上，我看见挂着斜斜白蚊帐的油漆工床铺上，倒合着一本"扬派山东快书"《武松传》。整个故居整修工地的气氛，和鄣吴给人的感觉相类，都是缓慢的，闲散的。跟一位铺"人"字形砖地的师傅聊天，他说一期工程下个月就能完工。说起吴昌硕，除了骄傲于他是鄣吴走出去的大画家外，再无更详的细节可提供；不过谈及传说中"吴昌硕的老祖先"吴天官，师傅倒是跟我们侃侃而谈。

相传吴天官是个大孝子。他年迈的老母一直有个心愿，想看看皇帝上朝的金銮殿是什么样子的。吴天官为满足母亲这一心愿，就在鄣吴村南的玉华山上造了一座缩小版的金銮殿给母亲看。不料仇家借机告发，说吴天官私造金銮殿，密谋造反。皇帝闻知大怒，下旨砍了吴天官的头。事后，有人与皇帝细述了原委，皇帝这才了解到吴天官造殿原是孝行，于是大悔，遂赐金头一颗以补偿。在金华山安葬吴天官时，为避人寻金头盗墓，真真假假共修了十八座吴天官的墓。

（这实际是江南地区的原型故事之一种，人被冤杀后以金头补偿这一故事内核，在该地区各处都有带上各自地域特色的衍本。第二天早晨，我和阿福徒步从鄣吴前往安徽广德途中，还意外获知了吴天官传说故事的一个延伸结尾。在浙皖交界处的五岭，我们遇雨，在五岭上的独户邱兴高老汉家躲雨。坐在堂屋喝邱老汉客气倒上的茶时，顺便问他屋外山坳里的大水塘叫什么名字。"杀人塘。"为什么叫杀人塘？当年，吴天官的十八座墓修好后，为免修墓人泄露何处是金头真墓的秘密，官府将所有修墓人杀死后抛入了这个塘中，后来，这个塘就叫了杀人塘。邱老汉如是解释。）

走出整修中的吴昌硕故居，又在故居前的新广场上转了一圈，其中一方放大了的吴昌硕阳文篆章"人生只合驻湖州"给我留下印象。向人打听何处可以住宿，一位路人介绍，鄣吴有两处地方可供人住宿，一处是溪畔新开的"农家乐"，一处是老街上的"昌硕宾馆"。本就是慕画家之名而来鄣吴，当然住以"昌硕"命名的旅店。

"昌硕宾馆"在老街东头。一路漫步过去，街两侧除烟酒日用杂货店铺外，几乎全部是竹扇作坊，沿街的门口、屋内，摊满了半成品的竹扇部件，这些经人加工过了的竹子，在散出陈年或新鲜的竹香。鄣吴的传统产业以制扇为主，跟它所处的地域环境密切相关。鄣吴所在的安吉县，盛产毛竹，约占全国产量的十分之一，一向有"中国竹乡"之誉。

"昌硕宾馆"是一幢方形灰旧的普通水泥建筑。我们走进它屋门洞开的幽黑底楼，喊了好久，不知从哪里钻出了一个脸带睡意的小伙子。问他这里能否住宿，他似乎考虑了一下，才说带我去找老板娘。出幽黑底楼，再从屋外的公共水泥楼梯上楼，找到了40多岁的老板娘。老板娘拎了一串钥匙带我们去看三楼的房间。302室，两张床，40元。卫生间在房门外，是公用的。老板娘指点我隐藏在墙体内的液化气瓶，说要洗热水澡先到这里来开钢瓶，卫生间用的是燃气热水器。

简单安顿一下后，我们走出旅店，以进一步感受吴昌硕生活了整整22年的鄣吴故乡的今日风貌。

来时我们是从鄣吴的东面进入的，现在继续溯溪而行，顺着老街向鄣吴的西端闲走。视线中的鄣吴，过去时代的老房子已经很少见到。老街上有的人家还正在翻造新屋。老街中部所遇的"鄣吴大队大会堂"很有意思，圆拱形的大门落满岁月的灰褐尘土，看来已经闭门很久了。门的两侧还残剩着砌在墙上的两块斑斑驳驳的黑板，上面有淡极却刚能费劲看清的字迹。一侧黑板上的字是："17日放映／美国惊险警匪片／神探霹雳火／安吉县电影公司35毫米放映队／场次：晚上7：00/票价：成人3元，儿童1元"；另一侧黑板上的电影预告是："今日放映／越剧／追鱼……"这是依然保留着的20世纪80年代的时光印记。老街上的水渠引山溪入内，因此清流潺潺，三两女孩正蹲在家门口的石板渠边洗晚饭要吃的菜蔬。

向西走出街外，就是静静成熟的广阔水稻。在溪涧岸汀的草叶上，我目睹到一种极其稀见的蓝色蜻蜓。包围稻田的，是远处青山。水稻田间通向遥远青山的狭窄乡间柏油路，因为空寂，在黄昏时分几乎是纤尘不染。偶尔，有飞驰的乡村摩托车手轰然掠过身旁，只在一瞬间，又成为稻田和青山背景上的一个微小黑点。后来，我们向一条通往山上的岔路漫走。沿路经过的板栗树上，结满了如婴孩拳大的板栗刺球；一位农妇正在山坡自留地上忙碌着，牵爬的藤叶下悬有累累的金黄色吊瓜——像缩小版的西瓜，主要取它的子，吊瓜子是一种美味保健的零食。向上的山路尽头，原来是当地的学校：鄣吴中学。整座学校倚山而建，进去，由于是周六休息日的关系，空空荡荡的整座学校灌满了山林植物气息。校园墙上所贴师生的书法和国画作品，让人联想到吴昌硕笔墨的某些神韵。在没有人影和书声的教学楼长廊上向四周眺望，触眼仍然全是绿意葱茏的连绵群山。

安吉是山区县，鄣吴当然多山。

吴昌硕的名字，也是与山有关。

吴昌硕原名俊、俊卿，初字香朴，或作香圃、芗圃，中年后才改字昌硕。而"昌硕"之字，系从"苍石"演变而来。为什么要把"香朴"改作"苍石",这源自吴昌硕青年时代的逃难经历。

咸丰十年(1860年),太平军与清兵在鄣吴一带进行了长达半年之久的激烈战斗。村民仓皇出逃,时年17岁的吴昌硕也随父辗转流亡,历尽艰难困苦,一度父子俩还被乱军冲散,彼此失去音讯。逃难期间,吴昌硕曾避于距鄣吴十多里地的石苍坞。为纪念这段难忘经历,后来就取字"苍石","昌硕"系"苍石"的吴语(方言)谐音。

据安吉吴昌硕纪念馆所编《名人往事·吴昌硕》(浙江教育出版社2004年7月出版)记载,吴昌硕只身流亡时孤苦伶仃,只得替人家打短工、干杂活,长期过着半饥不饱的日子。由于当时山乡与外界阻隔,食盐极其匮乏,他经常吃不到盐,以致浑身发肿,四肢无力。一次,他正蹒跚而行,忽闻远处有人马呼啸之声越来越近,他急想躲避,但一条溪流挡住了去路。溪水本不很深,若平常人不难渡过,但那时吴昌硕全身无力,就是没有办法涉过溪去。在这危急关头,一个老农赶来把他背过溪流,一同逃命。这一老一少,遁迹深山密林。老农见他因长久淡食而导致全身浮肿,就把自己埋在地下的一罐食盐拿了出来,分一部分给他吃。进盐之后,吴昌硕浮肿渐退,减轻了不少痛苦。晚年他与潘天寿、刘海粟谈及此事,依然感恩不尽:"不是他搭救,我便死在山洞中了,只有穷苦人才有同情心。"

吴昌硕一家是江南地区百姓在太平天国战火中遭受劫难的

典型和缩影。战乱期间，其弟死于瘟疫，其妹死于饥饿，尚未完婚的聘妻章氏及生母万氏也死于贫病，全家仅吴昌硕和他的父亲得以幸存。后来吴昌硕有诗记此：

在昔罹烽火，乡间一焦土。
亡者四千人，生存二十五。

战乱结束，经历5年颠沛流离的逃难岁月之后，22岁的吴昌硕和父亲即离开一片焦土瓦砾的鄣吴故乡，迁居到当时安吉县城（安吉安城镇）的桃花渡附近，开始了劫后生活。

从鄣吴中学出来，顺溪而下走回"昌硕宾馆"。暮色四合，火焰闪红的某处烧开水的老虎灶门前，一辆轻型卡车，正将满车做扇剩下的毛竹边角料卸下；我们还经过了溪畔那家新开张的"农家乐"，店主模样的男人，站在渐渐暗下来的屋门外，正对着眼前清亮的溪水发愣。在靠近我们住地的溪上，建有一座颇具古意的亭桥。一位老人正在桥上闲站，于是我们和他聊了一会儿。老人名叫于守良，今年64岁。他并非土著，不过定居鄣吴也已有50年的历史。老人介绍，亭桥下的这条大溪，本地人就叫"鄣吴大溪"；他20世纪50年代初进鄣吴，眼睛里看到的全是冠盖如巨伞的大杨树、大牌坊（有十多座！），以及一群群乱飞的白鹭。他记忆最深的是60年代初鄣吴发大水，当时暴怒的山洪,"一下子打掉了半爿街"!

"昌硕宾馆"黝黑的底楼原来是对外开放的餐馆。在亭上于守良老人就向我们推荐,"他们烧的菜味道蛮好的",而且老板娘的丈夫昨天刚好打到了一只野猪,估计会有野猪肉。于是我们就在底楼吃晚饭。进厨房一问一看,果真有大盆烧好的野猪肉在。这里的野猪肉与腌的咸菜共炒,没有腥味,味道非常鲜美。这样的土制美味,想来生于此地的吴昌硕肯定尝过。

"大而经济、心性、伦理之精,小而金石、刻画、游戏之末,几无一不与地理有密切之关系。天然力之影响于人事者,不亦伟耶!不亦伟哉!"(梁启超《中国地理大势论》)鄣吴、安吉乃至整个中国南方富有滋养力的山水风物,孕育出了吴昌硕这样一棵具有奇相(少时人呼"乡阿姐",至老不长胡须)的中国美术史上的劲竹:"近代篆刻家、书画家。……篆刻……雄浑苍老,摆脱浙、皖诸家而创为一派。有《缶庐印存》等。工书法,擅写'石鼓文',朴茂雄健,精气盘旋,能破陈规。三十岁左右始作画……作写意花卉蔬果,色酣墨饱,浑厚苍劲,开拓新貌……为'海上画派'代表人物。"——见《辞海》〔缩印本〕,1989年版。

"春蚓秋蛇墨气浮",这是吴昌硕的诗句,而已然降临的夜色,亦如这浮漾的墨气。在三楼旅店的窗口,抬眼,就能见到就在近侧的玉华山山峰上的月亮。

这枚鄣吴的月亮,淡红,晶莹,静远,宛如吴昌硕钤在无垠的墨蓝夜纸上的一方印章,印文,是他喜爱的四个汉字:

明月前身

(鄣吴,浙江省安吉县所辖)

皖

陈村：桃花潭边

【唐诗】李白（701—762）《赠汪伦》："李白乘舟将欲行，忽闻岸上踏歌声。桃花潭水深千尺，不及汪伦送我情。"诗人已殁，但是，"语出天成"的诗篇却常诵常新，而且，千百年来，不竭滋润着这首不朽绝句的桃花潭水，此刻就荡漾在我的身边，这依然清澄如玉的一潭碧水，还在养育着两岸两个古老的村落：水东，翟村；水西，万村。

【祠】是祭祖时能摆下108桌酒席的水东翟氏宗祠。破败，冷寂。我的身影孤独地斜投在天井。青砖铺就的广阔天井，是巨大凹陷的容器，近午的大块大块的阳光近似呼啸地涌下来，将它溢满。一株苍老的孤柏，又瘦又高，略略倾斜地站在天空下的天井中央——它仍在做梦，但此刻，它拥有了微小的炫人金晕。更多的空间当然还是黑暗，年代和往事积聚的含垢黑暗。石上的那些雕花依旧生动、逼真，只是倾坍的石头已残。曾经辉煌盛大，现在腐朽弃地的牌匾之间，是鼠屎和积厚的灰土，一具日渐挥发的鸽子的尸骸，半埋其间。供奉牌位的幽阁内部，四面八方全都是先人和祖宗使劲张大的暗血口腔，时间在其中急旋。我感觉，如火似焰的时间，正在焚烧，默默不息地焚烧着这座空旷的姓氏建筑——"中华第一祠"，罗哲文这样断定。

【夜晚】从有月亮的潭边起身，过踏歌岸阁，重又进入古街。很奇怪，我的脑中总是萦绕不去这样的画面：赤足于溪水中的人在刷着蚕匾；残剩稻茬的浓暮田野，燃起了孤寂烟火。夜晚已经完全降临。皖东南黛铁般连绵汹涌的群山褶皱间，这条隐秘古街，缓缓沉入又一个老旧、松散的静谧。凹凸的、东西向的石头窄街，在反射潮润的细微亮斑，这些亮斑，像是从古典雕版印刷的诗词别集中逸出的零碎汉字之光。歪斜而又高阔的木门大多闭上（偶尔，还能听到黑暗中闭门的"吱昂"之声），我和同伴好像走在一个异乡的迷离梦境之中。一方狭长的昏黄灯火，突兀地泼在街石上——前面有一扇门是开的。经过时，看见屋内的板壁上挂了多幅有些泛黄的字画，我们驻步。里面寂坐于桌边的清瘦中年男人，起身到门前，邀我们进去。堂屋显得局促，悬垂下来的灯泡弥漫朦胧黄光，因此，屋内许多物体都拥有各自奇形怪状的阴影。一张四仙桌紧靠东壁，左右各有一张靠椅，桌上，简单摆着一盆假山，一把色泽黯浓的茶壶；西壁，就是我在外面看到的画和字。突然来临的陌生人的气流，搅动了屋内原有的久寂。中年男人谦逊地微笑，介绍他自写的字画。在一幅兰石小品中，我读到这样的题字："江南清气，楚泽遗风。"堂屋西北角的矮凳上，还有一盆看上去很老的佛肚竹，主人说，他原想仿出苏轼《枯木竹石图》的效果，但没有弄好。我和同伴由衷的赞语，让这位古街的清瘦男人兴奋，他引导我们去看他的屋中庭院。长方形的砖地庭院，盛满黑蓝、清冽的夜色，浓重的桂香不知从何处袭来。抬头，一颗银亮熔烧的星，恰好划过长方形的头顶夜空，它的轨迹，就跟屋中书法条幅中某个墨字的斜钩一模一样。昏黑的庭院，是兰草的世界，砖地上，架起的露天条案上，大大小小的盆内，都遍种了柔叶纷披的兰花，它们阴野、疯狂，却又一律缄默无语。至此人才顿悟：盛满庭院的黑蓝、清冽夜色，原来都是这些丛聚的兰草所吐。主人又拉亮了庭院内侧书房兼卧室的电灯（同样昏黄）。由长条木片铺成的地板红漆蚀尽却异常洁净，一壁的高大书架上，摆满了书册、瓷瓶和几块玲珑的奇石。他想继续邀我们入内，但看到如此洁净的内室，我们婉谢。站在夜（兰）气劲拂的庭院，书房（卧室）门上一副褪色的对联深深击中了我："读书青山泪，何时报寒窗"——隐忍，漫长枯寂岁月的怨叹，为似乎可见的希望的苦挨……复杂的含义谁能道尽？深居于此的男性主人的隐秘内心，以及东方古老国度里书籍与民间的直接关系，由这副褪色联语，得到深刻揭示。秋夜的重露已经从瓦檐坠落，我和同伴终于告辞而出。走在窄湿曲折的古街上，我仍然记着刚才屋中的一个镜头：屋角一缸水，被男人舀起一勺后，重新复归了平静。

【旅馆】桃潭饭店。在桃花潭东岸，是那种典型的20世纪

70年代中国内地风格的灰旧水泥楼集体旅馆。昏暗的食堂敞阔近于空旷,其中的豆腐和红烧猪肘有着绝美的味道!水泥楼内的三人房间,除了三张床,别无他物;价格:每床每夜7元。房内石灰墙上,涂画有许多昔日在此居留者的铅笔圆珠笔留言:××大学美术系××级×班四大美女到此一住,云云。睡前洗漱要到一楼空洞黑暗走廊的南端,一只贮满了清水的大缸放在那儿。用塑料大勺从缸中舀水,再哗地倒入脸盆。短暂的水流在黑夜里闪耀银光,让我一瞬间宛若见到李白告别汪伦时的白色衣影。

【传说】宋代杨齐贤《李太白文集》注说:"白游泾县桃花潭,村人汪伦常酝美酒以待白。伦之裔孙至今宝其诗。"这个故事现在的当地人是这样说的。汪伦住泾县水东,多次邀请李白到桃花潭一游。据说开始李白嫌桃花潭没有名声,估计不会有多么好玩,所以久久未能赴约。好客的汪伦后来根据李白的爱好,又专写一信力邀,信中着重渲染:此地有十里桃花,万家酒店!李白接信,阅后不禁眉飞色舞,桃花潭有此等好景和如此繁华的街市,哪能不去!遂立即赶来。到达桃花潭后,发现十里桃花是有,但万家酒店实在只是水西万村一万姓人家开的酒店,仅为一家!虽然不免有些失望,但村人汪伦的满腔深情深深感染了李白,于是,景看得开心,酒喝得痛快。最后惜别桃花潭时,留下了至今妇孺皆知的千古名诗《赠汪伦》。

【油坊】春天首访桃花潭时,我对淹没在油菜(沉重!)和桑林（肥绿！）所汇成的五月大海之中的一个低矮的古老空间——油坊，有着深刻印象。浓香、闷热、昏暗，到处都是黑油油的器具。有一老一少两个同样黑油油的男人，在其间忙碌。火焰红炽的泥灶上，置一口平底的生铁大锅。少男使劲将盛满褐色菜籽的竹箩抱起，对着铁锅倾倒——砂瀑似的籽粒，像一匹激荡的暗褐之绸，沸响着流泻入锅。末端绕死结的某处拉线开关被少男拉下，平底铁锅内的一根搅拌电棍，便缓慢地开始将菜籽搅匀。白色热气，愈来愈浓地盘旋在泥灶的低低上空，稍后又渐渐消失。原先显得干燥的菜籽，将熟的时候，粒粒变得油润。在锅底火焰的催促之下，铁锅内无法数清的籽粒终于释放出了它们密藏的香气（红炽的火焰好像激情有力的双手，迫不及待地解去了包裹香气的处女的层层衣服）——又浓又重的香气集体喷涌，那强烈、可见的气流，可以将人熏晕！少男俯着身子，不断地用小木铲把锅沿的籽粒刮进锅内……菜籽熟了。铁锅里油漉漉的、似乎变得更为沉重的熟菜籽回到等待着的油亮竹簸箕内，少男又抱举起它，让喷香的瀑布泻进就在一旁的压榨机上的高圆木桶。油黑钢铁的无情压榨。无可拒绝的坚硬的压榨。出油口下，小铅桶内浮满黄沫的热油缓缓地就要爬至桶沿，沉默的老者用空桶换下，佝偻着拎起满桶滚烫的菜油，将它们倒入了屋角有大半人高的陶质油缸。榨尽油后的那些菜籽，此时像压实的薄薄黄土，被聚在地上，在发烫、喘息。……断续地，有女人和孩子拎着空瓶进来打油。屋外，那无边汹涌的成熟油菜波涛,通过这昏暗、浓香、闷热的低矮旧屋内的火焰和压榨,最终变为了流入农民幽暗生活的闪闪金河。

【杂记】(1)清冽、甘甜,我用双手掬起喝过桃花潭的水,李白和汪伦的肌肤曾经接触过的水。(2)桃花潭,《一统志》说:"桃花潭在宁国府泾县西南百里,深不可测。"现在的表述是:桃花潭位于安徽省泾县陈村境内,即太平湖、陈村水库下游约九里处,属著名的青弋江一段。(3)为着开发旅游的需要,陈村现已改为桃花潭镇。2000年春天我首次到达陈村的日子,正是它开始卖门票的第二天。(4)陈村的文昌阁上,我记住两句话:"文光射斗"和"直冲云霄";陈村人家烟熏的灶头上,我也记住两句话:"水星高照"和"烹调百味"。(5)汪伦墓原在水东金盘献果松冈,冈上曾有古松千百,浓荫蔽日,水东翟氏家族祖坟敬六公墓亦在此,惜今树坟俱无,只存下汪伦墓碑一块。1985年泾县文化局拨款,陈村乡政府将汪伦墓碑移至桃花潭西岸的彩虹岗,重建了汪伦墓,但已失去历史的真实。在紧俯潭水、有大片新发桑叶的彩虹岗上,漫走的我,捡到过一枚古老的铜钱。

(陈村,安徽省泾县所辖)

伏岭镇、马啸乡：徽杭古道

绩溪城南客运车站简陋又冷清，它专营县内短途，位置就在嘈杂城南的丁字路口。吃过早饭之后，我和遐玉师步行穿过半个绩溪县城——穿过开门或尚未开门的南翔汤包店、旧书店、烟酒店、服装店、五金杂货店、卖茶叶的土特产店、露天瓷器摊，以及一律热气腾腾摆到街沿的众多早点铺，从住地到达城南车站。

从空荡荡的门洞径直进站，找到一辆车窗前竖有"胡家"字样的中巴，我们上去。我们不到胡家，而是将在胡家之前的、属于伏岭镇的鱼川下车。

中巴并没有让我们等太久，出乎意料地很快它就驶出了车站。只数分钟，车子就离开县城，驶入了在冬季依然显现凝重青绿的皖南群山之间。山路沿登源河蜿蜒。冬日枯水，河道（实际是涧滩）上裸露大片白花花的卵石和碎沙。有的地方正在涧滩上趁着枯水季修那种结实的石桥。先过瀛洲，再过北村（瀛洲和北村之间，有一个叫"百鸟墓"的地名，很有故事悬念）。

山路经过北村的热闹腹地，杂乱民居和晒太阳的老人、孩子将路逼夹得窄如肉肠，车子开过，能清晰地嗅到路旁吃早饭人碗中的白粥和辣酱味道。稍后到来的伏岭镇则在弯曲山路的下方。路的上方，是郁郁苍苍的松林；下方，全是参差起伏、顺地势砌造的老旧黑瓦屋顶。深山中的伏岭镇真大啊！

安徽省绩溪县的伏岭镇是徽杭古道的起始点。所谓徽杭，即指古时的徽州和杭州。地处崇山峻岭中的徽州一府，在行政区划上涵有六县，即今日安徽的绩溪、歙县、休宁、黟县、祁门和江西省的婺源县。徽州地瘠人稠，生存不易，因此徽州男子历来有少年即出外经商的传统，民谚云："前世不修，生在徽州，十三四岁，往外一丢"，正是说此情形。以杭州为核心的江浙一带，是古时徽州人的重要经商目标地之一。出徽州到杭州，有水陆两种通道。水路，在休宁或歙县（既是县治，亦为徽州府治）上船，经新安江顺水由皖入浙，再经富春江、钱塘江到达杭州（因为20世纪50年代后期在浙西建德境内修筑新安江水库大坝，如今这条水路已被阻断）；陆路中，从绩溪的伏岭镇翻山进入浙江的临安，再由临安走抵杭州，这条徽杭古道，是若干条由徽入杭道路中的重要一条。

车过伏岭镇，转一个弯，几分钟后即到鱼川。从绩溪城里开到鱼川，费时40分钟，票价5元。下车的路旁是一个卖吃食和日用杂品的村口小店。女店主很客气地指点我们走的方向。店门口敞着的食品纸箱里，满满摆放着一小块一小块用纸包着的"徽墨酥"酥糖，可能是用黑芝麻做的，呈黑色徽墨状，非常形象也非常诱人。在店里我们买了手绘复印的"徽杭古栈道旅游示意图"，此图标明系"鱼龙川车站方德慧简制，定价：贰元"。有复印的手绘地图出售，看来从这里走的人已经不少。

走过村巷中铺有石板路的鱼川村，视野顿时开阔。不远处层层的山中梯田上，种满了冬小麦。梯田旁边，是丛丛宁静的青竹，宛如萧疏的古代中国的南派水墨画。天气寒冷，背阴的田埂上残剩一厘米厚的冰层；而阳光照射处，冰已融化，田埂就显得泥泞。远处两座高大山峰所夹的峡谷入口处，可以看见亭子模样的建筑，那里，就是徽杭古道的真正起点。

亭是桥亭，桥是"江南第一桥"。此桥为单拱大石桥，架在峡谷底部无水的涧壑之上。据亭内碑记介绍，这座石桥原为清末周恒顺倡建，1969年被山洪冲毁，到90年代又由乡人捐资重建。石桥形制十分普通，取名"江南第一"，想来是地方人士的爱乡之情使然，无须当真。桥亭为四面亭，现在开有三个门洞，朝南面桥一个门，东西各一门，朝北的门洞被堵砌成墙壁，壁龛内供有观世音坐像，佛像旁的白壁上，还绘有颜色已经变淡的连幅图画，细看，是有关徽商出行的内容。东西两门的门楣上，各有题字，一为"襟山带水"，一为"浙江通径"。

在亭旁小店"古道饭店"小憩,与闲站的一位汪姓男子聊天。原来他是真正的"江南第一桥"人。现在新砌小店的前身,就是他家的老房子,以前他们独户在此住了20多年。据他讲,此前这里也有人住过,但短则数天,长则数月就再也住不下去,家中不是死人,就是有人伤病。为什么?原因是风水问题。当时桥亭开有四门,而住家房子的大门正好对住桥亭的南北两门,所谓开门"上朝"("上桥"的谐音),一般人是无福消受的,所以家中才会遭受不幸。汪姓男子住此之后,封住桥亭的北门,自家另开了一个边门,故以二十余载住得稳稳当当。不过,他家现在也已搬到了山下的村子去住,"山下总归方便"。

时近中午,在"古道饭店"和遐玉师各吃了一碗鸡蛋面后,我们开始攀登石阶的徽杭古道。

从"江南第一桥"出发,向上越近"江南第一关",人工铺筑、缝隙处生出杂草的石条山道就越为险峻。羊肠山道一旁为高危的山壁,一旁为深达数百米的山谷。眼底,巨石滚躺的长长沟谷,如想象中死去巨龙的苍白骨架。有恐高症者过此,怕是相当惊险。

不到半个小时,我们即登上徽杭古道的标志性高地——江南第一关。

关隘由六根长石条横架在天然岩石上构成。关楣上,面皖刻"江南第一关",面浙刻"徽杭锁钥"。立身此地,山风凛人,已有一览众山的感觉。关下，和刚才走过的羊肠山道上一样，也有大团的牛粪——后来才了解到，安徽境内的牛价相对较低，所以常有浙人走古道过来买牛。

关隘近旁，还有一处石头垒成的窑洞状建筑，类似于驿亭，洞楣上也有刻字："履险如夷"，注明题刻的日期是"民国二十一年"。驿洞内立有石碑，其上刻《重修遥遥岩古道碑记》——看来，此处最早应该唤作"遥遥岩"。碑文载，"绩东遥遥岩为徽杭孔道，皖浙人民多出其途，四面环山，壁立千仞，昔人之所以遥遥名者，信不我诬"。由于山道年久失修，行走艰难，故此，"人皆知蜀道之难而鲜知此路有甚于蜀道者"。民国十四年起，当地民众齐心捐资重修古道，历时5年，终于使"羊肠蚁穴而为康庄坦途"。"康庄坦途"或是夸张之语，七十五载的风霜雨雪之后，我们所走的徽杭古道，又迹近于早年的"羊肠蚁穴"。

过"江南第一关"后，道路的险峻随之减弱。再走，山道旁又有一处窑洞状驿亭，名唤"施茶亭"。过"施茶亭"，就会发现青竹掩映下的一个很大的水库——至此明白刚才一路沟谷缺水的原因。拾一块石头越过竹林扔下去，很久，才听见"嗵"的一记声响。以水库石坝为界，其下，涧石裸露一派宁寂；其上，则开始一路闻听潺潺泉声。但脚下所走的只是普通山路，石板道已然不存。

太阳一直挂在右边连绵的山峰上，明晃晃的，耀花人的眼睛。但背阴处或大或小的瀑布，依然凝固不泻，变成了寒白的冰挂。

在途中的"黄茅培"小村稍歇。整个村子寂静无人，只看见一头肥胖的白猪，在高处的猪圈内懒洋洋又舒服地晒着太阳。

穿越"黄茅培"村，道路变阔，是那种山石胡乱铺就、勉强可通行拖拉机的山路。从"江南第一桥"算起，大约走了3个小时，我们到达投宿地"下雪堂"。

这段深山中的路途，我们一共只遇见了四个人：

肩担物品、逼近暮年的一个男子（"江南第一关"处）；

拎塑料袋的清瘦少年（"施茶亭"处）；

脱了外衣在砍柴的脸膛红热的汉子（水库附近）；

掮了一根杉木行走的中年农妇（过"黄茅培"后）。

"下雪堂"一共只有五户人家。我们住方名武家的"水云间客栈"。与之毗邻的是方名武的哥哥方学军家，也对外提供住宿，名"逍遥人家"。兄弟两家的楼房都是新造不久，处在山坳间的高处，宽敞雅洁，屋前有相当大的水泥场地。

男主人暂不在家，女主人汪建梅（小红）热情张罗我们吃点心。炒了两个菜，我们吃了满满两碗白米饭。年逾五旬的遐玉师走山路汗湿了身子，趁隙换过一套干爽的内衣裤后，连呼舒服。

小红介绍，他们的孩子在山下绩溪县城读书，由爷爷奶奶租屋在那里照顾（方学军家的孩子也在那里）；丈夫负责山里这一片的电路维护，今天出去收电费了。

"下雪堂"人家享有的日照时间很短，小红说她家每天只能照到两个小时的太阳。太阳早早落到房子后面的山峰那边去了。坐在她家堂屋看卫星电视，山里的寒气逼上来，冷得让人禁不住偶尔会发抖。小红忙在我们的脚旁插上了"火盆"——方形的木头框内，有两根电热管；接着又给我们各拿了一只"火篮"（我的命名）——竹编的束腰篮子，篮内放了铁皮的敞口浅桶，铁桶内盛了些暗红火炭，这样拎在手里，人顿时暖和不少。

暮色浓重时分，男主人方名武挎了一只帆布电工包推门回家，他刚刚走了近两个小时的崎岖山路。贤惠的女主人准备好了晚饭。我们一起吃。沸腾的火锅，热热的加了姜丝的黄酒，在冬夜孤寂的皖南深山里，让我们的身心如在春日。

夜里仍是寒极。上床前开了电热毯，再加上两条厚被，才足以抵挡。

睡觉的房间在二楼。熄了灯。床边的手机显示：无网络。

农历十五的月亮，从屋前长满杂林灌木的山峰上升起，正好，停歇在玻璃窗外那棵落光了叶子的、高大山核桃树的枝杈间。

深夜的窗外，一只透明的银色雀巢，在枝杈间，亮得惊人！

晨起洗脸，弯曲的毛巾已经冻硬。

热烫的粥，白馒头，煮鸡蛋，与切碎的辣椒共腌的黄瓜片和萝卜片——我们的早饭。

吃好早饭，遐玉师在方家夫妇拿出的一本硬封面的本子上留了一段话后，我们遂跟这对年轻的夫妇道别。

从"下雪堂"出发，到"上雪堂"，再到"蓝天凹"，一路还是向上攀登。越往高处，身旁的溪泉之声越小。山涧中溪水相对不动处皆结厚冰。

"蓝天凹"实际上当地人最早称其为"烂污田凹"，它是整条徽杭古道的最高处，奇特的是它并不成山峰，而是一大片凹下去的山顶草地。在"蓝天凹"上放声高喊，群山间回应连连，余音不绝。

"蓝天凹"下，一座微型的山峰自然裂成两半，这就是"石门"（也称双笋峰）。过石门后，古道在茂密的山林中开始持续盘旋向下。其间，遇到一位用小扁担挑了扫帚和塑料桶等日常用品的妇女，她慢慢地从山下爬上来。彼此微笑打过招呼。她用手指指示极目处火柴盒似的山间小村，说从"浪广"来，来看这里的姐姐，"要走二十几里路呢！"而"浪广"，已是属于浙江的村子了。

徽杭古道上，属于安徽省的最后一个村落，是受辖于绩溪县伏岭镇的"永来"。这也正是昨天方名武来收电费的村子。"永来"相当大，毗连的房舍高低错杂蔓延，一条宽阔的溪水在村前流过（流动方向已经和"蓝天凹"那边完全相反）。在石板的村巷中走，有许多的狗在大吠，但均被和善的主人喝止。

随"永来"而来的，便是浙江地界：浙江省临安市马啸乡的浙基田村。

从"下雪堂"到"浙基田"，我们走了两个半小时。

"浙基田"，可以算是现存全长约20公里的徽杭古道的终点。一座迷宫似的古老村落。它的核心，是一幢过去年代风格的公共建筑——"浙川会堂"：大门顶上有一颗水泥质地的大五角星；门旁，残剩着半副对联：坚持社会主义制度。会堂前的竹篙上晾挂着湿淋淋的衣服，三两位老人抱着孩子在晒太阳。村中，许多姑娘和男子坐在阳光的门口，用特制的小铁锤和铁砧，熟练敲打着收获的山核桃（为了取其中的核桃肉）；有户人家正在喜气洋洋地杀猪，剖成两半的肥壮白猪摊放在院中的长条案上——他们已经在为就要到来的春节忙碌。

"浙基田"已有黑色的柏油公路通向村外。从这里，乘上中巴车，过马啸乡政府，经昌化、於潜，便可径出临安，直达"欲把西湖比西子，淡妆浓抹总相宜"的天堂杭州。

（伏岭镇，安徽省绩溪县所辖；马啸乡，浙江省临安市所辖）

建平：一个复杂、涩热的夜，在等待黎明

进入郎溪县境已是浓暮（之前，汽车一直在起伏汹涌的青绿茶洲间颠簸疾行）。建平镇。又是一个陌生乡镇的……熟悉浓暮。街树枝叶间昏暗的灯亮起，羼杂灰尘的夜色，已从四野和天上，漫遍这座乡镇的屋顶和突然寂清却依旧饱含市廛热量的疲惫街巷。脚踩或机动的载客三轮车，这些属于夜晚的微小莽撞甲虫，似乎转眼就爬满视线里的空间。新装的 IC 卡电话亭，一只只奇异地立在昏黑街头，就像乡村孩子新买的神情呆板的机器人玩具。"有郎溪地图吗？"在一家亮着日光灯的书报店内，我们问。女营业员笑："郎溪这么小，要什么地图！"当地的政府招待所坐落于狭杂旧街，陷于油条铺、烟酒店、杂货摊间的小门面。进去。紧挨楼梯的弧形柜台，一个穿白衬衫的男人低头在抽屉里帮我们找楼上房间的钥匙。"等一下吃饭我带你们去，免得挨宰。"

郎溪县建平镇地理位置十分重要，向东可窥伺广德，

同时又是天京（南京）南路高淳、东坝一线的门户。太平军欲由皖浙边境援京破围，必须以建平为前进基地。"建平会议"，太平天国史上一次重要的军事会议，于1860年4月11日，由忠王李秀成主持召开。

钉了铁皮的木楼梯。旧楼板。漫长得好像不会有尽头的楼内走廊。年代久远的异样不洁、阴湿和隐在暗处的脏迹。许多房间似乎是特定的人长期租住，半开的房门，里面是烟雾、穿短裤的三两男人、铁丝上搭着的滴水衣服、倾倒的绿白空酒瓶、踩碎的烟蒂和电线杂拖的焦烟电炉。白衬衫的男服务员将钥匙插入黑暗锁孔，推门，开灯。"就这儿。"厕所和盥洗室在走廊尽头。腐蚀很重的黄白便槽，水泥蹲坑，它们混合着在一扇破门内制造袭人的浓味；盥洗室的长长砖池上是一排生锈的水龙头。一个人在洗脸盆内的衣服，一个人光着上身在冲浴。

为二破围困天京的清军江南大营，由当时总理朝政的干王洪仁玕与忠王李秀成共同商定了"围魏救赵"的战役方针，包括两个作战要点：一是"向湖杭虚处力攻其背"，诱使江南大营分兵；二是返军自救，会合各路太平军主力，蹈虚而入，一举击溃敌营，以解京围。据此，整个战役由虚攻湖杭和返军自救两个阶段构成。

关上房门。我们出去。"等一下吃饭我带你们去，免得挨宰。"——白衬衫的男人领我们走出旅馆，在旧街上的一家小吃店前停下，朝里面喊了一下："三个人！"又转向我们："就这儿。"他走了。他们早就建立好的某种交易？再看店里，灶冷锅凉，一对昏黄灯光下枯坐的夫妇（？）昏昏欲睡。算了，自己找吧。关闭的店门。爬行的载客三轮甲虫。零落守望的冷饮车。小广场一角是一家暗红深邃但空空荡荡的电子游戏厅，"绿茶，0.5元；咖啡，1元；……"将夜晚的古镇来回丈量，已没有吃饭的地方。最后，在街市中心一家店主准备关门的饮食店内，匆忙的二锅头和三两个不新鲜炒菜，打破了我们原先准备好好陪荣老师喝一顿白酒的美好愿望。

忠王李秀成率精兵六七千人，乔装清军，沿莫干山山麓小道奔袭杭州。1860年3月18日，忠王部在杭城清波门外黄泥潭开挖地道。19日，太平军埋设的火药爆炸，坍塌城墙30丈，城破，杀巡抚罗遵殿。杭州失陷，清廷震动。江南大营统帅、钦差大臣和春在清廷严旨屡催之下，先后从大营调出2万余兵，由总兵张玉良统主力为前锋，经苏州南下援救，于23日抵达杭州城外。李秀成在城中遥见张玉良军旗号，知清军中计，便于23日夜率全军安全撤离杭州。临撤之前，忠王令在城上遍插旗帜以为疑兵计。果然，整整一天，清军根本不知太平军已全军撤离。及至发觉上当，立即追赶，但已不及。太平军第一阶段作战计划胜利实现。

回到旅馆。闷。喝水。走廊尽头厕所顽强透来的气味。洗脚。枕巾上"郎溪县革委会"的红色印字鲜明夺目。异样的不洁之感。旅馆窗下、马路对面的镇上电影院早已散场。蚊子飞舞，无法入睡。正是讲述鬼故事的大好时光。

李秀成部撤出杭州后，于1860年3月29日攻入临安，补充了大量军需。此时天骤降暴雨，道路咫尺难辨，清军各部畏雨不愿猛追。而忠王主力则借雨势翻越东天目山，北指孝丰。3月30日，太平军攻占孝丰，直逼安徽广德州东南的苦岭关。4月4日，李秀成部返抵广德，会合留守广德的部将陈坤书以及前一天从湖州回军的李世贤部（担负佯攻湖州之任务）。4月11日，两部攻克建平。其时，各路太平军主力奉令先后到达，建平内外，计有忠王李秀成、侍王李世贤、辅王杨辅清、右军主将刘官芳等各部近十万众。因太平军士兵均红巾扎额（"制巾不及裹红布，觅布不及裹红纸"），故此，太平军也被俗呼为"红头"，"而红头来者日众，登山者远望若霞色"，场面十分壮观。就在攻克建平的当日，李秀成主持召开了著名的"建平会议"。会上，统一了认识，制订了破解天京之围的具体计划，落实了军事部署，协调了各部行动。至此，返军自救，二破江南大营的战斗真正开始打响。

这是荣老师往昔的亲身体验：乡村学校的教师办公室，每到午夜，总会听见皮鞋声从走廊的那一头"橐、橐、橐"过来，在门前停下。随后，是黑暗办公室内一只只抽屉被陆续抽动的声音。那次我故意睡在隔壁，等皮鞋声进门以后，就悄悄起来，摸到教师办公室的门口（整个办公室只有这一扇门）。里面抽屉被抽动时，我猛地拉亮电灯开关，办公室内瞬间雪亮。但是……什么都没有，声音消逝了，一切都完好不乱。但是，第二天午夜，仍会听见皮鞋声从走廊那一头"橐、橐、橐"过来，在门前停下。随后，又是黑暗办公室内一只只抽屉被陆续抽动的声音……

渐渐地，是谁先响起了鼾声。一个复杂、涩热的古镇的夜，在等待着黎明。

（建平，安徽省郎溪县所辖）

查济：华美破败

"怡园山庄"里滚满了大大小小的无数石磙。距村口不远的山庄地势很高，据说原来是一所小学，后被现在山庄的老板王锡华买下，改作可以住宿吃饭的游客接待中心。散落庄园各处的青色石磙，有的半陷于黄泥，有的抛弃在草间，有的干脆被用作供人坐歇的石凳；这些石磙，大的合抱，小的则如足球、篮球；石磙表面都浮雕有精美花纹，有回字纹、如意纹、蝙蝠纹、莲花纹等。王老板衬衫敞怀，面色红黑，没有太多话说，他的名片上所印内容是："怡园山庄，王锡华总经理（儿时乳名：小八子）。地址：安徽省泾县厚岸乡查济古民居（神台小区左侧）；电话：0563-5995088；手机：13956562409；邮编：242556"。他的占地极广的山庄似乎人气很旺，"××美术学院实习基地"类似的牌子有多块，空阔的餐厅墙上，有镜框里王老板与演员唐国强的硕大合影照片，有《雪白血红》电视剧组送给山庄的感谢热情接待的锦旗。在山庄这种奇异的商业氛围中，无数滚落的结实石磙——这些现在被集中起来的、古代华屋的残存构件，连同竖在某个墙角的那块"圣旨"石碑，它们的脸上，都有凝郁、隐青的古老表情。

"二甲祠"高耸褐黑的马头墙背后，是浓卷白云，是湛蓝如镜的天空。一大朵白云移动，它带来的薄薄阴影，先是移过祠前坚硬的麻石台阶，接着，又使近旁的"瑞凝午道"过街门楼有些微的晕眩。石门框上一只红色蚂蚁，正追逐着门框上的薄薄云影，奋力向上爬移。

许溪上的红楼石桥，纷挂披垂着浓密如发的翠绿藤蔓。因为植物的狂野披覆，这座古桥已经丧失人造痕迹，而重新回归为自然的一部分。红楼桥在，而得名所自的红楼，却早已在岁月中朽败坍塌，不知去向；近旁的明代古祠"洪公祠"，也是摇摇欲坠，它的正门已被半截砖墙封死。只有穿村而过的许溪，依然急湍清新。一位深青衣衫、零乱花白头发的老太太，正在溪水里刷匾。油黄的竹匾浮在墨蓝的溪里，我看到了时间中某些不变的成分。由于溪水的滋润灌溉，两旁草木荣华。一柱未脱卷箨的怒壮新竹，拔地参天，仔细观察，你会发觉，这柱新竹的出生地，正是昔日人家的卧室或厢房。

"宝公祠"阴郁肃穆，一如那个收票老者阴郁肃穆的皱纹之脸。在此处祠堂内，我见到了查济村中最大的石磙，其直径达1.10米。据到过查济的罗哲文先生（在江南各地，总会在不经意间遭遇这位研究古建筑的老先生的身影）讲，北京故宫中最大的才 0.97 米。不同于怡园山庄内的残存构件，祠中的石磉上依然立有粗大柱子，支撑着一个从明末至今的阴郁肃穆的建筑空间。也许是为了展览，暗昏的祠内摆放了十几张早就褪去色彩的精雕木床。床上之人不知何去，斑驳床身落满现实和时光的灰尘，像失水收缩的枯干皮肤，毫无生气。私密的、曾经生动或冷漠着肉欲的床，摆设于已然无人祭祀的死亡空间的深处，这是一种意味深长的共置。

一位无名查济少年，静寂地坐在他家的木槛上。他转过脸来看我。少年的脸，一半，沉浸在家门内祖辈的幽暗之中；一半，被柔和的光线照亮。他深潭似的微微眯起的好看双眼里，没有现在；他静怯的目光和安详的身子所散发的，是无穷无尽的过去，是深渊般的未来。

我拨开齐膝的野草走进一所破败大宅。从一块被揭露的屋顶，阳光擦着朽烂的冬瓜梁，泻进黑夜似的屋内。地面上是成堆的碎砖乱瓦，潮湿，生满了绿苔。蒸腾着湿霉味道的"屋内"，两株幼小的、有着近乎透明叶子的绿树，生机勃勃。它们在瓦砾堆间跃跃欲试，日长夜展，它们想要尽快超越身旁歪腐的木柱，探出欲倾的宅屋，去呼吸外面的光和大气。

密树的山坡，湿润的溪畔，无人理会的草间，或是某条深巷旁突然出现的一片空场上，我还见惯孤然兀立的青石或麻石门坊。昔年巍然深宏的宅屋荡然无存，那些构成宅屋的砖墙、瓦顶、厚门、窗格、雕梁、画栋、巨柱，不知何时星散飞走，如今，只剩下这孤零零的一副副青石或麻石的——沉重门框。在永无尽头的时间舞台上，孤然兀立的石质门框，是象征意味强烈的极简雕塑，"门"字形的结构中，凝聚着一个个曾经存在、现已湮灭的家族的漫长艰辛、沧桑剧情……

在墙砖内部，我听见腐朽的清晰声音。

狭窄水廊巷内的德公厅屋，据说是查济目前最古老的建筑（元代），它的牌楼式的三层翘角上，生满了瓦松。

在德公厅屋的墙砖内部，我近乎恐怖地听见：整座山村清晰的腐朽之音。

村中老书记热情欢迎到他家一看。他家距二甲祠不远。有假山和花木的局促庭院。古旧的建于清代的家屋。踏着颤颤的楼梯上去，楼板似乎已经难以承重。楼阁墙上贴满了到此写生者留下的墨迹画迹。几块花砖（此地特产，有美丽抽象花纹，许多房屋用此砖砌成）堆在楼板上，问陪同上楼的老书记儿子，他说花砖可以出售，如普通砖头大小的，10元一块，大块方形的，30元一块——后来在他家天井的一条狭巷内，看见有成堆的花砖被收集在那里。

在许溪上游的查日华家，我已是第二次造访。查老师质朴、好客，身上保留有山村的悠久古风。他家数亩之大的院子令我印象深刻。院外浓荫蔽地绿草丛生处，都是昔日的大宅废墟。

院内和院外一样，绿木竞生，鸟语花香。他家还收藏有很多造型奇特的树根。和上次来访所见不同，查老师已经整修了围墙，临溪处开了一个院门（桐油漆过，贴有大幅渐失红色的门联）。出他家院门，许溪急流，清澈见底。数棵高入云间的粗大栗树，给人清凉。我吃过查老师馈赠的、这树上所结的板栗，酥实、甘甜，带有浓重的桂花香味——这是我所吃过的、世间最美的果实之一。

附录1·历史

在安徽省泾县地图册上看查济，它僻处于县境最西南角的万山丛中（距县城60公里）。这个古老的村落建于隋唐，元代始兴，鼎盛于明清。下面这首诗所描述的，就是鼎盛时期查济的概貌：

十里查村九里烟，

三溪汇流万户间；

祠庙亭台塔影下，

小桥流水杏花天。

"十里查村九里烟"，言查济村域之广，人烟之稠。"三溪汇流万户间"，"三溪"，指流经古村的三条清澈溪涧，分别是许溪、岑溪和石溪，故此，查济天然有着"门外青山如屋里，东家流水入西邻"的"天人合一"格局;"万户"并非虚指,地方志书记载,查济全盛时有"丁二万",丁指成年男子,因此有人说,当时这座山村有10万人口,也并非毫无根据。"祠庙亭台塔影下,小桥流水杏花天",是指建筑,查济虽是村落,但宛如城郭,现保存有四门三塔,四门为:钟秀门、平岭门、石门、巴山门,三塔是:如松塔、青山塔、巴山塔。全盛时代的查济可谓辉煌一时,据说建有108座祠堂、108座庙宇、108座桥梁。

有老人介绍,当年繁盛查济的主要街巷两旁,曾点有盏盏植物油路灯——众山之中的恢宏古村,在山影、树枝和屋顶交蔽的浓重夜晚,闪耀着一盏盏晃动的公共油灯,此情此景,足以引人遐想!

附录2·衰败

民间传说,查济的衰败,跟八仙之一的铁拐李有关。某日,云游的铁拐李来到查济,在溪边闲坐。埠头上,查济有钱人家的几个丫鬟正在洗碗洗菜,互相抱怨天天吃鱼吃肉吃厌了,好不痛苦。铁拐李听见了,为解除丫鬟们的"痛苦",便扬起拐杖,朝后山打下去,打断了此地的风水龙脉,于是,查济日渐衰败。

传说归传说,查济真正的致命一劫,是19世纪太平军的战火。彼时,查济民团奋力抵抗太平军的进击,引起疯狂报复。翼王石达开领兵血洗查济(村后山谷野草中,曾见"皇清阵亡兵民之墓　咸丰九年立"之石碑),放火烧了大半房子。一位叫查贵锟的老人讲，当年他的祖母"跑反"逃难，随家人流落异乡12年，回来的时候，"祖屋里的荒草长得比墙头还高"。查济人说，自太平军后，村里再也没有造过一所像样的祠堂或宅院。长发纷披的太平军给查济的烙印极深，如今查济人的习惯口语，仍然常用"长毛来了"吓唬哭闹的孩童，以"长毛打馆"形容极度的狼藉。

20世纪声势浩大、席卷中国城乡的"文化大革命"，同样重创这个僻远古村。据介绍，"文革"中拉倒牌坊18座，大多庙宇设施、祠堂、厅屋毁于一旦。在村中，我见到了太多残存的、被削去了头颅的砖雕和木雕。

除了人祸，1931年、1954年、1960年等数次山洪，也以自然之蛮力，涤荡了山村。

尽管如此，现实的查济，其"青山环抱，三溪穿村；开门走桥，推窗见树"的整体格局依然未变。在泾县文化局1999年10月所编的《泾县古民居名录（送审稿）》中，查济有详细文字说明的明清古建筑，还保存着144处之多。

（查济，安徽省泾县所辖）

梅山：关键词为恐惧、寂静

夜色里的水库大坝。踞高、寂冷、雄矗、漫长、坚固的钢筋混凝土大坝，像夜色里一种灰白色的怪兽，不动声色又内含狰狞地，将此刻我所置身的世界，分成了两半：上面，是万古如斯的静秘（非"谧"）山水；远处的山下，则是燃起暗红灯火的细密人世。

梅山镇处于皖西大山之中。通往水库的镇街在感觉上很窄——似乎是被两边的青色山峰挤压所致。我和陈君住的旅店——金寨县党校招待所，就在这镇街一侧。进招待所大门，里面很是空敞，并且长满了茂密高大的绿树。三楼的双人房间，10块钱一张床，有洁白干净的床单。走到房间外面裸露的阳台或称走廊上（整幢建筑是20世纪七八十年代水泥办公楼式样），可以更近地看到近旁的山峰；院内近楼一棵巨樟新发的浓郁枝叶，就在鼻尖，伸手可触。一楼昏暗的、已磨掉红漆的木质服务柜台后面，三两个手捧饭盆挤在一起的服务员，在她们的吃饭和笑聊间隙,指点我们,党校招待所有餐厅,可以吃晚饭。餐厅在院落的更深处。有几辆当地牌照的小车停在外面。我和陈君坐在同样空荡荡的餐厅一角(边侧某两个包厢,偶尔传出高杂的、很难听清详细内容的劝酒声),每人喝一瓶啤酒,吃饭。一盘新鲜的炒豌豆,清爽碧绿,印象极深。

夜,从遥远的群山间聚拢到这个山镇。被大山挤窄的镇街,一下子消失了黄昏前热闹的人车,像是一具被抽取了骨骼和内脏的龙壳。大多数的店面已经闭门。黑乎乎的街面上,不知何时冒出了零星的私人排档(有的甚至摆到了街的中央),都是方形的红布帐篷,因为里面亮了灯泡,所以看起来像是一盏盏巨大、方形的赤红灯笼,落在了黑暗的地面上。如果用摄影来表现,该有强烈而奇异的反差。

空寞的街,被漫游的我们扔在了身后,不自觉间,就过渡到冷寂得近乎荒凉的居民区。没有人,只有若干幢古怪单调的水泥楼的黑影,参差立在散出腐败菜叶味的各处。感觉地势渐渐在走高。

水库的大门到了。非常气派的不锈钢伸缩大门。管理相当严格,跟满脸疑惑的门卫说了许多好话,并出示身份证件后,最终,他同意我们入内。

从大门到水库坝顶,还有好长一段盘山公路要走。弯曲的山路,我们的肩侧与头顶,是巨大欲倾的岩石和黑郁欲泻的山林灌木。银白的月亮,随着视域的改变,有时可睹。山夜与植物的波涛，无可避免地浸渗人的神经和肌骨。偶尔，一束从上面冲下的摩托车的灼红光圈（晚下班的水库职工？），伴着空洞僵冷的轰鸣，才给夜行者带来一缕人间的提醒。

坝顶依然有人值守。说明情况并再次出示身份证件后，我们终于踏上黄昏时一入镇街就隐约可睹的水库大坝坝顶。黑夜里，坝顶曲折漫长，让人很难有信心走到坝的尽头。无数的水泥砌筑的圆弧形深渊——局部构件，组成了怪兽大坝的狰狞整体。确实是深渊，混凝土的坝太高了！站在某处圆弧形深渊的边侧，我顿时有强烈的恐惧！微微探身俯视下去，抑制不住的晕眩，马上弥漫头颅，因为，无法看见底部的圆弧形混凝土深渊，虽是物质制造，此时却生有一种可怕的、强有力的吸力，像是即刻就要把微微探身的俯视者深深地疯狂拉吸下去！体内两缕细韧的热流，电一般刹那汇聚到双脚脚心——第一次，我切身体会到了恐惧之于人的生理反应。

大坝蓄水的一面，则完全是另一境界。我看见了一幅超然于世外、呈现着自然真生命的月夜山水长卷。夜水如静镜，柔和起伏的朦胧山峰，绵延在这镜水之上。我惊叹并感恩于这一刻的降临：因为此时此刻，我目睹到中国南方水墨画的极致！没有灯火，没有声音，没有喧杂人类的一切形迹，活着但是现在寂静的山，似停在太空之中，而绵延群山在夜水之中的如梦倒影，则好像贯穿了整个宇宙。"神秘""丰满""朦胧""苍茫""细腻""雾岚""呼吸"，这是当时大脑中自动生成的若干语词，我无法用连贯的句子，来表达眼前这单纯却又复杂的夜色山水世界。只有一点感受明显强烈：万古如斯！千年万年前的古人，他们目睹的，应该也就是此境此景。

远离山下暗红的人间，这里的世界真静呵！丰满的月夜山水吸纳了世界的所有声音，所以，此时归于无声。我们努力朝水边靠近，然后虔诚驻足。就像看大坝的另一面时，我体会到恐惧的生理反应一样，在这里，我获得了从未体验过的、真正的"静"的动态感觉：

头微微发胀，两耳持续有清晰的嗡嗡声响——所有过去岁月里积累于体内的、俗世的嘈杂肮脏之声，通过耳道，都正拼命死劲地逸出、逸出……

夜色里的人，在一点点地，变得透明、干净。

附录·资讯

梅山水库，坝址在金寨县梅山镇大小梅山之间。主坝坝型为混凝土连拱坝，最大坝高88.2米，坝顶长度545米，坝基岩石为花岗岩，主要泄洪方式为溢洪道和隧洞。1954年3月动工，1956年4月主体工程完成。工程总投资9268万元，高峰时工地有2.5万施工人员。水库防洪标准万年一遇。

（梅山镇，安徽省金寨县所辖）

天堂寨镇：途与瀑

雨洗大别山。细密如油的3月春雨，正在洗亮、洗绿眼前这横亘于皖、鄂两省之间，并且分开吴楚的莽莽大山。黄颜色的旧中巴，像一只刚刚从寒冬的眠梦中醒来的新鲜甲虫，在雄阔的湿绿世界里，它持续好奇地起伏、盘旋，时不时地，还要蹦跳几下。栗树枝梢尖凝结的颗颗雨珠，晶莹、润圆，在汽车急驶着转弯时，因为山路褊狭，枝梢就会刚撞进半开的车窗，于是，我的额角脸上，就会愉快地享受到由这些雨水珠子带给我的山野春天的凉意。在那些局促的"冲"（山间平地），或是不规则的人工垒出的梯田上，常常是一块油菜（每一棵粗壮的茎上都聚满充沛有力的青色菜薹），间杂着一树或两树湿漉漉的烂漫白花。戴竹编的斗笠，身上披着——不是蓑衣——透明的白色塑料纸，我看见一个农民在山路旁沉默行走。尽管蓑衣已经换成了白色塑料纸，但是，绿意流泻的丛山间，这样一个场景，仍然让人确信，在遥远唐朝或者宋朝的山中雨天，一定也是这样相类的一幅图画。我的身旁，坐了刚刚手脚忙乱地上车的一位瘦削的黑衣老妇。她的同样黑色的雨伞在滴水；另外的行李，是用草绳扎住的浅底铁锅和一副木头锅托。因为新，所以雨湿的铁锅还是在顽强闪射莹蓝的金属光泽；尤其是锅托，是用新木刨制，刀痕清晰，似乎感受得到木头内部仍在劲流的树的汁液。——入夜投宿才知道，浅底铁锅和木头锅托组合而成的器具，是山里人家驱寒祛湿的烤火用具。

油坊店，青山，燕子河，春雨淅沥的连绵省界大山中，这些都是美丽的地名和乡镇。不断地有人上车、下车。尼龙编织袋里扭动的长鱼（鳝鱼），批发买来的整箱的"统一"方便面，缚住的鸭子，光鲜或陈旧的浸透春水的雨具，各种各样在我眼前挤晃过的陌生却异常熟悉的人脸……自然、人世和春天酿造的浓郁空气里，载我的黄颜色的中巴车，在摇摆前行。

天堂寨山麓。和学铭在一对年轻的山农夫妇所开的餐馆吃午饭。屋前有青草乱石的溪涧一条。肚子很饿。石耳炒鸡蛋，蕨菜烧肉（红烧）。状如木耳的石耳是此地特产，多生长在峭壁悬崖之上，李时珍在《本草纲目》中有载："石耳……状如地耳，山僧采曝馈远，洗去砂土作菇，胜于木耳，佳品也。"石耳炒出的鸡蛋明显异于城市中所见，蛋色金黄透明，远非养鸡场之鸡蛋可比。蕨菜烧肉也和石耳炒鸡蛋一样，系两者兼美。蕨菜是山中土菜，猪因是放养而长，故而肉质尤紧，尤香，令人下箸不忍停手。添饭两碗，美美大啖之后，请年轻的丈夫为我们叫来一辆小型农用车，以此上天堂寨。

天堂寨在隋朝以前名副衡山，唐朝称多云山（晚唐杜牧有"东望云山日夕佳"之句），自明代始称天堂寨。

"天堂山，山形奥折，层峦复涧，奇花异木，杂植其间，道人崖、猿虎岭、驻云岭等处皆险绝突兀，极顶望中州（注：河南故称）并江南近地，朗若列眉，其地既可横截东西，又可建瓴南北。"（《清乾隆罗田县志》）由于山高林深，地理特殊，天堂寨素有"吴楚东南第一关"之雄称，历朝多为起义、藏兵之处。

山路陡险，森林深郁，但司机似乎驾轻就熟，阔叶和雨的重重阴影下，即使在急狭的锐角折弯处仍不减速。在闪展腾挪的车内只有紧抓住某个握手处，才能保持自己的身体不至倾倒。路尽车停，到达天堂寨繁柯杂蔽时闻瀑声的山腰腹心。

远离中心的僻远的一处人类居住地。天堂寨林区平均海拔1600米，最高峰1729米，是大别山脉的主峰之一。我们停车到达的地方，有分散参差、掩映于树林内的若干幢房子和一片倾斜的场地（以供停车）。雨和雾扑上面额，一派迷蒙。随便找了一个"山顶土菜馆"住下，15元一人一夜。放下背包，就出门循瀑声登山。

瀑，水之暴也。在天堂寨，我平生第一次看到如此暴怒的水——这些浓翠森林之间雄沛、壮伟的处处飞瀑！

也许是因为雨日水丰，老树下，山阶上，身临瀑旁，但见怪岩乱枝之上的耀眼白瀑，如成百上千条捆缚一起的矫健白龙，又似欢乐赴死奋勇跃前的千军万马，呼啸不绝。同时，心被巨大的瀑声强烈震撼，彻底征服！其声，像盛夏滚滚不竭之惊雷，若无数架喷气式飞机起飞时的遮天轰鸣。在中国古代南方画家中，我没有见到过表现出此种气象者。风不断将瀑的碎屑打上人脸，混合着草茎花瓣岩味的激越山野清气，便扑面而至；嘴里，品尝到一丝丝奇异清新的涩甜。

天堂寨的瀑布并非只有一两处，常常是刚刚遭遇了一个，攀登没有多久，又一个令人叹为观止的大瀑突现于眼前。仅仅在一个不大的区域内，我们就看到了五处飞瀑，当地人的命名分别是：九影瀑布（亦称一号瀑布，传说八仙和土地爷每300年来此沐浴一次，洗完后同上天庭参加蟠桃大会）、四叠瀑布（亦称二号瀑布，因瀑布在下落过程中跌成四叠，故名）、泻玉瀑布（亦称三号瀑布，相传顶端有瑶池，为七仙女来人间沐浴之处）、四号瀑布（瀑下深潭，可见国家级珍稀动物娃娃鱼缓缓游动）、银弓瀑布（亦称五号瀑布，从密林中脱颖而出的白练频频抖动，远望像一张美丽的银弓）。在基本看不到人影的深山中攀登漫行，青翠或苍黑的竹树交蔽间，总是时时见到身旁奔泻的粗巨白色。那些浑圆坚硬的岩石，苔青或褐黑。柔软丰腴的白水围绕着它们泄流，永年不息。偶尔安静的一潭，清澈透底，如晶莹的一泓黄玉。这里山中到处可遇的一枝枝明黄串花，不但形美，还有着我喜爱的淡淡香气。乳白色的云雾雨气弥漫，远处山崖之上，某棵苍劲古松露出的局部，显示峥嵘的中国画意。

黄昏时回到住宿的"土菜馆"。这实际是一户人家。房子极大，有老人，还有一对刚结婚的青年（他们自诉是兄妹）。即使闭门，屋外夜晚来临时的浓重雨雾还是顽强地钻进门来。堂屋中央置起了烤火用具，就是我在来时的中巴车上看到黑衣老妇所带的那种：架在木头锅托上的浅底铁锅。暗红的木炭在铁锅内灼灼，人最早就从心理上感到了温暖。电视里正放着《安徽新闻》。来了两个客人的主人一家在谈话喝酒。我和学铭在另外的桌上吃饭。山中的夜来得非常之快、非常之急，尤其是在初春的雨天。回到楼上房间，窗外已然漆黑。仍然是潮湿，潮湿的山中的夜，潮湿的墙，潮湿的床被。但是累了，草草洗后睡下。一夜蒙眬睡乡，充满的，全是近在咫尺的，隐隐又隆隆的天堂瀑声。

（天堂寨镇，安徽省金寨县所辖）

章渡：白亮与暮暗

丧联之一

梅吐玉容含孝意，

柳拖金色动哀情。

（录自老街）

褐黑木阁上，某个失去窗扇的方形空洞，如独睁的盲眼，漆黑、幽深；青弋江的某片波光，晃漾进这个方形黑洞，便瞬间消失，像落进一个绝望的深渊。

在章渡，我的内心感受到强烈对比。这种强烈的对比，既是现实的，又是精神的。白亮与暮暗，是的！白亮，是宽阔卵石滩上清浅却急流的青弋江；暮暗，则是临江的一条破陋街市。青弋江（白亮！隐绿！）的存在，纯粹只是为了衬托——以自身清澈灿烂的"明"，来衬托身旁这条街市古老的、仿佛临终的"暗"。

恐怖、死亡、阴郁、腐朽，行将沉沦却仍在依照惯性呼吸生存——置身于章渡老街，我领受并辨别着构成街市"暮暗"

的种种复杂成分。这是一条震撼我心的街市。我步入的,似乎并不是楼阁夹峙的卵石狭街,而是跟儿时传说的"幽冥"故事相类的另一个世界。

狭长老街最为显性的特征,就是在众多褪了色的暗红门联之间,夹杂了那么多触痛人眼的、新鲜或陈旧的手书白色丧联!

丧联之二

身去音容存,

寿终德望在。

(录自老街)

暮暗老街上,不断突入视线的木门板上完整或驳蚀的白纸对联,让我惊诧。我小声对同行的友人濮阳说,这条街让我感到恐怖!我们所在的,是一条阴郁之街,恐怖之街,死亡之街。在我的感觉里,不管白昼还是黑夜,老街似乎总是陷入它僵习的昏睡之中(始成于明清的老街,在清咸丰、同治间,太平军在此与清军激战,街道彼时毁于战火,后又逐渐重建)。被脚步磨滑的、凹凸不平的卵石街道,泛射梦一般细腻的光泽;卵石中央,蜿蜒铺有一条窄窄的青石街板。走在老街,真的就像走在一个魂灵的昏睡之中。从某个阁楼无声跃下的猫,它凝视你的眼光里,闪现很深很深的诡异狞蓝;檐下阴影里趴卧的健狗,待我们走过，它们的喉咙内部，发出仇恨（仿佛打扰了它们前世的安宁）、低沉的"呼呼"声。到处是店的残迹：烟店、药店、酱坊、豆腐坊、铸锅的"炉铺"……某处暗红雕花栏板下的旧墙上，是一幅年代久远的用红笔和蓝笔勾勒的画：像孙悟空的女孩像，伸出的舌头，垂下来的辫子，是两枝各有两节的藕。墙根、檐角，都在生出碧绿荒草，我认真注意过其中的一棵：阴气、硕巨的绿叶，如在进行孤野的自诉……

丧联之三

染病三月魂归犹望子孙贤，
辛劳一生撒手永抛家室累。

（录自老街）

中国现代史一个著名人物——周恩来，他胯下的马蹄曾在老街的浓夜溅出火星。地方文史资料这样介绍："当年新四军驻在云岭的时候，曾在章渡镇设'兵站'以及泾县县委机关。1938年周恩来同志由太平乘竹筏至章渡镇登岸，然后骑马去云岭军部。可惜'兵站'和县委机关的住房现已倒塌。"

丧联之四

思亲免贺年，
守孝难还礼。

（录自老街）

老街临青弋江一边的房子，俗称"吊栋阁"。前后两进，约三分之一建在岸陆，三分之二悬于水上。悬空的木质房阁，用很长的木柱支撑。每间房下用来支撑的木柱有六至八根，因此远望过去，整条老街木柱如林，竖于江滩，素有"江南千条腿"之称。接近腐朽的吊栋阁，普遍褐黑、歪斜，只是上百间连排牵连，才暂时避免了这些木头房舍的最后倾颓。——而且，因为整条街所呈现的死亡质感，所以楼阁已经失却重量，变得轻灵，承托的木柱即使腐朽，也已足够支撑。

古老狭隘的街市一派幽暗，只有偶尔出现的、通向青弋江河埠的若干窄巷（下行的石阶直浸江中，阶缝间挤出的茂盛野草没人脚背），才将江水的一小块白亮映上街中。有三两个孩子，从河埠石阶上跑上来，一个女孩寂静回眸的神情，让我想到了一个词：精灵。昏暗的街市空空荡荡。少数活动的身影，都垂老、缓慢、蹒跚。半掩的门内（门上又是触目惊心的白联！）一团墨黑，需要仔细辨认，才会看清，里面或者是有一个老人，正坐在小凳上，在细细嚅动着嘴唇——他（她）在晚餐。

丧联之五

悼念永记父教诲，

情怀仍忆好音容。

（录自老街）

一个精神怪异、说话亢奋的当地中年男人，在寂寥又暮暗的章渡老街上，始终跑前跑后地跟随着我们。他的外貌：戴眼镜；上穿有领的旧短袖T恤，T恤前面印有"蜂花—上海"字样，背后是阿拉伯数字"7"，下穿蓝裤子；脚趿黑拖鞋；戴白纱手套，捧着不知是否有水的搪瓷茶缸。

以下就是他不停说话的言语概要：

"黄英姑从这里一跳下来，就跳到了蔡村。"（在街中一座破败旧红的木楼下面，他仰着头，极度兴奋又骄傲地介绍。电影《黄英姑》曾在章渡取景拍摄，蔡村是泾县的另一个地方，两地相距数十公里。）

"喂，你们拍的东西最后都要经过我的审查！"（他一再强调。）

"你们不知道吧，王诗槐就是从这个码头走上来的。"（老街沟通青弋江的一个光亮巷口，他学着电影里的某个镜头。王诗槐，《黄英姑》演员之一。）

"你们怎么这么长时间才来？我知道你们要来的，我已经等了你们一个多小时。你们不是环球旅行团吗？！"

"什么乡政府？！我就是镇长！"（一刻之中，眼神有遭受轻看了的无比愤怒。）

……………

在这条空荡幽深的死亡之街,这个精神怪异、说话亢奋的游走男人——我所能做出的解释是——他是我们所遭遇的、另一个世界派驻现世的唯一解说者。

(章渡,安徽省泾县所辖)

齐云山镇：游齐云山记

我的头上、脸上、身上，晃满了恢宏的红晕。崖是红的，岭是红的，洞是红的，石像是红的，无数古老的石阶是红的，残剩门坊上雕刻的祥云之纹是红的，连太素宫遗址内在荒草丛中嬉戏的石狮子，也是红的……整座山，是一块巨大透明的赤红玛瑙，夺目、摇曳于古徽州青绿山水的背景之上。深远黑夜，它是一颗处女红的月亮；丽日晴天，山又像是一匹奔跑的、炽烈的火焰，燃烧在我见惯了的皖南湛蓝平静的江溪内部。

"天公狡狯幻丹砂，步障千山灿若霞。"（张大千语）黄山白岳。齐云山，为什么是"白岳"？明明它是一轮赤艳的"红岳"！

浓暮。朦胧中显现衰旧气象的"休宁宾馆"。很小的大门，驳蚀的招牌。已经亮起稀落的灯火，入门会发现里面有很大的院落，花坛和蓊郁的植物遍布其内。稀落无力的灯火，就散在浓暮里黑青的花和植物之间。总台也是昏暗的，三两个男女服务员，像胶片损坏的老电影中的无声人物。决定住普通间，每床 30 元。重新穿越植物和灯火的院落，到另外一幢旧楼。一楼。孤独的旧楼女服务员从她所处的亮灯房间出来，拿着一串钥匙，走过昏黑的长长走廊，为我们打开房门。奇怪的房间布局：一大一小两个房间连成整体，其间有门相通，小房间两张床，大房间四张床。印象深刻的是室内的墙壁异常污脏。

　　在夜晚县城的街头，寻找吃饭的地方。"顺来饭店"，一个火红爆炒的灶间置于门口，敞着大门，几乎没有装修的饭店内人声鼎沸。在烟头、乱七八糟的酒瓶、醉红的面孔和紧挨的饭桌间侧着身进去。拐弯后在它的里间找到了空桌子。像其他桌上一样，我们的桌上也架起了红辣的杂烩火锅。燃烧的火，热烫的菜，整瓶的冰凉的酒，融入异乡的热烈谈话……酿制了人生旅途上的又一个深夜。

　　也许是处于山地，晚秋的清晨十分寒凉。县城空荡荡的，我们随便上了一辆去齐云山的小中巴，票价 3 元。两三个当地女孩和我们挤坐一车，她们也去齐云山，不过不是游玩，而是到山脚下上班。其中一个有着明洁面容的女孩矜持而又礼貌地介绍，车外我们一直追随着的宽阔溪涧叫横江——回家后查资料得知，这条横江，正是著名的新安江的正源。齐云山似乎很快就到了。此地原叫岩脚镇，现已改名为齐云山镇。下车处是一座蔚为壮观的石头古桥，七八个桥洞，倒映于清澈横江，一虚一实的两个半圆，组合成一个个优美圆圈。雄固之桥身，爬满了年代久远的茂盛绿蔓。拾桥块台阶而上,桥面极宽,平坦如砥,若有两部大卡车在此交会毫无问题。桥这头竖有一块古碑,为"府正堂峻示",内容是六行字:"严禁推车晒打;毋许煨曝秽污;栏石不许磨刀;桥脚禁止戳鱼。倘敢故违有犯,定行拿究不饶。"可能正是有了这方"峻示"护桥,桥才完好保存至今。在桥上看山旁、眼底的横江,不觉惊叹:蓝,我又见到了真正的蓝!江水湛蓝似镜,与头顶同色的天空静静辉映。在桥的那头,有一座两柱黑石牌坊,读坊额文字,才知道桥名:登封。儒家理想的寄托无处不在。牌坊底下,一辆装满粮食的木制独轮车,由三四个当地乡亲前拉后推,正在吃力地上桥——千年不改的原生态生活依然在此进行。下桥,右拐,穿过一个江边小村,便可寻见登齐云山的草间石阶。

作为"中国四大道教名山"之一的齐云山,海拔高度其实仅为585米,说它"齐云"("一石插天,与云并齐"),显然有些夸张。山虽不高,不过它也修有索道,据说单程上山只需8分钟。我们不坐缆车,还是以脚爬山。

明朝旅行家、江阴人徐霞客(1587—1641)当年登齐云山是在隆冬季节(正月二十六至二月初一)。在山上,他当时的耳畔、眼前是:"但闻树间冰响铮铮""满山冰花压树,迷漫一色"(在此我又要感谢文字的神奇:它们保留并鲜活再现着已经消逝了的时光中的某人的耳目观感)。我们遭遇的却是秋日的齐云山,漫山遍谷的各类植物，竟作最后的恣肆和疯狂。树叶果实和岩石丛草的气息，涤荡并浸透登山人的身心。

齐云山卖门票的地方已接近山顶。门票价格平时是38元，节假日是60元。

在山上行走不久，第一个邂逅的竟是张三丰墓，我视之为珍贵的缘分。这位元、明之间的著名道士是位异人，史称他：龟形鹤背，大耳圆目，须髯如戟；读书过目成诵；寒暑只一衲一蓑，"赤足雪里，尘垢遍体"，俗呼"张邋遢"。然张三丰不仅是道教宗师，还是我更在意的中国武术界的太极拳第一祖师。这位闲云野鹤的异人长期在武当山幽栖，但最后羽化成仙却是在齐云山，所谓是在齐云山"殁身于缸中，封固于混元洞内"。

眼前披满绿草的丹崖之下，有一石洞，此洞应该就是张三丰羽化之处的混元洞。洞外是一座不大的石龛（龛上结有葫芦宝顶），龛内供奉着祖师石像，年深日久的香火，已将石像熏得油黑。石像两旁各有一口古旧的八角大井，井壁刻有旋动的八卦符号。同行者说，"这里是齐云山道教气息最为浓重的地方"，我深以为然。熏黑的石像，深邃莫测的山洞，肃穆的八角古井，已使局部的这里凝成强劲气场，而祖师洞（墓）前荒草间一片浩大建筑的遗残之址，更加剧了这里的神秘氛围。巨大的石头残件，横七竖八地倒卧在地。这些昔日辉煌的建筑石件，现在成了祭坛，石面上凝结着纵横难数的暗红烛泪。

同伴中包括我在内有三人是学过太极拳的。在祖师像前虔诚地祭拜，然后起身略略云手——私念是，在无形的气息交流中，盼望得到祖师的一二指点。

类似于泰山、黄山的文化包裹，作为中国丹霞地貌的代表，赤红的齐云山同样是一座刻满汉字的文化之山。据山上管理人员统计，满山的丹崖峭壁上，竟有一千多处摩崖石刻。拜别张三丰墓，在山间数百年前就修筑好的石道上不用走多久，就到"洞天福地"景区。此地有栖真岩、忠烈岩、寿字岩三处摩崖石刻。栖真岩是齐云山最早道士、唐朝的栖霞真人修行的地方。栖真岩前遗存的褐红雕花石牌坊，尤有沧桑古意。忠烈岩是祭祀关公的地方。而寿字岩上的硕巨"寿"字，据说是清代慈禧太后的手笔，这个刻在丹崖上的黄颜色的正楷大"寿"字，直径达230厘米！许是取其吉兆，此处成为拍照留影者最多的地方。

除了这个巨大的"寿"字，凿刻于"真仙洞府"景区的"天开神秀"四字，可以说是齐云山摩崖石刻中另一气势不凡者。此四汉字兼颜带柳，遒劲端凝，形式和所蕴内容的完美统一，足以使其成为千余白岳石刻之帅、之君！"真仙洞府"区三面丹崖合围，其中一面丹崖极似赤色象鼻，谓之"象鼻岩"。象鼻岩前有三棵又高又直的硕挺枫香树，叶子飒飒，树树金黄，浓缩了秋天的精华。这里的崖壁之下，天然存有许多"洞府"，每个洞中都供奉各路神仙塑像，如八仙洞、圆通洞、罗汉洞、文昌洞等等。以前修行的道士就居在洞中，此处是齐云山风景精粹之一。

在某处洞口，一张木桌后坐着两个年轻的道士，他们在发放桌上摆着的两种书册。我向他们致意后各取了一本。两书均为袖珍开本，黄色封面的叫《化性谈》，淡绿封面的是《道教历代人生格言选录》。两书均注明"非卖品"，并且在扉页都印有如此字迹："轮流公看，转送别人；敬惜字纸，功德无量。"

《化性谈》的目录现在抄录如下：不怨人；不生气，不上火；找好处，认不是；五行性；三界；三性；三命；性命；四大界；学道；立命；化性。

淡绿封面的"格言选录"当时就翻看，印象深的几条是：

口中语少，腹中食少，心中事少，夜间睡少，依此四少，神仙必了。

知者不言，言者不知。

圣人被褐怀玉。

不知足者之忧，终身不解。

与人善言，暖于布帛；伤人之言，深于矛戟。

此书选录的格言颇为驳杂，名谓"道教历代人生格言"，实则杂有众多儒家之言，不过都体现了纯正中国的伦理思想，在我而言，确实有益于人生修养。

月华街，美丽的名字，齐云山上道士与山民杂居之所。街名"月华"，原因是从更高处看，黑白相间的徽派建筑群（民居、宫观、院房）在这里连成一弯上弦月，美极！月华街现住二十余户人家，存有八座古道房。其中最引人注目的是太素宫。此宫空旷壮观，可惜在"文革"中被毁，我们所见已是20世纪90年代按原样重建的了。太素宫前，便是齐云山著名的奇峰：香炉峰。此峰独立挺拔，形似香炉，故名。香炉峰底座虽小但却稳健，炉身粗壮，而峰顶又与底座大小几乎相同。传说峰顶的铁亭、香炉当年系朱元璋所赐，但亭、炉已在1958年大炼钢铁时毁去，现在的铁亭是1983年重建的。好在山峰未改，万年如斯，前人有诗赞其妙曰："山作香炉云作烟，嵯峨玉观隐千年。"想象之魄力极大！

中午在月华街上的"浮云饭店"吃饭。这顿午饭的环境，是我今生到目前为止所遭逢到的最佳之地。圆形饭桌就摆在露天有扶栏的赭红悬崖边上，偶尔的白云，直从身旁的不远处飘过。浮云饭店，浮在云间的饭店，店名毫不夸张。眼前气象雄秀阔大，真实之中国青绿山水长卷，徐徐展开于足底、眼底（山脚闪亮如绸的溪水，就是一路伴随我们到齐云山的横江）。而且在这青绿山水之间，还有微小的一列火车驶过，那里便是穿越齐云山脚的皖赣铁路。如此，我所见到的图景，宛然一幅带有强烈钱松岩风格的社会主义建设阶段的国画巨作。我们的饭桌一侧,是一棵有500年树龄的黄连古木。在苦涩的黄连树下开启我们甜蜜的风景加美食的大餐。白瓷盅里的茶。甜糯南瓜。绿莹青菜。褐黑蕨菜。烧豆腐。红辣椒丝炒豆腐干。每人一瓶当地产的啤酒。凉淡的酒液,蔬菜,米饭,随着地球缓缓旋转的原始天空和大地风景,给我们以无法言说的舒适和惬意。

分开灌木草莽,午饭后从寂静的后山下山。走过后山收门票的亭子,下山的路就有了砌筑很好的水泥石阶。但山木竹林间蜿蜒向下的这种石阶做得太狭太陡,走得非常费力。途中没有任何游人,只遇到一个读初一的当地女孩,正吃力地端着一锅煮玉米向山上爬。她住在山下,趁休息日上山卖煮玉米以贴补家用。看到这个女孩,我又想到上山途中,那个满脸涨红挑沉重米担的农妇,以及无声尾随着的她的患白癜风的儿子——美丽风景中仍有避不了的艰难人事。

后山山脚下有一个临时搭的遮阳草棚,草棚内外歇了七八个妇女和老汉,他们的身旁停着手拉的两轮人力车。原来这里到公路仍有很长一段路,他们在等待有坐车的生意。内心充满歉意地谢绝他们的热情,还是决定步行。

横江就在前面。身后的齐云山和眼前的江溪之间,是一块块不规则的收割后的稻田,其间散落着零星的农民瓦房。某块凸起的稻田埂侧,是三两棵没有采摘的柿子树,阔叶间悬垂的众多柿子，像一盏盏鲜艳的土制小红灯笼，映耀人眼。在内心，我又一次默默领受了中国南方自然乡村给予我的一份特有的温暖和感动。在清澈的横江草滩，向人买了两支青甘蔗，用牙齿使劲撕开它坚硬的表皮，我嚼到了此处山水和土壤内在的原始甜汁。

过低低的横江水坝。因坝的两边存有落差，所以急挤的雪白溪水越坝时发出好听的喧响。有一个骑自行车的乡村少年，炫技似的从水坝上闪过，转而消逝于我们刚刚走过的柿树田野。过坝后是一条极长、极幽静的后山林荫路。树木皆极大极美。踩着满地落叶，好像是不约而同，突然没有一个人讲话。似乎安静了亿万年的落叶和残枝，被持续踩响。从这里，我们将走上公路，前往暮色中的黟县。

（齐云山镇，安徽省休宁县所辖）

黄田：船屋及其他

笃诚堂，又名"洋船屋"，位于黄田村东北，背依青山，坐北朝南，占地面积4200平方米，建筑面积约3700平方米。这是一组外廓似轮船的群体建筑，依凤子河支流小溪畔地势构筑院墙，平面呈长方形。"船头"向北呈尖角状，院墙略向上翘，将溪水分成两股；"船舷"两边院墙上开空花漏窗，小溪上架两座石板桥如登船的"跳板"；两层"梅村家塾"的马头墙高出院墙，恰似"驾驶室"的楼舱。整个建筑物像条溯流而上的轮船，当地人称"洋船屋"。院内的屋宇方向与"船体"相反，"船尾"有圆拐院墙，院门向南，麻石门坊，内有庭院。然后依次排列四进大屋。第一进是"笃诚堂"。一字前墙，花砖门墙，麻石门坊，上有嵌方。堂厅三开间，前有矩形天井。两边有正房和厢房共4间。屋内22根圆木柱，上有雕花斜撑，下有麻石方础。月梁、童柱和房上的门窗，均有精致的木雕。第二进前厅敞开，两边山墙与前进连接。内有长方天井，堂厅5列木柱，麻石方础，两边4间正房，上有阁楼。第三进一字前墙，麻石门坊，上有嵌方，与第二进有窄巷相隔。屋内有天井、堂厅和4间正房，上有阁楼。第四进是"梅村家塾"，一字前墙，麻石门坊，上有嵌方，前有窄巷与第三进相隔。屋内有天井、堂厅和4间正房，上屋有高敞阁楼，原为笃诚堂主人延师培育子弟的家塾。四座大屋两边均有边屋和杂屋，与两边院墙相连，又有巷道沟通。"梅村家塾"后有三角形花园，即"船头"部分。据传此屋建于清道光年间，朱一乔、朱宗怀父子在上海经商致富，由朱宗怀回乡仿照"洋船"的外形营建居宅，以广家人的眼界，并慰藉未出过家门的亲人。此屋整体保存较好，内有局部损坏。（摘自《泾县古民居名录》，泾县文化局1999年10月编）

"船头"尖锐，分开迎面而来的湍急山溪，这如巨轮一般的房屋，僻隐于"皖南事变"发生地的大山深处。建筑无言，却自带有特定讯息。从这座100多年前的造型奇特的山中民居身上，我理解了如下内容：其一，传统的孝道；其二，荣归故里的张扬；其三，近世中国工业化的隐隐足音。百年沧桑，然在青山之麓，白云之下，斑驳蚀旧的屋宇俨然。船屋门口，"安徽省重点文物保护单位"的大理石碑刚刚凿就新立，而碑后院墙上"……与生产劳动相结合"的红字标语早已漫漶不清。

我喜欢船屋——共有72间居室、125道门——所散发的气息。

这种气息的成分非常复杂，它由屋外的茂盛山林、青石板路、植物田野、蓝天、擦过残破屋角的一卷白云、蝉声、夜间的蛙鸣、虫子飞行所搅动的微弱气流以及屋内的木梯、暂寂的冷灶、石础、古旧的樟木箱、算盘、昏幽的木床、撕破的年画和长年无人涉足的阁楼的蒙灰柱子所组成。数年前第一次偶然造访船屋的时候，适逢"船内"有人家办喜事。人声盛杂，盘杯堆叠（丰盛溢油的满台子大鱼大肉让人咽唾），羞涩美丽的红衣服新娘坐在桌旁。"喜"字窗花的新房内，几个孩子吵闹着在看明显是新买的一个大彩电（装彩电的纸箱子就放在天井）。在喜事人家的屋墙上，贴有一张大大的、墨字滴流的红纸，这是一张在别处不大见到的"帮勤"单，详细内容当时我抄录了下来：

　　主厨：成琴珍

　　帮厨：祁六宜、王和平、朱爱娣

　　迎宾：王金良

　　接亲：杨凤、金水根

　　托盘：管德金

　　催客：杨松林

　　采物：黄小青

　　按席：杨松林

　　金德生　拜托

从这张"帮勤"单可以看出,此地人家行家中大事,依然保留着古风。在时间之河中,船屋也在变化。再次来到船屋,发现这里冷清了很多(也许是时光导致的衰败,也许是没有人家办喜事的缘故)。大门前大片的秧田,在晴空下反射寂寞的新绿之光(这种环境下秧苗的绿,强烈唤起我童年的色味记忆)。门内天井中,用竹节篙晾了两三架衣裳和床单。悠远古老的公鸡啼鸣声,从院墙外的某处不时传入耳中。一个瘦瘦的、穿衬衫的青年,拎了两件湿衣服出来挂晒。我们交谈起来。祁军,他是出生于船屋的土著"船民",今年22岁。他18岁离开船屋,现在沪宁线上的常州新科电子工作。"五一放假,我也是刚刚回来。"常州和我的谋生地无锡紧邻,因此我们一见亲切。祁军领我在迷宫般的船屋内穿行。他介绍,现在船屋冷落,常住这里的只有20人左右,年轻人都出去了(祁军说,他家平时就只有父母在家,他还有一个妹妹,在外面的椰桥镇上开店)。这20个人分属16户人家,有12个姓。早先的朱家,现在只剩一对老人尚留"船内"。船屋内部阴凉、幽暗,有人家已经升起灶火,开始烧饭,青白的柴烟因此局部弥漫。屋外墙根摆放的长条麻石上,两位老人在坐着晒太阳。一位叫唐良惠,73岁;一位叫方鸿义,82岁。他们一如身后见惯了日升月落、世事沧桑的古船屋,安详和蔼,宠辱不惊。

黄田杂记(船屋外的备忘记录):

(1)黄田的"水口"很是特别。村口苍翠的狮山与象山对峙,夹住自东南向西北流贯全村的凤子河(岸边是一条草丛间的石板古道);溪河之上,建有一座圆拱石桥"东新桥"(石栏板残缺,台阶缝内青草萋萋),陆上的实物圆弧与溪中的倒影圆弧正好吻合,恰成为一个圆形"绣球"。因此,山、溪、桥组合,遂有栩栩如生的"狮象滚绣球"诞生,寓村以吉兆。

(2)若干印象深刻的人家门联:"青山不墨千秋画,绿水无弦万古琴""春光九十,气象万千""晓院春光好,高堂喜事多"。

(3)清澈凤子河的急流之声,清洗我的灰尘心胸。这条宽阔激越的山溪,是黄田永远年轻的蓝色血管。春末夏初,雨住天晴,凤子河水的蓝色胜过头顶的如洗天色。溪水真大啊,石块凹陷的地方,是深凝一泓;落差悬殊的段落,如雪珠泻桌。鸟鸣如逝电,新桑如绿雨,溪边倾斜粗大的枫杨树,散发着强烈的初生香味。

(4)思慎堂院落。在个人感觉里,思慎堂院落是一个空旷无朋的长方形院落——宛如容器,现在它盛放着新发的、令人欢喜的一院雨后阳光。主人朱成富,宅电:0563-5660405。

(5)黄田屋名,带有深刻的中国传统(儒家)文化的烙痕:笃诚堂。书滋堂。敦睦堂。本立堂。聚星堂。思永堂。崇德堂。敬义堂。敬修堂。紫盛堂。新德堂。绍德堂。国恩堂。敦义堂。同德堂。仁志堂。崇本堂。光裕堂。

(6)某个荒弃的宅院内,拥覆着密不透风的植物:成熟沉重的油菜籽，挺秀的丛丛新竹，已经结出雏桃的浓荫桃树。

（7）花砖。黄田特有的造屋用砖。青、灰、白泥料绞杂而烧成的砖块。世间一切水云的流动姿态，均可在花砖上得以寻觅；花砖，全世界所有抽象艺术家必须朝拜的祖庙。

（8）幽深的石巷内，人家的屋檐前，秋日如黄雪撒落的一地密密桂花，它们的香色，让见者惊心。

（黄田，安徽省泾县所辖）

宏潭：山乡

　　宏潭乡在安徽省黟县的北部，已紧邻属池州地区的石台县（李白漫游过的著名的秋浦河，就在此县）。如今游人已是摩肩接踵的西递、宏村，在黟县之南，而宏潭，还是自然的、原生态的。在黟县县城，汽车站内直达宏潭的车极少，一天似只有清早一班而已（由此可以推想此地的僻远和落后）；汽车站外那些等客的私营车主，听到"宏潭"，都以为我们说错了，"不对，是宏村吧？"当确定我们要到的真是"宏潭"后，他们纷纷摇头："不去，太远，路太难走了。"最后，一辆运货的小客车主愿意送，80元钱，在青葱弯绕的狭窄山路上颠簸了约一个半小时后——途中只遇到一辆交会而过的汽车，我们到达了宏潭乡政府所在地的宏潭村。

　　宏潭相当寂寞。一条宽阔的溪涧依绕半个山乡。下午三四点钟，将村庄分为两半的洁净公路上已看不到行人（也许整天都是这般清冷）。我们投宿在乡政府大门旁边的一个布店，女店主说楼上有房间可以住人。暮前，立在村口溪涧的水泥桥上，夕阳将水面的粼粼波光染成虚幻的金色，四周连绵的青色山峰，在近处参差升起的数缕炊烟映衬下，愈加凝重、肃穆。从桥上牵牛归家的一二老年村人，服饰整洁，神情静谧，皆有乡村知识分子风度。农业文明社会的某种古老秩序，在此地，仍有清晰的承继。

以下是在村中内部漫走后，留在当时笔记本上的宏潭碎影——

柿树人家。石灰墙边结满尚未成熟的累累柿子的茂密柿树。

路边矮屋顶上的瓦松"丛林"。

供销社。中国信合。

似乎是早已歇业的闭着门的"宏潭餐馆"。

不营业的蛋糕房。

"杨乃武米酒厂"。

人家门罩上的墨写篆字：振兴中华。旁边房子的对联：雪里江山美，花间岁月新。

树枝掩映的白色马头墙。

宏潭乡示意图（描画在墙上）。

磨细的青石板。某段青石板下微弱无声的水流。村中古老排水系统的丧失与残剩。

家电修理。

遍布各种墙上的摩托车广告。广州豪创。嘉陵集团。新大洲。

钱江摩托。

一封红纸变淡、只存半张的感谢信。

现据照片,此感谢信详细内容如下:

亲爱的乡亲们、亲朋好友、各位领导:

8月21日下午4时,我家房子因电不幸发生了火灾,在前后20分钟内整幢房子被烧光。灾情发生时,乡、村、组各级领导,亲朋好友和乡亲们闻讯赶来,不顾生命危险,奋不顾身,英勇顽强,想尽办法奋力抢救,最终使火势得到控制,保留了厨房和余屋,使我家损失降低到最低点。"水火无情人有情",在我们精神崩溃时和最需要帮助的时刻,是各级党组织给予我们无微不至的关怀,是亲爱的乡亲们、亲朋好友给予热情的帮助,不但在精神上给予我们极大安慰,而且还向我们……(省略号为残缺部分)

断墙,高大。村舍之中的桑林,基部粗壮。

小学围墙上的标语:"如果你认识这行字,请感谢你的小学老师""人民教育人民办,办好教育为人民"。

…………

次晨早起,宏潭予我印象深者有三。其一,村中某条长巷中，一匹——请注意，是"匹"——剽悍的大狗，不知何故，从巷的那头，四蹄腾越，呼呼生风地擦过我的身边，向巷的另一头奔跑过去。一匹奔跑的狗，让人强烈地感受到它扭动的肌肉和骨骼间所蕴藏并爆发出来的力量。其二，是弥漫村中的气息。这是混杂而成的气息，细嗅细辨，其中，有湿稻草的气息，有过夜灰烬的气息，有清早柴烟的气息，有腐熟土壤的气息，有火的气息，有深睡醒来的哈欠气息，有晨曦的气息，有鸡粪的气息，有屋顶上露水的气息，有折断树枝的气息……这是一种活的、山乡的气息。其三，是偶遇的村中杀猪坊。围黑皮裙的屠夫正在洗刀，坊外青石板地沟里还汪漾着血水。一头肥猪已被斩成热气腾腾的两爿，剖开的猪头挂在墙上。劳累又舒服的屠夫抽着烟介绍，宏潭全乡6200多人口，每天可卖出一担肉，现在的肉价是8元1斤。

在一对老夫妻开的小吃店内，吃了粥和据说是他们祖传的烤咸菜饼后，我们向宏潭更深处的五溪山进发。我们租的是当地人汤成文的二手北京吉普。昨天我们就见这辆车停在乡政府附近，跟汤成文交谈才知，此车最大的雇主就是没车的乡政府，乡里人员外出办事，常常就会用它。

绕来绕去上五溪山的路全是老旧的土路，往昔的车辙很深，而且路就吉普车那么宽。两边茂盛的灌木杂树竞相疯长，有的路段几乎完全被浓密的枝叶遮没，缓慢行进的车就像开在绿色的隧道之中。起初一直是上山，盘旋着上；后来则是持续下山，盘旋着下，一直下到深深的沟底。

车停了。一条曲长的山谷。

灌满蓝天、白云、浓绿、水声、蝉鸣、虫吟、雀琴之音的山谷。

五溪山之名，缘自这道山谷内有五个带"溪"的村子，即自上而下的竹溪村、畲溪村、简溪村、章溪村、杨梅溪村。五溪山主峰叫三府尖，海拔1200多米，据说登顶可以眺望池州、安庆、徽州三府。

五溪山中，由外而内，有四个潭非常著名，计为双龙潭、青龙潭、黑龙潭和黄龙潭。一路缘溪前行，溪潭之水，色由境迁，有的澄澈如玉，有的微漾似金，有的在密林之内一线白瀑之下，是一泓森然的乌碧——我幸运地目睹到大自然中如此丰富的水的色系。

在山中的竹溪村，我们结识了村民刘同来。刘同来是弃猎不久的猎人，正值壮年，穿黄军裤，戴一顶旅游帽，脸膛黑里透红，乐观、健谈、自来熟。他自告奋勇当向导，领我们去看黄龙潭上面深山里死去的野猪。陡峭的山坡林密如织，全无路痕，老刘却身手敏捷，如履平地。他边攀边介绍，他过去常在这一带狩猎，往往一待就是半夜，为避野兽闻到生人气息，总用双手揉搓树叶，让树叶的青汁掩盖人味。终于，在山林间一棵苍虬粗巨的古松旁边，我们看到一头野猪的遗骸。这头野猪据说已死去半年多，现场留存有野猪的头骨、胫骨和黑色毛发。返回路上，老刘像老练的林中侦察员，火眼金睛，沿途的任何细节他都一一给我们指点解释：这是野猪秋天的窝，这是春天的窝（我们看到归聚一起的厚厚的树叶树枝）；野猪有一个习惯，一个窝从来不住第二次；你们看，这是野猪脚印，这是麂子的脚印；这个脚印很新鲜，可能是夜里刚刚走过；这个脚印已经有几天了……貌似杂乱无章的山林，在老刘而言，一切都是了然于胸，令我等敬佩！在一处临溪的山坳，老刘还迅捷地攀爬上树，为我们采摘下一种有着特殊甜味的野生水果。

午饭是在竹溪村刘同来的堂弟刘同成家吃的。山乡土菜，其味醇香。搛一筷菜，半瓶啤酒咕嘟咕嘟下肚，猎人刘同来把嘴一抹，五溪山精彩的动物世界便出现了。

老刘首先坦言，他以前打猎也是被逼无法，因为有一男一女两个孩子上学要开销，如今老大已经在读大学，老二读寄宿中学，因此现在他是心宽体胖，开心得很，猎枪早已挂起来了。

老刘讲，五溪山常见的动物有金钱豹、云豹、短尾猴、麂子、野猪和豺狗。

金钱豹习惯将身子吊在山路上方的树枝上，等人走过来的时候，一下子扑下去压倒人，同时咬断人的咽喉。老刘感慨，在大山里，人是最没用的东西，食肉动物有力量，食草动物有速度，人是既没有力量又没有速度，可怜得很。

老刘对第一次开戒打猎的印象很深。那次后半夜进山,手电一照,前面树上蹲着一只花面狸。但举铳瞄准时手不停发抖。他只好放下铳,静静心,嘴里祷告:"老天爷,我是没法才干这行的。这只花面狸再不走,我就要打了……"手电再一照,花面狸还没走,铳一响,像一块山石重重坠地,七八斤重的花面狸,给他的孩子交了学费。

老刘最盼望打到的是野猪。不仅是因为打野猪利润大,还因为野猪扰民,野猪群过一趟,地里种的苞谷、山芋就被啃个光,它甚至还会闯进村子咬羊拖猪。一天上山,老刘发现一群猴子正叽叽喳喳在树上采坚果,不一会儿,林中风声呼啸,猴王尖叫一声,猴群急急逃避。他侧脸一看,原来是黑压压几十头的野猪奔过来。老刘赶紧闪到山石背后,装药,瞄准,心想擒贼先擒王,看准最大最蛮壮的打。待那头野猪王到得近前,刘同来对准头部就是一铳。"嘣"的一下,野猪四脚凌空朝上蹿,飙出一道血雨,接着山崩地裂一声摔下。老刘跑出一看,野猪没死,睁着血红眼睛,头卡在树杈里死命吼叫。他正要补枪,四周的野猪听到呼救,都转身围了上来。惊恐之中,老刘朝天放了一铳,哈,野猪的团体意识就是差,巨响之下,想围上来的野猪又全都跑光了。这一回,刘同来结结实实赚了一笔!

野猪虽然凶蛮,但它最怕豺狗——老刘紧接着说——豺狗不仅凶残,而且狡猾。豺狗很瘦,通常和狼结成同盟。狼在前面赶得野猪满山跑,豺狗在后面养精蓄锐。待野猪被赶得筋疲力尽，豺狗就蹿上猪背，咬住颈脖不放。野猪疼痛狂躁急跳，可就是怎么也甩不掉豺狗。野猪气喘力竭之时，豺狗就转身用利爪抠野猪的肛门，拖出肠子，绕在树上。野猪剧痛难耐，朝前奔跳挣扎，如此，肠子便全被拉了出来。"猎人不打豺狗，因为打死一只豺狗，一辈子都不会有好运气。"老刘这样补充。

············

五溪山中的双龙潭是留在出山时最后看的，这里山高谷深，巨石乱叠，绿树蔽日。同伴称，到得此处，感觉到了"地老天荒"的含义。在我看来，这里才是真正的宏潭——不是地名，而是原初的、自然界中的宏大之潭。

（宏潭，安徽省黟县所辖）

唐模：古徽村

苏轼的字影，黄庭坚的字影，米芾的字影，蔡襄的字影，朱熹的字影，赵孟頫的字影，文徵明的字影，董其昌的字影，八大山人的字影……从唐模，这座古徽村一处临水的微型建筑——镜亭内顽强地渗逸出来，进而弥布于整座村落如宣纸般清白的空气中。在村中敬谨地缓行，我的目光，跟空气中这些往来不绝的古人持续交谈；我的鼻尖，袭来略带宿味却依旧醇浓的墨香；而我的耳朵听见的，是他们以笔运墨时骤然激烈起来的血液流响。

深冬的天色向晚。村中行人寥落。已经亮起灯火的村民吴森洪家却是暖意融融。堂屋中央围方桌而坐的，除主人吴森洪外，有81岁的许士曙老先生，有与我同行的遐玉师，有这座古徽村中负责旅游开发的李成生先生，还有我。主人的两个儿子都在屯溪城里，家中只有老夫妻俩带一个刚上小学的孙女。房子很大，结构还颇有些复杂。房前的院落里，种了坛坛罐罐的花草，一只有水和淤泥的缸里，是经冬的莲花。我们所置身的堂屋，除了暖意的灯火外，还有浓浓的书香。一幅国画中堂的两旁，是许士曙老先生手书的联语："剑经磨砺方生刃，峰从脚底能冲天"，落款是"檀干士曙七十有四"。此联用的是"鹤顶格"，是送给主人吴森洪的儿子吴剑峰的。中堂右侧墙上，挂有四个条幅，也是士曙先生的书法，内容是范仲淹《岳阳楼记》全文。主人妻已经烧好了晚饭，煨山芋和蒸咸肉热气腾腾，农家土菜，风味犹存。酒喝的是此村农家几乎户户自酿的糯米酒："翰林红"——小小一村，历史上竟出过三位"翰林"，故以此作为酒名；"红"则纯指酒色，绵红淳厚，喝了一点儿也不上头。鲜艳的酒液在不断倾倒，加上热气弥漫的菜，散漫的关于历史或现实的冬夜话题，尽管窗外北风吹动，屋内的晚餐，是温暖的、美好的。

白墙黑瓦的民居间，一株至今年年枝繁叶茂，却已有1370多岁高龄的银杏树，告诉我这座村落的古老（可以想象，这株古银杏的发达根系，肯定已经遍布村中每户人家的屋底）。

唐朝古村唐模，是我所见过的徽州村落中，依然保存有完整而缜密的风水体系的典范。

在村西依然可以看见，此村先人，将村西上游的"筠溪"和"上川"二溪，人工挖渠筑堤，汇合而成了檀干大溪——将众水归合，象征着财富的汇集。蜿蜒一公里的檀干溪穿村而过，村中民居夹溪而建，溪水两岸分布着近百栋徽派古建筑。溪水的驳岸用红岩石砌成，路面则用青色的茶源石铺就。为方便行走，檀干溪上共建有10座不同风貌的石桥，分别是：蜈蚣桥、五福桥、灵官桥、义合桥、高阳桥、四季桥、垂胜桥、戏坦桥、三石桥、石头桥。其中高阳桥为10座石桥之主桥，位居村中心。在高阳桥近侧、檀干溪北岸，还保留有40余米的避雨长廊，廊下临溪设有"美人靠"，供往来行人歇息。由此，这座古村的总体形态，奇异地带上了江浙一带水街的某些风韵。

唐模最为经典的部分，在檀干溪的出村处，也即它的"水口"景观。

徽州人极其重视水的处理。水寓财，如果一村之水，不管不顾，让它径自流出村外，那么此村的财气、福气就会外泄一空。为了凝聚旺族之气，唐模村人对于檀干溪的送别，可谓空前隆重，分别以树、桥、亭、坊、园作为送水的仪仗。树，是至今已有400年的大樟树（曾被借作黄梅戏电影《天仙配》中的槐荫树）；桥，是蜈蚣桥，据村中老人介绍，桥墩下还埋有铁制蜈蚣，用它盘踞水口以镇风水；亭，是始建于明代的沙堤亭；坊，是建于清康熙年间的同胞翰林坊；园，则是唐模水口的精华所在——建于清初，模拟西湖景致的檀干园。如此隆重的送别之下，村民们的心中便得到安慰：檀干溪的自然之水流出村去，而溪水所承载的吉兆祥瑞，则全部被留了下来。

从更为广阔的范围来看，唐模也是福地，环村皆山，风调雨顺，四季分明。正如该村晚清翰林、著名诗人许承尧所总结

202

的那样:

> 喜桃露春浓,荷云夏净,桂风秋馥,梅雪冬妍,地僻历俱忘,四序且凭花事告;
> 看紫霞西耸,飞布东横,天马南驰,灵金北倚,山深人不觉,全村同在画中居。

"贾儒结合"是徽州文化的一个特征。我所探访的古村唐模,又是这一文化特征的一个缩影,极具代表性。

先说"贾"。

徽州盛产商人,这是它的自然地理环境促成的。徽州地区客观上是"八山半水半分田,还有一分是庄园",山多田少,出外经商于是成为"第一等生业"。有统计显示,明清时代,徽州的成年男子中,外出经商者占到七成。徽商活动于大江南北、黄河两岸,有"无徽不成镇"之说。而周边的杭州、苏州、扬州、兰溪、金华、芜湖、安庆、南昌等城市,是其主要经商目的地。

徽商经营行业主要是茶叶、木材、盐和典当,其次为米谷、棉布、丝绸、纸墨、瓷器等。(徽州一府六县中,婺源人多茶叶、木材商,歙县人多盐商,绩溪人多经营菜馆,休宁人经营典当,祁门、黟县人则以经营布匹和杂货为主。)

现有1400多人口的唐模,历史上出过不少声名显赫的大贾,其中以建造檀干园的清初巨商许以诚为典型。相传当年许以诚在全国开有36家典当铺，非常富裕。他的70多岁的老母亲一心向往有"人间天堂"之称的杭州西湖，但苦于山水阻隔、路途遥远，加上年老体弱，不能前往。许以诚为遂老母心愿，不惜巨资，挖湖筑堤、修亭造桥，模拟杭州西湖景致造出了"小西湖"檀干园，供母亲游览、养老。檀干园的这种建筑初衷，和安徽泾县黄田村的"洋船屋"如出一辙。"洋船屋"的建设，也是为了"孝母"：年老的母亲很想看看洋船是什么样的，在外经商的儿子，就回深山里的老家造了一幢大屋，外形酷似一艘劈风斩浪的洋船。檀干园之所以称为"小西湖"，在于檀干溪对应钱塘江，湖堤对应苏堤，藏碑的镜亭对应湖心亭，通往镜亭的小桥和长堤对应锦带桥和白堤，真正可谓是杭州西湖的微缩版。

再说"儒"。

经商赚了钱，就想到读书，就想到通过科举取得功名。为什么？"士农工商"，封建秩序中，"商"的社会地位是最低的。

唐模人读书和经商一样出色，"地僻历俱忘"的小村，竟出过三位翰林，这是它最大的骄傲。

村落水口的"同胞翰林坊"，就是康熙皇帝为表彰唐模村的两位同胞兄弟皆入翰林院而恩准建造的。这兄弟俩是唐模许氏家族（自南宋后，唐模以许为大姓）的许承宣和许承家，他们分别于康熙十五年和康熙二十四年考中进士，被康熙帝钦点为翰林。

唐模村的第三位翰林，是近代著名诗人许承尧。许承尧（1874—1946），字际唐，号疑庵，他是有清一代最后一科进士，曾官至翰林院编修。作为"慈祥热情，蓄着长须的长者"，许承尧旧学深厚却思想开放。他倡导男女同校，是徽州师范的创办者。许承尧所著三十一卷《歙事闲谭》，已成为现代徽学研究中的重要典籍。许承尧先生的故居，他自号"眠琴别圃""晋魏隋唐四十卷写经楼"。故居原来包括住宅、大厅、书房和一个很大的花园，但在"文革"期间遭到破坏，现在能看到的只是客厅、里进的住宅和楼上的一部分。站在绿苔暗生的狭窄天井内，白色的天光像巨剑一样射下来。遐玉师和我还爬到蒙尘已厚的昏暗楼上，目睹众多散乱堆放、斑驳漫漶的贺寿牌匾，一种人事的沧桑之感油然而生。

李成生先生介绍的许士曙和许海生两位老人，让我们感受到唐模千年的气脉，在当代，仍有着强韧的延续和承继。

81岁的许士曙先生胃口尚好，但已自觉不多喝酒。灯光，以及入肚的少许"翰林红"酒，还是使他的脸色稍显酡红。携着烘手的"火熥"，士曙先生散漫缓语。讲唐模的过去，讲古时徽州充当邮递员角色的"信客"，讲京剧，讲当年徽杭公路的修建……从他断续地讲述中，我们也得知他的大概情况，其父早年经营盐业，他自己于1946年毕业于徽州师范（这年正好是徽师创办者许承尧去世之年）。一生从事教育，退休之后，现在主要是"看看文史书，写写毛笔字"。士曙先生还颇为重男轻女，明明有两个女儿，却一开始说自己"没有后代"。由于这点，被比我年长的同行遐玉师狠狠"批评"了一番。士曙先生可以说是现在整个唐模的"文心"，因为就我们拜访过的几户唐模人家看，几乎家家都有"檀干士曙"的书法手迹。

是李成生先生领我们到89岁的许海生老人家里去的。在走去的路上，成生向我们介绍，许海生老人是黄埔十六期的学员，抗战期间曾任机枪排排长，最高做到营长；1949年后，因为历史问题，老人回到唐模后被生产队安排养猪。老人对唐模的最大贡献，就是在"文革"时保护了镜亭中那十八方珍贵的碑刻。进得屋内，眼前因年老而更显瘦矮的老人戴着帽子，脸上布满了黑褐的斑点，但依然耳聪目明。老人怕我们嫌黑，拉亮了电灯，客气地请我们坐。对于"文革"的那段往事，老人记忆犹新。"当时我在镜亭养猪，红卫兵说要来'破四旧'，要砸镜亭里的石碑。我知道有苏东坡、黄庭坚字的这些石碑不是四旧，而是文物，就连夜用猪圈里的猪粪和些黄泥，把这些石碑都涂了起来。第二天红卫兵来了以后，看到石碑上全是烂糊糊的粪泥，嫌臭，就全走了。"对于自己的身世，老人不愿过多叙说，只说早年到过广西、江西、上海、福建、浙江等地方——曾经叱咤风云的青年经历，在眼前这位行动迟滞的老人身上，似乎已经难觅。老人现在和儿子、媳妇、孙女一起过。我注意到屋内的墙上,有许士曙先生书赠老人的一个小条幅:"忠厚老者,文化卫士"。而更让我动容的,是老人81岁拍的照片下自题的一首小诗:

老老苍苍竹一年,
雪压冰封不折腰。
宠辱不惊清贫乐,
清风明月无人管。
——丁丑三月海生八十有一

喝了"翰林红"酒后,在主人吴森洪家新铺的床上一夜好睡。吴家就在檀干溪上的高阳桥畔。清晨,在此起彼伏的鸡鸣声中醒来。穿衣后出外走走。家家院前收获的山芋和萝卜堆上,都已积了白色的浓霜。檀干溪旁的"美人靠"上,散坐有三三两两的端碗吃早饭者。水街是湿漉漉的。晨岚、溪气,以及桥头馒头店弥漫出来的袅袅热雾中,穿行着上学的鲜艳孩子。——一种恬静、悠久的生机,在这座古徽村中,千年未衰。

(唐模,安徽省黄山市徽州区所辖)

鄂赣

蕲州：三种颜色

这似乎是被具有沧海桑田能量的时光所深深遗忘的一座楚地小城。尽管它曾是鄂东最古老的重镇，曾历为郡、路、府、州、署、县的治所。斑驳低矮的城中旧居间，雄武门——尚存的石筑明代城门，奇异地显出一种已经落满市井卑俗气息的结实与巍峨。（南北朝始建，南宋筑城。明嘉靖《蕲州志》记载有当时的古城数据："城周九里三十三步，高一丈八尺，东南北阔一十七丈八尺，两侧天堑弥漫，不可以丈尺计。有城门六，城垛二千一百六十五个，城上吊楼九百九十间。"）城门脚下，用塑料纸糊了顶棚的寂寞烟摊旁边，堆积有无人理会、微溢黑水的阴湿垃圾。爬满绿藓的城门内部的某些空间，现在改建做饭店，城墙上拉挂下来的长长布幅上，写着猩红的大字：药膳！

雨意城内，闪烁水色的窄街都呈现古旧忧郁的深青。好像很长时间以来都少有人走动，很多房子的门都半闭着；街面零星的几家美容店，灯箱残破，玻璃门上日久而生的污痕，表明生意的长久衰颓。只有我走进去的、街角幽暗局促的邮政报刊店内，一个高个子的男人站在光滑的柜台后面，正忙碌地、默无声息地分点报纸。一个撑伞的穿红衬衫的少女进来，买一本杂志，随即又消逝于街对面农资经营部旁一条仿佛直接通向黑夜的曲折小弄。

——霉黑！一种个人梦境中曾经出现过的、对于某座古老城镇的深刻感受，在这里，在古老石城内某处矮矮的檐下，我得到了真实体验。

独自进入小城之前，我在它的县城（蕲春）游逛。汽车站位于县城大街和省道公路（浠水—蕲春—黄梅）交会的十字路口。站前路面很宽阔，但是照样拥挤杂乱。挑担者，背包者，摆水果摊者，抱小孩挤行者，坐在"麻木"（三轮车）上的木然等客者，大声唤人者，骑自行车者，拉板车者，乞讨者，站着抽烟聚谈者，各色人等，络绎不绝；在这其间，还横七竖八地插满即将驶往县内各地的短途中巴，均在按着喇叭，卖票者则将身子探出车门拼命叫着召唤乘客。终于，我在杂挤的人车潮流里找到了开往"蕲州"的车子。跳上去，坐定。再有形形色色的土著百姓拎篮提袋上来。终于，中巴车发动了。蕲春到蕲州镇有 26 公里，票价 3 元。外面已飘细雨。途中每一次停车，挤上来的人都给郁闷的车厢内带来一股湿润的野外泥土雨气。坐在我旁边的是一个清瘦青年，本来并不说话，渐渐地，在混合雨气和体味的拥挤颠簸中，我们交谈起来。于是我知道，他是蕲州镇上的警察（车上他穿便服），家在县城，现在去上班。前两年他毕业于武汉的一所警校，"因为没有关系，所以分配时留不了县城……蕲州原来非常热闹，企业很多，这几年开始败落了……因为败落，镇上的服务行业像美容店洗头房等普遍不景气，也没有地方罚款了（他笑）……现在警察的工资也不稳定，收入不好……"不觉间，蕲州到了，他要先下，"在这里有事找我！"下车之前，他对我说。

蕲州车站同样给人以破败的霉黑之感。因为是雨天，到处是湿漉漉的泥污。少人。许多貌似饭店的店门都关闭着。我独自向小城的西端散漫行去。只要几步，便看见长长的堤坝。从有台阶的地方翻上去，顿时，完全异于霉黑的，另一种灼目的颜色，便袭痛我的视觉：浊黄！——浩阔、浊黄的长江，竟然就横裸于前！（从总体来讲，长江自西向东流动，蕲州位于长江中游的北岸；但在蕲春一带的局部，长江却近乎是自北向南而流，所以，蕲州实际处于长江的东岸。）

我震惊于这种荒凉、苍野的南方的浊黄！擦着霉黑的石头古城，这条南中国著名的大河在暗涌。滞缓的江水是浊黄的，江边的沙洲是浊黄的，连广阔低俯的楚天，也被映照得一派浊黄。在这雨天浊黄的世界里，不见飞鸟，缺乏人影，只有遥远处一只孤独渺小的采沙船在静默作业。我立在雨湿的大堤之上，久久。历经沧桑而不改沉默奔流，像我崇敬的精神。在这条曾被屈原、杜甫、李白注视过的浊黄的南方大河旁，独自的我，没有轻易转身。

蕲州，是400年前"医圣"李时珍（1518—1593）的出生和最后归宿地。在谒访李时珍的途中，我遭遇了这座楚地小城的第三种颜色：幻白。

医圣的墓园在城东南。坐上有雨篷的残疾人用电动三轮车，大起来的雨珠，敲得篷顶砰砰直响。很快就出城。好像一下子，我的眼睛就被突然出现的大片虚幻、炫白的湖水所耀伤。从地图上知道，这就是"雨湖"，盛产芙蓉和武昌鱼的"雨湖"——我来得正是时候——亿万雨珠，正于湖面升绽难以计数的、灿白的细莲。

我感动于李时珍的，是他成就《本草纲目》——被英国达尔文誉为"中国古代的百科全书"——这部伟大著作的种种艰难和辛酸。《本草纲目》确实是一部一个人用生命交换而得的巨著，整整190万言，费时27年，1578年完成书稿时，李时珍已经61岁！余下的15年生命，书的著者又将之全部献给了它的出版。190万字的著作想要出版，谈何容易！开始，李时珍携稿在他的家乡湖北多处奔波，未果。后来有人建议他去江苏太仓找王世贞（1526—1590）求序。王为当时文坛领袖，威望很高，"士大夫及山人、词客、衲子、羽流、莫不奔走门下。片言褒赏，声价骤起"。于是，在1580年9月，63岁的李时珍由蕲州乘船顺江东下，经过十几天的长途漂泊跋涉后，到达太仓。

但是，这一次并没有能够求得小他8岁的王世贞的序。李时珍没有气馁，而是继续对书稿调整增益。10年以后，即1590年李时珍73岁时，由儿子陪送，带着修订稿《本草纲目》来到金陵，再次找王世贞求序（王此时已被起用，在金陵做官）。终于，世贞不仅感其诚，更被这部伟大的书稿所折服（"兹岂仅以医书哉，实性理之精微，格物之通典，帝王之秘录，臣民之重宝也"），欣然命笔写下序文。名人一序果然有用，金陵书商胡承龙应允刻印《本草纲目》。然而，极其遗憾的是，李时珍和王世贞都没有看到《本草纲目》的最后刊印。王世贞写完序后，当年病逝，享年65岁；1593年，李时珍在书稿刻完始印时（1590年到1593年刻完，1593年到1596年印完），也突然谢世，享年76岁。这一点，李时珍和其后的曹雪芹何其相似，两位伟大的著作家都没能看到自己伟大作品的最后问世。

幻白湖水的近畔，即为墓园。雨中苍黛的松柏掩映下，是李时珍夫妇的合墓及其医圣父母的合墓。不远处的园廊间，有春游的小学生在追逐嬉闹。这隐隐传来的童稚之声，似乎更加增添了墓园内久存的一种空旷与寂寥。大片的、幻白的湖水之光恍惚映射，雨润的肥绿，在我的身旁，在空旷和寂寥的墓园各处，汹涌怒放。

（蕲州，湖北省蕲春县所辖）

九资河：往九资河之途

　　大别山中。伟大而壮阔的崇山峻岭。清晨，从天堂寨上租农用三卡车下来，目的地是山脚的叶畈村（谈好的价格是20元）。山中初春的空气磅礴清新，荡涤着残夜留在心胸的些微阴影。如果从空中俯瞰，我知道，呈现的将是新绿色的大海某个波涛汹涌的凝固瞬间；大海间飘移的山道，则肯定如线，绵长、弯曲、纤弱的土黄色丝线；而载我们的农用三卡车，那一定就是这线上缓慢爬动的一粒昆虫。在这粒爬动昆虫的内部，我的眼睛一刻舍不得闭上地注视着外面的世界。道旁深切下去的峡谷对面，是大块的、斧削般的千仞绝壁，历经沧桑的青褐色表面，有一缕银白的细瀑悬垂而下，在接近底部三分之一处，被阻为两缕，成为一个象形的"人"字——我看到了北宋范宽那幅著名的《溪山行旅图》中的瀑布范本。身临如此真实撼人的自然境界，确实会生发郁达夫曾经的感慨："才知道南宗北派的画山点石，都还有未到之处。"人是那么渺小，尤其是在这恢宏起伏的群山之间；人又有着强力，他能踏遍入云的峰巅和深渊的谷底——这是由坚毅、忍耐和信念所酿制的人的强力。

半小时后到达叶畈。叶畈是大别山北麓属于安徽境域的偏僻小山村。山脚树枝掩映下散落有几处矮房子。油绿的麦田旁边，一两棵花朵燃旺的大小桃树，在显示寂寞的野性之美。浑圆的天空湛蓝，大团大团棉絮似的白云，低低地、轻盈地移动，擦（漫）过近旁丰润的山头，又在湛蓝的天空里，继续赶赴无名的远方。两只敏捷的狗，从村舍后窜出，在麦田里欢快地追逐；从我身旁经过的，是一头缓慢、仁慈的黄牛。发源于深山的溪涧，流淌至村侧，已经完全平稳下来，它散漫、发亮，大部分的段落极其清浅，只在偶尔的几个凹陷处，才聚成较深的一泓。一个穿旧绿毛衣的村妇，蹲在溪边洗衣，她回过头来，朝陌生的我们示以友好的眼神。溪畔还有一种紫红色的灌木状野花，临溪独照，非常动人。这时，一个步履疾速的老汉——穿宽大的蓝中山装，靛青裤子，球鞋，并且裤脚管包束在袜管内的老汉（很是奇特，此处中年男子的上衣式样似乎都是蓝中山装），从身后超越我们而过。我们向他打听去九资河的走法，他边走边告诉我们，就沿着脚下的路上山，翻过山后有车能乘到九资河。"我也是到九资河去。"边走边谈中，我们知道，老汉姓秦，有个儿子在江苏打工——"做油漆"。秦老汉走得很快，不多久，他就把我和陈君甩在了后面。

这是山中一条沟通吴、楚的石头古道——吴楚古道。从叶畈村上山，经过山脚一两间黄泥土砖垒成的民宅（木门上的红对联依然逼眼，但关闭的木门显得残破，特别是门的下部，已经磨损，留出了很大的洞孔；门口屋檐下堆着木柴，晾着衣服；一个孩子好奇地随我们的行动而转动眼睛；屋旁的泥沼内有黑猪在游走；白羽红冠的鸡则站在高处），逐渐地，山坡的榛莽丛生间，透迤出一条狭窄山道。不规则的岩石嵌在山土中。大小不一、凹凸不平的岩石苍青浑圆，年代久远。因为每一块石头原初尖锐的棱角，早已被无数朝代经过此路的无名或有名者的脚掌磨光磨细。岩石与岩石的缝隙间，长满碧绿的拥挤细草。走于其上，人需要特别小心，因为这种山道非常容易崴脚。在枝柯茂密处转过一弯，山道旁一块突兀的巨岩上，一个脱了外套的青年正坐着休息。我们也坐下，互相聊起了天。他是天堂寨人，做茶叶生意，到九资河去探探茶叶行情。"湖北的茶比安徽出得早，价钱一般也比这里便宜。我去看看，如果合适就买一点儿过来。"我们漫坐，然后一齐站起，结伴沿着这古老的吴楚山道，向山顶攀去。

瓮门关。饱经沧桑的石头古关，位于雄伟大别山脉某处的山脊线上，它分开着中国东南的吴楚两域。瓮门关完全由无数长方体的巨大石块垒筑而成，简朴、雄浑、坚固，弧形的拱门深幽莫测。古关顶上，数株翠黛的虬松探向青天。我站在古关的拱门处，内心暗涌激动。从安徽吹过来的风，清凉却有劲道，掠过我的身、手、脸、额，经由这石头古关的深幽门洞，随即，散入身后湖北的波涛般的群山之间。在古关湖北一侧，我还发现一个被香火熏黑的石龛，内里一块断裂石头上所雕出的"威灵显应"四字，给我留下深刻印象。陈君、买茶青年和我在古关处一一留影。买茶青年请我们下次到他那儿喝茶；我们则请他告诉联系方式，以便寄他的照片。在我的笔记本上，他留下了地址：237343（邮编），安徽金寨县天堂寨镇王墩村仄湾组，沈正春。

过瓮门关，就由吴入楚，从安徽进入了湖北境内。下山很轻松，远远地看见，在半山腰的盘山路旁，有零散几人或蹲或立在那儿。买茶青年告诉说，他们是在等车，到九资河去就在那儿等。很快，我们也加入了等车行列。叶畈村中碰到的秦老汉，在这里又遇上了，原来他已经早到。不一会儿，一辆三个轮子、后半部分有篷布车厢的三卡车，摇摇摆摆地从远处开来。我们上到局促的篷布车厢内。脸色黧黑的开车汉子，从前端的驾驶舱内跳下来，站在车旁，眯起眼向瓮门关方向眺望——他还要等些客人才开。三卡终于重新开动起来。在坎坷的山路上，车开得极快，也极颠簸，让坐不惯的人内心担忧。车厢内固定的铁皮横长条座椅很窄，颠簸时屁股空起再落座就会感觉生痛。车内所有人的手都紧紧抓住可供抓的车内固定物，以免自已被颠出车去。渐渐地，大家都熟悉了这山中车子的某种起伏节律，因此，都有所放松，对我来讲，甚至有愉悦的丝缕感受。在这僻静的深山中（三卡发动机的喧腾似乎更加衬托了山中的僻静），灰白的土石山路非常洁净。我一直注意着灰白路面上的浓重影子，这些影子，是近处山峰投布下来的影子，是更近处（路旁）苍翠带黑意的连绵松树投布下来的影子——阳光照射下的灰白山路，因此显得斑驳迷离，似乎沾染了植物的神秘意韵。这里已是大别山的南麓，灼灼艳艳的映山红（野杜鹃），已经在漫山遍野地探露出她们美丽的身姿。而在山那边的安徽，刚才我们走过来的大别山北麓，映山红则几乎一棵都没有开放——山之南北的气候与花季的差异！车内有秦老汉，有买茶青年沈正春，有我和陈君，还有几个不相识的。我的对面坐着一对夫妻和一个乖巧的男孩。车子继续颠簸着，我们对视时，慢慢彼此开始给予微笑。他们今天是专门到九资河去，给他们可爱的儿子看病。原来，不幸的男孩染上了白癜风，他的父亲用手捋起儿子的头发给我们看，在男孩的头顶皮肤上，已经有泛开的可恶的白色。秦老汉首先中途下车，然后是沈正春——我们希望在这人生中能够再次相逢。在远处的山谷，已经有大片屋顶的轮廓显现，九资河就要到了。

九资河，大别山南边的山间旧镇。有清澈的河，发白的建筑。在这里，我们最终和帮儿子治疗白癜风的一家告别。他们是：父亲陈长安，237343（邮编），安徽金寨县天堂寨镇龙岩村王卜组；儿子陈磊，在天堂寨镇宝冶希望小学就读。有缘相遇这篇文字的读者，但愿你有治疗此病的良方，并且，能够把它提供给这大别山中的善良人家。

（九资河，湖北省罗田县所辖）

五祖镇：五祖寺之夜

传奇

广东青年卢慧能（638—713），幼岁丧父，与母相依为命，砍柴为生。一日，卖柴时听人读诵《金刚经》，慧能"一闻经语，心即开悟"。问起来，知道湖北黄梅弘忍大师（602—675）在凭墓山（东山）开化，以《金刚经》教人，使人"即自见性，直了成佛"。慧能听了十分向往，觉得自己与佛法有缘。旁边有人听说慧能也想去参拜五祖弘忍，领悟佛法智慧，非常鼓励他前去，于是资助银两。安顿好母亲后，慧能便收拾行囊前往黄梅，展开他求师成就佛道之路。这一年是公元661年，慧能24岁。

慧能走了30多天，从南海（广州）经大庾岭到达黄梅的凭墓山。这里是唐初的禅学中心，传承了达摩禅的正统。慧能礼拜五祖弘忍，自称："弟子是岭南新州百姓，远来礼师，唯求作佛，不求余物。"禅堂之上，瘦弱的年轻樵夫言辞锋利，对答如流，尤其是所说"人虽有南北，佛性本无南北"之言，深得弘忍内心赏识。只因担心慧能遭人嫉妒惹来杀身之祸，便故意严厉呵斥："汝更勿言，著槽厂去。"慧能遂被派在寺庙后院踏碓舂米。

慧能到达黄梅，弘忍已年届花甲。一日，弘忍集合众僧，要求大家各作一偈，并言：谁能彻悟佛法，我就把达摩祖师衣钵和禅法传授给他，他就是第六代祖师。

众僧之中，有神秀者，他是50岁时（655年）时来黄梅亲近弘忍大师的。"六年服勤"，到了56岁，也即公元661年，弘忍"命之洗足，引之并座"，已有付嘱正法的意思。这一年，正是慧能前来黄梅的时候。因为神秀似乎已是公认的禅法继承人，所以众僧咸言："我等已后，依止秀师，何烦作偈？"神秀知道大家寄望于他，他虽没有自信，但又不能不作，苦思后作出一偈，并写之于寺内走廊的墙壁上：

身是菩提树，心如明镜台；
朝朝勤拂拭，莫使惹尘埃。

弘忍看到此偈，公开认为"依此偈修，免坠恶道；依此偈修，有大利益"，并吩咐众僧"炷香礼敬，尽诵此偈"。隔日三更，弘忍唤神秀入禅房，告诉他"汝作此偈，未见本性，只到门外，未入门内"，要求他"汝且去一两日思维，更作一偈，将来吾看。汝偈若入得门，付汝衣法"。神秀在恍惚中拜谢而出，但是几天已过，还是写不出新偈。神秀"神思不安，犹如梦中，行坐不乐"。

神秀作偈之时，慧能在寺院舂米已经 8 个月了。有一天，慧能正在劳作，突然听到一童子在朗读神秀的偈诗，便问："请问小师父，这是谁的偈诗？"童子告诉他："这是神秀上座的偈诗，现在寺里都在诵读此偈，希望可以求得佛法修成正果，你怎么都不知道？"慧能听后，就说："我亦要诵此，结来生缘。上人，我此踏碓八个余月，未曾行到堂前。望上人引至偈前礼拜。"童子便带慧能来到神秀偈诗前礼拜。因慧能不识字，故他请人将偈诗朗诵一遍。听完之后，慧能请人在神秀偈诗旁也书写一偈：

菩提本无树，明镜亦非台；
本来无一物，何处惹尘埃。

"书此偈已，徒众总惊，无不嗟讶，各相谓言：'奇哉！不得以貌取人。何得多时使他肉身菩萨！'"弘忍也来看新偈，他见"众人惊怪，恐人损害，遂将鞋擦了偈"，并且口中连说："亦未见性。"众僧信以为真。

次日，弘忍挂杖"潜至"慧能舂米的地方，见慧能在"腰石舂米"——原来是因为他瘦弱无力，故腰间绑上大石头，以此增加重量便于踏碓——心中赞叹不已。弘忍问："米熟也未？"

慧能答："米熟久矣，犹欠筛在。"这两句对话蕴藏禅机，弘忍"米熟"之问，隐喻是否已经悟得佛法；慧能的"犹欠筛"，是指尚未得到祖师的点化传法。

弘忍一句话也没说，拿起拐杖在石臼上敲了三下，便转身走开。当夜三更，慧能出现在弘忍床前，顶礼膜拜。五祖弘忍"为说《金刚经》"。慧能"言下大悟"，遂秘密"受法"，取得衣钵，成为禅宗第六代祖师。

五祖付法时曾说："自古传法，气如悬丝；若住此间，有人害汝。"便当夜送慧能下山，渡长江，到九江驿，让六祖重回岭南，并要求他"衣为争端，止汝勿传"——这件袈裟就传到你为止，以后不要再传了，因袈裟引起的纷争太多了。临分别，叮嘱六祖暂不弘法，南下后"逢怀则止，遇会则藏"。

再说东山会下众僧得知"衣法已南"，"逐后数百人来，欲夺衣钵"。其中一僧名叫慧明，出家前曾是四品将军，性行粗糙，"为众人先，趁及慧能"。当时六祖慧能正走到江西、广东交界的大庾岭，听到追赶的马蹄，心中叹道："此衣表信，可力争耶？"（袈裟是佛法传承的信物，哪里能够使用暴力抢夺呢？）慧能就"掷下衣钵于石上"，自己则"隐草莽中"。慧明面对石上袈裟，大喜，但用尽气力，袈裟不动如山。于是慧明大惊，唤出慧能后，拜六祖为师。

六祖继续南下，依"逢怀则止，遇会则藏"言，果真在广东怀集和四会交界地停下，在"猎师"间隐避5年。

5年之后，即公元667年，慧能30岁时在广州法性寺出家。从此，六祖在广州、韶州之间弘法40余年。

公元713年，八月初三夜，76岁的慧能端坐至三更，忽然对门人说："吾行矣！""奄然迁化"，当时情状是"端身不散，如入禅定"。彼时，"异香满室，白虹属地，林木变白，禽兽哀鸣"。

（参看资料：《坛经》，慧能述，法海编；《中国禅宗史》，印顺著。）

现实

从赤壁独自辗转到黄梅，已经是下午4时的光景。空洞、疲惫、荒脏，我经过漫长行旅而至的南方县城一角。一张晚上在县城某处有"音乐会"表演的起皱海报（张贴粗糙而致），幽暗街角骑自行车者的缓慢背影，一行白石灰写就的墙上标语："三两药，一杆枪，判你三年没商量"——我视线中的杂乱景物。然而，"黄梅"，这两个汉字还是让我亲切，而且，这两个让我亲切的汉字所指代的这个地方，还是禅宗六祖的受法地以及我心仪的作家废名的故乡，所以，在这个陌生南方县城的一角站着，我的心里，还是涌上了温暖。

决定直接前往五祖寺。乘一位中年妇女的"麻木"（鄂地叫法，指三轮车。很奇怪，此地的"麻木"驾者似乎多为女性），行很远的路到达城郊的一个乘车点。乘车点很乱，横七竖八或停或动着许多中巴。我上了一辆标明"五祖"的车子。车内只有一位年轻母亲和她欲睡的孩子。开车需要等待。等的过程，我自然了解到若干情况：这辆车的主人是一家人，父母，还有一位个子很高长得很帅，头发染了黄色的儿子——儿子的神情，意外竟还带着些微羞涩的成分。终于，车内的人坐得差不多了，染发儿子发动了中巴（方向盘旁的仪表已经精减得不能再减）。停车地是凹凸不平的泥石地，中巴左扭右摆地从其他车子的缝隙间挤上公路，加速开了起来。父亲这时坐在一边，母亲则开始卖票收钱。车窗外的风景很快转换，赤红的土壤，翠绿的植物，透过没有玻璃的车窗，呼呼进入车内的楚天空气，新鲜、潮润。

废名在1939年所写的《五祖寺》一文告诉我："从县城到五祖山脚下有25里，从山脚下到庙里有5里。"——废名6岁时第一次上五祖寺，结果是"过门不入"，被大人安放在一天门的茶铺里等候。"最后望见外祖母，母亲，姊姊从那个山路上下来了，又回到我们这个茶铺所在的人间街上来了（我真仿佛他们好容易是从天上下来），甚是喜悦。我，一个小孩子，似乎记得始终没有说一句话。"——现在的里程当然仍是如此。大约半小时之后，中巴到达五祖镇中心（空荡荡的岔路口，水泥路很宽阔）。跟染发的帅小伙司机再见——非常巧，次日清晨下山返回县城，坐上的仍然是他家的车。

也许是近暮，镇中散落着零星果皮的水泥广场上，已少见人。一辆三卡孤零零地停在广场中心,它的驾手,一个蓝衣裳的瘦小男人,木木地站在车旁。山脚到庙里还有5里地。我问蓝瘦的男人,三卡到不到五祖寺?他说经过的。于是我跨上了有篷布的后车厢。我是第一个坐上三卡的乘客。后来,先是上来了一对父子,接着是两个年轻的黄衣僧人。父亲不知忘了什么,临时又匆忙下车,他的少年儿子,抱紧一大堆买的东西,蜷坐于三卡车厢一角。我报之以笑脸,向他打了一个招呼,少年非常警惕,他像当年的废名一样,抿紧着嘴唇,直到他父亲重新上车,"始终没有说一句话"。两个年轻的僧人则一直在说话,他们就是五祖寺的,刚刚体检完身体(验血)返庙。"啪啪啪啪——"三卡发动的强烈声响,震动着五祖镇寂静的晚暮空气。我们离开了镇中广场。

山路。松林。远近群山松林间漫起的淡青晚岚。绵延不绝的盘山土路。三卡在"啪啪啪"地费力攀爬,我的感觉是离"人间"越来越远;峰荫绞涌着暮色的自然山林气息,也越来越逼人。深山藏古寺,确实啊!(第二天清晨步行下山时,我见到了众峰在虚无的云海间缥缈隐现的神异之境。)

不知道在山林间费力上了多少个坡,爬了多少个圈,三卡停了下来,蓝瘦的驾手走到后面车厢口,对我说,五祖寺到了。我跳下来,付了钱,车子便继续开动,转一个弯,消逝于山暮杂树的更深处。

五祖寺。我来了。

素朴肃穆的寺门已然紧闭。寺门前有台阶，台阶两侧安放有一对古旧石狮。寺庙前的几处卖香烛的简易棚子，也全部已经闭门。随两个年轻僧人，从边门入寺。某处黄墙前一树怒放的红桃，那种因怒放至极，反而呈现出的宁静之姿，首先就震撼了我的视觉。大雄宝殿内，下午的功课正好结束，出殿的布履僧人纷涌散开却阒寂无声。也许是冥冥中的引领，在陌生的寺中似乎没走几步，我就来到了五祖寺中偏于一侧的六祖殿前。建筑极其普通，类似于寻常的南方民居，此殿系由香港佛教青年会捐修。殿门右侧竖有石碑，上书"慧能舂米处"——立住，我一阵激动！1300多年前，24岁的慧能，就是在我眼前的这个地方踏碓舂米！静立之间，我听、闻了穿透时光而至的沉闷舂米之声和谷物绽开的纯洁之香！慧能当年用于舂米的"坠腰石"现在仍存寺内，此石长0.4米，宽0.35米，厚0.11米，重28斤，它应该是中国禅宗的重要文物之一，堪称稀世国宝。

变浓的暮色在寺中的屋脊和飞檐间流动勾连。在知客僧的"办公室"里，我掏出身份证和10元钱，登好记，就得到了在寺内"一餐一宿"的允可。

晚饭在斋堂。幽暗，大而空旷。经指点，自己在屋角的橱内取出一副碗筷。走到打饭打菜的僧人前，他给打上：米饭，青菜豆腐。斋堂内散坐着青布僧人，都寂静进食，无人说话。一位僧服上有补丁的老年僧人，坐在我的对面，我们的目光碰上时，他给了我平静、和蔼的微笑。又有烧饭的僧人端来了一大盆烂糊面，我又起身要了半碗。饭毕，自己洗净碗筷，仍然摆放回屋角幽暗的碗橱。

住宿的地方，属寺庙的边缘地带，某幢房子的二楼。三张床铺，一只光秃秃的灯泡，透过玻璃窗，就是寺外深郁静谧的树林。天地，群山，庙宇，连同我置身的这个苍莽间的狭小睡房，都在时光的古老幽蓝中沉陷，沉陷。钟声缓慢地响起，寺院内的灯火次第熄灭。

黑暗、寂静的大海浸没了一切。

六祖受法的、我正就寝的五祖寺之夜呵……

（五祖镇，湖北省黄梅县所辖）

浙源：吴楚分源

成熟未割的稻禾，在晚暮时分更加强烈地散出它们浓郁的气味。这种气味，从茁壮的茎、茂盛的叶，从泥地内部的稻之根系，从弯曲的一串串饱满但仍含浆汁的穗，甚至，是从不远处人家年代久远的屋顶和木头门窗中，交织散出。童年的某个瞬间、母亲热烘烘的肉体、晚饭前我所熟悉的乡村特有的落寞——置身于稻禾浓郁的气味中，我重温并体验了这些遗忘已久的感受。

浙源，是江西省北缘的一个乡镇，属婺源县，周围群山环抱，中间是一片平坦的谷地。青色群山环抱的这片谷地上，除了聚拢一隅的密匝匝的人家烟灶，就是蔓延的稻田。起初我们在村侧一座新砌的溪桥上坐歇（桥堍小块公共场地的旁边，有人家正在造房子，散乱堆放的红砖逼眼），后来就朝着山脚渐渐漫行到了稻田之中。暮色深浓，近处的青山在缓慢变暗。返回住地时，我们在茂密的稻子间穿行。稻叶和沉甸甸的稻穗几乎挤没了窄长的田埂，它们不停地擦着衣裤和裸露的手背。谷地中的某处有晚烟袅袅升起,淡淡的青白色,在渐变着形状,它不断上升,像一棵神性的树木,联结了大地和暗下来的天空。等我们带着满身稻香,走到借宿人家的门口朝身后回望时,那起伏的连绵青山,只剩下了黑铁的轮廓。

浙源有一条长狭的老街,已经剧烈磨损了的块块青石板铺地。午后,我们从沱川抵达浙源,找到住地放下背包之后,就到街上走逛。老街店铺很少。也许是下午的缘故,行人也极少。一家烟酒杂货店的门口,整齐地摆放着放满商品的硬纸箱。陈列的待卖商品是:苍蝇飞叮的卷束干海带、粘着糠壳的皮蛋、油纸包裹的月饼、皱皮发黑的红枣……两个瘦寂的老人,坐在门口街沿的长木凳上。因为在街外的溪涧中看见有游动的鱼影,所以,在明显幽暗的店堂里,我买了灰尘玻璃柜内的鱼钩和鱼线。我们朝老街另一头有塔的方向走去。途中经过一家农具店,所有新打的农具,带有火焰冷却后涩涩的铁青色,它们都被摊放在店外的空地上。我看中一把弯曲的小巧镰刀,瘦韧的木柄,有非常锋利的刃口,两元钱,我买了一把。

在浙源各处几乎都能看见的那座塔,叫龙天塔——因为旁边的山叫北凤山,取龙凤和谐之意。到得近旁,发现有墙围塔,而墙门有锁。辗转问了人,最后终于寻到钥匙进入。塔院地上荒草萋萋,有半人高——看来平时罕有人来。塔系明代建造,六面七层,可以爬上去。踏着内部陡窄的塔梯,我一口气爬至顶层。青山环抱的浙源谷地尽收眼底。挤于谷地一隅的房子，有新的有旧的，有高的也有矮的，但一律是白墙黑瓦。眼前之景使我想到自己常常思考的一个问题，自然界的颜色五彩缤纷，但江南地区的民居建筑却独独偏好黑与白这两种对比强烈的朴素之色，细究之，其中应该大有含义。江南民居的颜色选择，历史性地凝聚了这一区域人类共同的审美心理：黑与白的房子，在周围青绿色的自然背景上，既突出醒目，又和谐协调；黑与白，在江南特定的地理空间内，是最美的颜色！有风穿拂塔顶的窗洞，每层檐角所悬的铁铃，在微风中发出清脆的叮当声，听了，让人恍有脱离时间的感觉。

　　下了塔，继续在老街和古旧的居民区漫转。这里颇多徽式大宅，高墙深屋，耸立的马头参差连绵，挺秀肃穆。路旁墙根是用石板铺筑的贯通水沟，显示此处有着发达的排水系统。我们谦卑谨慎地进入一户人家。黄昏的余晖，从四方形的"四水归堂"天井上方投下来，不知为什么，这种垂暮的光线，反而越加衬托和增添了屋内的阴暗。一个藏青色的老年男人，原先默坐在中堂前的矮竹凳上，他起身，并不过分热情地迎我们坐下。名气极大的徽宅在我看来总是不适合人居，它封闭、高大，却空旷、阴冷，无法聚拢人气——只有绩溪上庄的胡适故居，才让我异常意外地感受到徽州民居少有的一种温暖意境。藏青色的老年男人自诉姓查（这里的大姓），有一个弟弟在香港，是廉署工作人员。缓慢的语调，皱纹的脸，在屋内的阴影里，强烈透露着业已来临的夜晚气息。

我们所借宿的人家，在老街街尾，相当于街与野外的分界点。很大的楼房，完全不是徽式，结构也颇为复杂。底层是打通了的黑乎乎的铸件作坊，堆放了煤和混乱的杂铁。从二楼开始才是他们居住的空间，有露天的水泥楼梯，在屋外直通二楼。这户人家的孩子刚刚办喜事，因为大门上有墨汁依然淋漓的红对联：巧借阳春迎淑女，善将国庆作婚期——在徽州漫游，我所见到过的门联，绝大部分都是手书、自撰，书法和内容都极具功力，显示着这一地域深厚的民间文化底蕴。二楼有很多房间，我们住靠东的一大间。楼房的前面就是一条从山里流来的溪涧，正好在此处积了一个小小的潭，站在二楼的阳台上，也能够看见潭水里鱼儿游动的清晰影子。晚饭由主人安置在二楼的另外一个房间，吃了婺源著名的荷包红鲤鱼，极鲜美。夜晚无事，拎凳到这户人家的高高屋顶上（平坦的水泥顶）闲坐。当时的感觉，临睡前我在日记本上写下的八个字是："漆黑群山。满天繁星。"黑色群山环绕已经睡眠的乡镇；满天繁星，显示给我一种古老的壮阔与宁静。浙源的青石板路从老街一直通往田野和山峦。在黑夜的屋顶，我看见一只手电的光，微弱摇晃着，从老街出来，缓慢地向远处的山中移去。在后来的一首诗里，我记录了这个印象深刻的镜头：

滴露般的星体，擦着穹形天壳，
缓缓滑坠眼前。
空气里有树枝和稻谷燃烧的淡淡灰烬气味。

睡眠乡镇的青石街板一直延伸往漆黑的崇山峻岭。
一只手电的抖动、红暗，
多像，我熟悉的一个清癯徽商的微弱行旅。

——《浙源屋顶之夜》

第二天早晨，我们租乘"北京福田"客货两用车，从浙源前往岭脚村。按照计划，我们将从岭脚开始登山，沿徽饶古道，翻越浙岭，由赣入皖。

"北京福田"在颠簸蜿蜒的山路上疾行，我紧攥车厢板，站在后面的货车厢内，耳旁满是呼呼的晨间凉风。一路上有原始优美的风景，若干似乎生了绿苔的黛黑徽州古村落，宁静地散居于沿途绿玉似的山谷之间。经过虹关村口，看见了那数人才能合抱的巨大樟树（在婺源，经常能够遭遇枝繁叶茂的古老香樟树）。岭脚到了，横亘于眼前的大山，就是著名的浙岭。

"巍峨俯吴中，盘结亘楚尾。"浙岭是春秋时吴国和楚国的分疆处（旅游地图上标明，岭顶有清康熙年间制成的"吴楚分源"碑）；同时，它还是一道分水岭：一山雄峙，分开了鄱阳湖水系和钱塘江水系。浙岭上有一条吴楚古道，又名徽饶古道，这是古时贯通安徽、江西的重要驿道。

告别司机，沿同样是青石板铺就的徽饶古道，开始登山。野花怒放，空气清冽，置身此间，胸中尘气可以吐尽。石缝间长满野草的青石板古道依旧相当完整，好像并没有花多少力气，就到了半山腰。这里的古道旁，有座供行路人休息的石屋，名字也甚有意思，叫"燕窝亭"。小坐片刻。极目远处，起伏群山如条条青龙，奔游于眼底。刚才经过的岭脚村，已只如火柴盒大小。山风收汗，继续上行。古道有数处缺损，皆为正在修筑的盘山公路所断。约两个小时，我们成功到达"吴楚分源"之巅。镌刻"吴楚分源"四字的石碑旁，还有一块小的界碑，一边刻着江西，另一边刻着安徽：这里就是赣皖两省的真正交界处！

在浙岭顶上，沿公路逐渐向山下的安徽走去。途中遇一辆运货小卡车，遂拦下，爬上车。山深林密，鸟声互答。下山的路急剧扭曲，十分惊险。我们所乘的运货小车闪展腾挪，像一只奇怪的铁鸟，在深绿色的林海间持续滑翔、飞降。经过樟前，最终抵达了安徽省休宁县的板桥乡。

从浙岭山顶到板桥，全程的距离是13公里。

（浙源，江西省婺源县所辖）

岭底：铜钹山三日

第一日

（1）

"军潭湖藏在群山的裙袖间。汽艇把我们带到山庄。山庄是旧林场改造的，在湖边的松林竹涛里，有白墙矮房、小木楼、吊脚楼、木板回廊。湖水是有吸力的，把眼球和心吸进它的细纹里。黄昏在云霭低垂的时候降临。瓦蓝的湖水层层叠叠地收藏群山的倒影。静止的，凝结的，扩散的，安谧的。……爱登山的，天不亮就出发，去看银杏、香榧、古樟，去探寻娃娃鱼、云豹、天鹅……当地的老表说，湖里有一百多斤重的鱼，前几天，就有人钓上来，鱼游了半天多时间，才用农具拉到岸上……晚上，我们在湖边生起一堆篝火。像节日般欢庆。干枯的毛竹、松树板、杂木条在火中彼此抱紧。呼呼的火声在空气里游离，竹节不时嘭嘭炸响，树脂的芳香萦萦低回。游湖的人，坐一叶宽敞的竹筏，忽远忽近地游移……竹筏有弧形的顶篷，两边摆了木凳,中间的木方桌上是茶水、南瓜子、西瓜,跳荡的烛光成为黑夜的心脏。我们是一群被黑夜释放的人,又被黑夜珍藏。嘶嘶嘶,湖水细细的波纹是夜晚的纹理。"(傅菲《塔顶上的湖泊》)

上饶作家傅菲对铜钹山区湖泊的动人描述,让我独自的旅途充满了诱惑和悬想。中午约11点到达上饶的长途汽车站。给傅菲发短信:我到了。回信马上显示:请打车到报社。走出车站,看见门口有许多人踩的三轮车,便决定不乘出租,而坐这种三轮车:一是透气,二是可以从容看街景。上饶紧邻安徽、浙江、福建三省,乃赣东北大邑,地理位置独特而重要,市面相当繁荣。但人间之城现在似乎都已雷同:无外乎高楼、街道、车流、超级商场某个立面上熟悉商品的巨大广告牌、明星——电脑精心修饰过的,作为公共标识和广告元素的中外明星的耳、鼻、眼、嘴、乳、手、头发等。从汽车站到上饶日报社有不短的距离。三轮车转个弯,我看见了眼前呈现的一条大河。踩车师傅证实我的猜测:对,这就是信江。一条大河划过城市,我眼中的上饶立刻生动起来,具有了鲜明的个性。岸畔长有绿树的信江开阔、漫长,虽然谈不上清澈,但整条江仍像一条强有力的蓝色血管,给这座充斥现代符号的物质城市,带来出自地域和年代深处的珍贵清气。

此次到江西是参加一个文学笔会——铜钹山散文论坛,具体牵头组织者是傅菲。傅菲工作单位是上饶日报社。报社大楼就临水边，与信江只隔了一条僻静马路。我从三轮车上刚刚下来，头顶就有人喊我的名字。抬头，三楼的窗口有两三个身影探出来。走上去，整个三楼是隔成小块区域的大办公室。杂乱的报社气氛。有几个与会者已经先行到达，正散坐在傅菲的办公区域旁聊天。他们说，看见有人从三轮车上下来，估计就是你。所有的人都是第一次见面。傅菲作介绍。先到者中身材魁梧的是毛小东先生，他就是这次笔会的具体承办者，上饶市下辖广丰县岭底乡（铜钹山区）的党委书记。还有在铅山县永平铜矿工作的年轻老诗人汪峰，婺源作家洪忠佩，来自广东东莞的青年作家郑小琼以及广丰当地的陈丽君，等等。

一行人下报社大楼，上车，再到长途汽车站：在这里等待中午12点到达的南昌快客班车。准点，从南昌驶来的快客进站。这趟车上有六个参加笔会的人员：江西本土（南昌）的作家陈蔚文、范晓波、江子，广东《作品》的张鸿，广东《佛山文艺》的王薇薇，天津《散文》的张森。

随即，所有人员分乘两辆车，驶离上饶城，直赴广丰县。

下午1点多钟，在广丰宾馆吃午饭。庞大的圆桌。近20人聚于一桌的午饭。席间热烈，彼此又夹杂有初次见面的略微矜持。饭局的主持者，除豪爽质朴的毛小东书记外，一直等着我们的年轻的广丰县政府办副主任周亚鹰，热情、老到，同样以他的一腔情谊感染着席中人。

（2）

饭后马上出发，前往笔会的真正地点：位于广丰县域南部、距县城38公里的铜钹山区。

铜钹山区即岭底乡辖地，毛小东书记曾踏遍这里的山山水水，介绍起来自然是如数家珍，他称他的"领地"为"江西最美的生态旅游景区"。铜钹山处武夷山脉东段北麓，属县境边陲，又居赣闽浙三省交点，尚未开发，自古以来山深林茂。整个山区面积广大，有320平方公里，约占广丰全域的四分之一；人口24000余人；铜钹山尖海拔1534余米，为广丰巅峰。

汽车沿"十五都港"（山间溪河之名）颠簸前行。途中停车，先游西石寺。

此地山岳皆系东南中国极富特色的丹霞地貌，线条雄浑；绿树苍苔覆盖之下，仍时可瞥见逼眼的赭红山体。西石寺在路侧仙人掌山顶端。此山如浑圆润红馒头状，石壁侧面有裂纹，故名"仙人掌"。此山海拔300余米，自下至顶有简易的盘旋便道可通。据地方旧志载，宋时即有人结庵山上，庵名"白云"，随后有人前来烧香拜佛，香火渐旺，便发展成现在的"西石寺"。

爬至山顶，已然身体发热。西石寺宛如一居家，眼前的几幢房屋并无传统庙宇严整的建筑格局。怀着敬意，一个人在寺内各处瞻看。寺中只有一张姓老者，61岁，普通百姓穿着。他背已微驼，也许是长年的孤寂生涯所致，他并不健谈，遇到访寺的外人，仍如平常，有着宠辱不惊的定力。在一侧的灶间内，我看见泥灶上蒙尘的大铁锅、整摞整摞的瓷碗、堆在墙脚的煤球以及散乱的众多草编蒲团——一年中某个时候寺内做佛事的盛况于斯可测。"大雄宝殿"即使在白昼也相当幽暗。殿内佛像身下有清泉一泓，泉水因系从白云飘拂的山峰渗出，故被称为"云水"。披开佛旁帐幔，老人弯腰用竹筒舀了一筒递给我们，饮，有极少感受到的甘与凉。

别寺、下山。汽车停在"十五都港"旁等我们。此条宽阔山溪急湍、清澈。步到溪边，捧水擦脸，清泠之中，可以感觉这水，浸渗了周围连绵山脉中植物绿叶和繁杂根系的无形之精华。

（3）

汽车继续向群山的深处驶进。山路正在修整，因此显得崎岖。但我喜欢这种颠荡，因为这种感觉和此时此刻的地理空间是相谐的。俯视的山路下方出现一角湖水，"藏在群山的裙袖间"的军潭湖到了。汽车拐下坑洼细窄的便道，在湖畔一面巨大的山崖下停住。从这里到我们今晚的住地，还需要换乘汽艇进入。

军潭湖是铜钹山境内三大高峡湖之一（另两湖为七星湖和条铺湖）。湖周参差的青峰环立，湖中则大小绿岛星列，而且岛屿各具形状，或如油瓶，或如龟蟒，或如老人，或如武士，或如笔架，惟妙惟肖，引人遐想。微小的汽艇载着我们，在童话般的湛澈水面犁驶，暂时被迫激荡的局部湖面，在身后很快恢复原初的平静。自然秀美如斯，人与人类之物微不足道。宁静的湖水，我感叹，世界的山峰之绿和人类的精神之绿尽情融汇于内——绿，一巨块周边不规则的柔软绿玉由此诞生。

弃艇登陆。水边山麓一大片茂盛的松杉林中，有一幢漆成淡蓝色的瓦顶长条形房子。这是早先林场的办公用房，我们今晚的宿营地。檐下有立柱的走廊，走廊外还有简易的竹子围栏。围栏下方，是几畦菜地。厨灶间已在热气腾腾地忙开。我们放下行李。在走廊内外坐或站。喝很香的绿茶。闲聊。每个人都欣喜、放松，有着不同于往常的表情。因为突然之间就远离了繁杂诱惑的现代世界，来到了似乎被滚滚红尘彻底遗忘的孤岛——每个人的移动电话都丧失了信号。

她们嚷着去房后的山坡上打柚子。挺秀的柚树，累累果实悬隐于碧青的阔叶之间。欢笑声中，长长的竹竿敲打着它们。椭圆饱满的柚子接二连三地坠滚。费力地撕剥开厚实的表皮，顿时，清激涩人的果香，便在暮色的湖畔山林间弥漫一片。

难以忘却的晚餐。湖鲜、山珍，刚刚从林间割起的新鲜菜蔬，用烧柴火的土灶铁锅烹煮或爆炒而成，结结实实、香气四溢地端上局促的餐室台上；用盐水瓶装的土酿烧酒，有厉害的劲道；再加上主人嗓门洪亮的盛情、豪情，即使未动筷前，席中每人的脸上已被热烫又原始的气氛熏制出酡红……

湖面和山林间是静夜的漆黑。我们住宿和吃饭所在的淡蓝色房子（现在已经完全看不出颜色了）对面，隔了菜地，更临湖水的地方，还有一间类似干栏式建筑的纯木头房，这里是活动室。晚餐之后，大家走过松木铺成的甬道或称栈桥，到活动室去。干栏式木头房内有瓜子、茶水、散乱的椅子，前面"舞台"有电视机、音箱、"奇声VCD"。"舞台"上方还有久远以前某次活动的陈迹——耷拉的红色横幅上，是这样的字迹："东方红之旅·笔走江西散文大行动——发现铜钹山"。音乐在室内回荡，应该是20世纪的碟片，画面是走来走去脸上有浅俗表情的泳装女郎。有人开始跳舞。有人在围着谈话。世界漆黑，尽管这湖畔房子内的灯火昏暗，但仍成为此时此刻无边黑夜的鲜红"心脏"。

夜已深。临睡之前，毛书记仍要犒劳我们的胃。厨灶间烧好了一大铁锅热腾腾的山芋粥，作为夜点心。每个人抢着盛了都站着吃。稀粥间烫嘴的山芋块甜糯细腻，记忆中只有童年时在江浙交界处的山里亲戚家吃到过的山芋，才能与之媲美。

我和汪峰同居一室。戴眼镜的汪峰是成名很早的诗人，参加过诗刊社的"青春诗会"。也许是诗人气质使然，这几年他经历过人事的坎坷。他早先是永平铜矿电视台的主编，后被派到偏僻地看水泵3年。现在算是重新出山，在编铜矿的一份内部报纸。他给我看他的一篇散文:《稻草博物馆》。其中的若干文字我有深刻印象:"我痛啊,把整个身体放在大地上被粗糙的石头磨,被尖锐的荆棘刺,被锋利的茅草割。或者在泥土中永无止境地被挤压。"——某个时期的他的某种自况?文中一句关于"霜"的比喻让我一震,它显示了汪峰作为诗人的力量:霜——"那是大地累了,长满白色的羽毛想飞起来"。

深夜。我曾短暂走至室外。山林凝寂,湖水之上,同样是无涯无际的黑暗。

头顶星空低垂。

我的意愿是:一颗硕大的星星会坠落下来,与黑暗的湖面激溅起碎银的细火……

第二日

(4)

醒来即起。天已大亮。走出淡蓝色房子,远远看见,更早起来的毛书记已经一个人在湖边散步了。

晨间的军潭湖,像极了秀美含羞的乡野姑娘。水里,是碧青的群山倒影;水面,是淡淡的白色水气,似绿玉上的透明轻纱,不间断地浮漾着,袅娜着。视野里的青山近浓远淡,而且这浓淡层次过渡得非常细腻——浓,次浓,渐淡,淡,极淡——中国传统山水画的天然教师或是"墨分五色"的最初启迪。

早晨的湖区有一种生动的静。在水边，我听到过两次空旷的鱼跃。一只飞翔的黑色水鸟（是否为昨暮见到的那只？）无声掠过湖面，它的腹部和细爪与水轻微相触，形成好看的小小掠痕。有鸟鸣，不过丝毫不噪，只偶尔一两声，像深绿的露滴从竹叶或松针上滑坠的放大音。遥远湖对面的山腰处，一线弯绕的山路上，两个步行孩子的对话声清晰可闻——但是看不见人。

斑斓叶子上的露水都已开始破碎。我经过一棵挂满小小果子的不知名树。小小的果子，像一盏盏小小的鲜橘色灯笼。满树没有一片叶子，疏或密的苍褐细枝间，全挂着这些逼眼、燃烧着的小灯笼。

从淡蓝色房子内走出的人渐渐多起来。湖畔开始有了新鲜的人声。

在重新燃火的厨灶内，傅菲和我都讨了一碗米汤喝。热烫的乳白色的原始液体，真正唤醒了我的新的一天。

（5）

早饭并没有在蓝色房子吃。等所有的人都起床后，毛书记招呼大家拿好行李，继续出发。仍然坐汽艇出湖，在昨天来时的巨大山崖下上岸，再乘上已经等在那儿的汽车。开车。

早饭在山间一个路边村落的无名家庭式小店进行（确实无名，因为没有店牌店招）。这是一顿精心预谋的早饭。店虽无名，但实际应该在地方上遐迩闻名，毛书记是特地带大家前来。

这里专营一种叫"羊肉粉"的早餐。我又一次遭遇了美味。

这个家庭式小店内,一边是做"粉"的工场,另一边是煮"粉"的灶台。灶台非常干净,金黄的木锅盖看了让人欢喜。每锅只做一碗"羊肉粉"。一碗之中的主要元素是:羊汤、粉(米线)、三两切得诱人的羊肉薄片(量绝对保证)、白菜条、蒜叶、蒜梗、醋、酱油、红绿辣椒丝、啤酒、胡椒粉等。那个和善的男子,估计是厨师兼老板的忙碌掌勺者,告诉在锅旁咽着口水迫切等待着的我们,"羊肉粉"好吃还有一个小秘诀是,入锅的粉一定要事先烫热。

每人一碗,或辣或不辣,都已是大饱。

(6)

早饭过后,继续上车,向群山更深处的岭底乡政府出发。

途中瞻仰了一处"红色遗迹"——岩呈赤色、壁立百丈的红军岩。1932年,曾有21位红军战士因寡不敌众,激战之后纵身跳下此岩,其中18位壮烈牺牲。这块染过鲜血的巨岩上,现在镌刻有集毛泽东字的"红军岩"三个大字,边上建有"红军岩纪念亭"。

山路很窄,汽车只能像甲虫一样,在绿枝和石岩间爬上挪下,慢慢前行。

岭底是广丰县最南的一个乡,再往下,即是福建省地界了。乡政府所在的岭底到了。这里是绿色大山中的一块小小盆地,牵连绵延的民居房舍挤于此中,一条宽阔的绿溪(十五都港)穿街而过,让岭底具备了生动的灵气。在乡政府的会议室里稍作休息，喝很香的绿茶。室内一端的电视被打开，放的是一首描绘岭底风光的MTV，歌曲的作词者是"毛小东"。

这里并未久留，一杯茶后，大家又上车出发，目标：大丰源林场。

从地图上可以很清晰地看见，代表公路的最细小的红线，到大丰源林场后便戛然而止。我们艰难行进的汽车甲虫，果然，到达这个地点后就趴着不动了。

（7）

林场有人在等我们。他手里提着的袋内，是给我们准备的吃食：炒南瓜子和煮熟后晒干的柔韧山芋条。

弃车。徒步向山中进发。去山上的某户农家吃午饭。之前没有人告诉从林场到午饭人家的确切距离（后来发觉这是一种故意和善意），结果，在山中整整跋涉了3个小时后，才到达翠绿竹林和高大茅草阴影中独户的山上人家。

数小时没有遇见一个过路人的山中跋涉，让步行者充分领略了中国南方崇山峻岭的逼人气息。

头顶，是波涛起伏的绿树和绿树之上海洋般无穷无尽的蓝天；脚下，被昔时山洪冲毁的狭窄山路，挤满狰狞的怪石和乱石。

脚掌的感觉是：

尖锐的石头；

浑圆的石头；

踩断时嘎嘎作响的败枝；

鲜黄或赤红的落叶；

失水干瘪的数枚果实；

羽毛，落在石缝上、类似鹅毛笔的灰褐鸟羽；

…………

一棵倒卧的野荔树，挡住了我们的路。死亡之前，它依然挣扎着枝繁叶茂，枝叶间结满无数小小的荔枝。

山路边是滚满石头的曲折涧道，现在是枯水期。一块巨大无朋的岩石，一半处在阳光灿烂之中，另一半，涂满了深浓的阴影。还有一块巨岩，呈现滚动的趋势，但现在被一棵中年的松树死命抵住。

不管是山路上还是路边的涧道内，触目皆是被山洪冲下的树木的尸体。白花花的，成堆，如山。树皮已被流水剥尽或被时间蚀光。白花花的树木的尸体，或如胳膊，或如巨腿，或如残肢，或如头颅，或如手掌……

口渴了，我们喝掩映在枝叶间的石上流泉。

空气始终是劲厉的新鲜。

偶尔的风，有着透明的、溪流般的绿意。

（8）

独户的山上人家的所在地，叫外坪溪。近乎精疲力竭的众人到达时，已是午后两点了。

四开间、两层的土坯屋，盖瓦、木柱，二楼挑出的部分有木围栏。从开裂的墙体和木柱近乎发黑的颜色上，可以明显获知：这幢很大的土屋已经经历了久远的年月。

　　屋里有人出来热情招呼我们。喝茶。喝野蜂蜜水。两张木桌摆在露天，饭菜早就烧好了。大盘的生炒鹅肉（可以看见切开的红色鹅瘤）、大盘的青菜、大盘的白萝卜、大盘的切成小块的红烧肉……（我曾参观幽暗的厨房，火焰的土灶上，有手脚麻利的妇女在忙。灶旁窗户外侧有一只很大的储水木桶，一长条剖开的竹筒将不远处的山泉源源不断地引入。）盐水瓶里装的是褐红的杨梅酒（此地的酒几乎都是自制，而容器似乎全是盐水瓶），倒在瓷碗里，好喝！入口绵软，而且生津。早晨"羊肉粉"的能量早已在山中的长途跋涉中消耗殆尽，饥饿让此时的每个人都埋下头去，狠劲大吃。

　　饭后稍坐即下山。原路折回。用两个小时。

　　黄昏深山峡谷中天上的红色羽毛状流云，以及一支银镰弯月，让见者为自然的美而惊心、沉醉。

　　重新返回大丰源林场时，天，已经完全黑了。

（9）

　　晚上毛小东书记安排我们住大丰源林场招待所。

　　夜像液体，像无声汹涌的波涛，在南方群山中，来得浓烈，而且急迫。

　　晚餐在昏暗的空间内进行。有新加入进来的成员：由南昌到广丰挂职做副县长的罗中锦、第一天见过面的周亚鹰、广丰县林业局的廖诗富等。又是盐水瓶中的烈酒。交谈。敬酒。人的温暖。在南方黑夜群山中的小小一隅。

晚饭过后,睡觉之前,所有的人员几乎自发地挤坐于一间放了乒乓球桌的房间里聊天。同样昏暗的电灯泡(因为电压不稳,光亮随着我们的谈话而变化不定)。室外更加深浓的山夜。乒乓球桌上有茶,有红纸包着的糖,有散开的葡萄干。

在这样的时间和空间,寂静里清晰的人声——有关文学的对谈和交流,我视之为珍贵。

深夜。我和范晓波、张森居于一室。临睡前用冷水冲洗的脚,因为极凉的刺激,最终变得发烫。

第三日

(10)

林场住地外面,是一条两侧长满茅草、通往山中的土路。土路下方,又是一条蜿蜒而来的宽阔溪涧,里面同样滚满了花白的石头。

在茅草的土路上漫走时遇到傅菲。和漫走相似的漫聊。溪涧的浅水里,倒映有五彩似幻的早霞。一只目光和善的狗,从土路的另一头走来,它的一条前腿一瘸一拐着,经过我们身旁。

溪涧远处的山谷里,被晨岚包弥的朝阳,已经露了出来。

（11）

吃过早饭，毛小东书记带领大家继续出发，前往高山村看古老的保护树种红豆杉。

高山村处于高山密林之中，名副其实。明代时有人游猎、避难于此，后逐渐繁衍成村。这里地处三省边界（江西、浙江、福建），早先，是一个封闭的所在，山外人很难进来，山上的人也很少出去，有很多老人甚至一生从未下过山；村庄中没有任何车辆，包括自行车。毛书记讲的一则小故事，很可以说明这里的自然特征：高山村一户人家的房外猪舍里，养了五头猪，有一天早上起来，主人发现多了一头猪，仔细一看，多的一头竟是山上的野猪——可能是它耐不住寂寞，在夜里来与家猪结伴了。

属于江西省广丰县岭底乡的高山村，一头连着福建省浦城的九牧村，一头连着广丰的七星村。不久前，高山村终于通公路了（七星到九牧，简称七九公路）。据说通路以后，高山村村民一下子买回了20多辆摩托车。

我们是坐汽车走刚筑好的山间公路直接进入在云间的高山村的。

因为以前砖石运输困难，高山村散落于坡上林间的房子，除了屋顶的盖瓦之外，全是竹木结构。由于雨雪日月的腐蚀，房子全部呈现褐黑的颜色。"七星连九牧，天堑变坦途"，木头房壁上渐渐变白的红纸标语，依然在显示山村人对通公路的欢欣鼓舞。

　　成片的红豆杉林就在村旁。高挺苗直的杉林荫翳蔽日，置身其间，顿生特别的幽凉之感。红豆杉为常绿乔木，一般生于海拔1000米左右的山地，树木高大，胸径可达1米以上；据介绍此树种子可以榨油，整杆可提炼紫杉醇防癌药物，系国家二级保护树种。在红豆杉林中，我还经过一棵巨大的柳杉，须数人才能合抱，头要后仰到极限才能看见树顶——40余米高的这棵柳杉，据说是华东最高之树！走近触摸，沟壑纵展的树身上，青绿的苍苔峥嵘异常。

　　在高山的林间，在红豆杉树裸露的苍粗根系前，一行人合影，他们是：毛小东、陈蔚文、张鸿、罗中锦、江子、郑小琼、张森、王薇薇、周亚鹰、刘志明、汪峰、范晓波、我。——后来，照片洗出之后发现，张森的头上有光。

　　我的铜钹山之行，完美结束于这张合影——方寸之间，充满了高山红豆杉林旺盛生殖气息的珍贵合影。

　　（岭底，江西省广丰县所辖）

# 鹅湖镇：鹅湖会

1. 1175年初夏的鹅湖；或，名词解释："鹅湖之会"

（1）时间

南宋淳熙二年（1175年）初夏，新叶盛发。

（2）人物

朱熹（1130—1200），时年46岁。

陆九龄（1132—1180），时年44岁。

陆九渊（1139—1193），时年37岁。

吕祖谦（1137—1181），时年39岁。

（3）地点

位于闽赣官道旁的铅山鹅湖寺。

朱熹时居福建崇安县（今武夷山市），在福建崇安与故乡江西婺源之间往返，鹅湖为必经之地；南宋朝廷在临安（今杭州），朱熹自福建往京都或从京都返福建，亦必经鹅湖。

陆氏兄弟时居江西金溪与贵溪两县交界处，由居处赴上饶、杭州的水道（信江）或陆道，虽不过鹅湖，但须经石溪，而石溪距鹅湖寺仅7.5公里。

浙江金华的吕祖谦，由金华到福建朱熹居处，鹅湖也是必经之道。

而且，鹅湖为崇安、金溪、金华三地之中心点，距三处路程相差无几，因此鹅湖寺诚为相会的理想之地。

（4）事件

朱、陆同为南宋哲学界的巨擘。在治学方法上，朱熹侧重"道问学"，强调"穷理之要，必在于读书"；陆九渊则侧重"尊德性"，不强调读书，不赞成"苦思力索"，他认为一切伦理道德的知识及是非标准，俱在"本心"之中，只要发明本心，即使"不识一字，亦还堂堂地做个人"。同为南宋著名学者的吕祖谦，是陆九渊考进士时的考官，为陆的中选起过推荐作用，又与朱熹过从甚密相与友善，他见朱、陆平日操论不一，早有调和二者之意，故借机相约。

淳熙二年（1175年）4月初，吕祖谦由浙江金华往福建崇安，与朱熹相聚于寒泉精舍。二人研读周敦颐、程氏兄弟及张载之书，相聚四十余日，开始编辑《近思录》一书。(《书〈近思录〉后》云："淳熙乙未之夏，东莱吕伯恭来自东阳，过予寒泉精舍。留止旬日，相与读周子、程子、张子之书，叹其广大闳博，若无津涯，而惧夫初学者不知所入也。因共掇取其关于大体而切于日用者，以为此编，总六百二十二条，分十四卷。"）

5月末，朱熹送吕祖谦往鹅湖。6月初到。陆九渊与其兄陆九龄也应吕祖谦的约请，来鹅湖与朱熹相会。此即为中国哲学史上有名的朱陆"鹅湖之会"。

会上，朱陆进行了很激烈的辩论。随陆九渊参加这次约会的朱亨道记述说："鹅湖之会，论及教人，元晦之意欲令人泛观博览而后归之约，二陆之意欲先发明人之本心而后使之博览。朱以陆之教人为太简，陆以朱之教人为支离，此颇不合。"（《宋元学案》卷七十七《槐堂诸儒学案·朱亨道传》）

2. 2004年初冬的鹅湖，我的亲历

也许是国土特别广袤、深邃的缘故，即使是"现代化"的热力肆无忌惮地弥漫侵袭，但诞生中国文学（文化）史上经典作品（事件）的原初地理空间，有不少仍然完好存在，并且还在强劲散发着当时的自然气息。这一点，我在鹅湖的感受尤深。"鹅湖山下稻粱肥，豚栅鸡栖对掩扉。桑柘影斜春社散，家家扶得醉人归。"踏足于鹅湖的乡间田埂，我相信，我所置身的眼前环境，仍然可以再次诞生这首著名的唐诗（《社日》，作者王驾，一说张演）。稍后进入的鹅湖书院，虽历数百年沧桑，屋舍也早非朱陆相会时的鹅湖寺原物，但一人静立于书院的青石庭间，空气里似乎依稀仍有南宋名士当年的激辩之音。

此前我在上饶长途客运站的候车室。外面忽然飘起了细雨，在站内清冷的经营日用小商品的柜台边，临时买一把折伞（出门打开后才知，赣地所买之伞却还是杭产）。柜台后面的卖伞人告诉我，去鹅湖书院要去另外一个短途车站搭车，她指点我门外就有去那个车站的公共汽车。刚出门，公共汽车就来了，跳上去，在空荡荡的车厢内随便坐下。细雨濡湿的上饶城。杂乱发黑的城的某片区域。经过火车站，位置奇异地高、在长长台阶上方的上饶火车站。咣当咣当的车开开停停似乎走了很长时间，在城郊接合部的地方，远远地，我看见横七竖八停在空地上的几辆中巴，我知道，我要找的短途汽车站到了。

在嘈杂的人群和车辆之间，我上了一辆前往"永平"的中巴。

永平是一个铜矿区，我在地图上已经了解清楚，往永平的车要擦鹅湖而过。实际上，从永平再往南不远，就是江西和福建两省著名的分界点：武夷山上的分水关。

在我有限的历史地理知识中，分水关也是如雷贯耳。明代以来，福建与江浙之间贸易发达，联系紧密，江浙向福建输出绸缎、生丝、棉花、棉布、粮食等商品，福建则向江浙回输水果（荔枝、龙眼、柑橘）、木材、纸张、蓝靛及海外贸易中获得的白银（正是此种原因，上海学者严耀中在《江南佛教史》中将福建纳于江南范畴）。而分水关，正处于出福建进入江浙的重要陆路通道的一个关键节点上。由福建崇安翻过分水关，即进入武夷山北麓的江西铅山境内。铅山的河口镇由于位置特殊，是当时东南区域运输的枢纽之一。从河口发出的商船可以沿信江而下，进入鄱阳湖，然后从鄱阳湖进入长江水系，从而联通长江流域诸地；从鄱阳湖也可进入江西省的赣江水系，赣江水系的上源又可通向广州；此外，在铅山还可以翻越玉山进入浙江，在常山县上船，进入下游的钱塘江流域直达杭州。因此，这一条通道是闽省当时最重要的出省通道，明代人称这条通道为分水关大路，有时也简称为"大关"（"小关"也有，即指从福建浦城翻越仙霞岭进入浙江江山这条路）。朱熹当年往来于闽赣，包括参加鹅湖之会，走的就是这条分水关大路。

　　上面所述分水关是题外话，就此打住。上了中巴车以后，问司机，这车经过鹅湖的吧？司机点头。下午时分，同车的都是星期天上城买了东西返家的乡亲。我的车票5元。汽车出发，大概开了半个小时，在一个三岔路口，司机和卖票的妇女示意我：下车了。这个三岔路口地图也有明确标示：继续向前，永平；右转，将到铅山县城所在地的河口镇。一下车，在明显的柏油路面的三岔路之外，我还看见一条小路，路口一块长方形的白漆驳蚀的木牌子上，显示同样驳蚀的大小红字：全国四大书院·鹅湖书院·由此进3公里（连同一个箭头）。

　　背着简单的行囊，我步行进入。
　　细雨还在飘洒，但觉得似乎用不着撑伞。小路两旁是触目惊心的红壤——极其广阔的山土欲被平整却又荒弃，呈现出波涛汹涌一望无际的赤色。这种情形，首先立即唤起记忆中印象深刻的写赣地文化的一本书：《红土禅床》；其次，又是凡·高，即使是在东方，疯狂的、凝重的、冲动着生命强力的野蛮自然图景，也总让我想到西方的凡·高。为什么？也许是凡·高用生命，为他的画作赢得了能与自然强力沟通的充沛元素。

看来，一切艺术作品能否感人，能否让人震撼，本质其实非常简单：主要看你在其中是否投注了以及投注了多少你的真正生命。

涉过红壤的波涛，便转入浓绿夹拥的细窄山间公路。一个自行车上扭着身子费力上坡的孤单身影，消逝在前方的一个转弯处后，我的四周，便又是长时间的静寂和空无一人。

深重、缓慢的原始大自然的呼吸，开始浮现，甚至清晰可睹——山壤的呼吸，漫山遍野植物的呼吸，流动雨云的呼吸……仿佛能拂动我的衣襟。

路旁的红土上，长满深绿的茶树，时令虽是初冬，但沿途全是尚未凋萎的白色茶花，花瓣上缀有晶莹雨珠的白色茶花。曹聚仁1938年冬天的鹅湖之行，所见亦是："白茶花夹道盛开"。如此，60多载的光阴于鹅湖而言，只是一个漫长梦境中的短暂一瞬，白茶花年年开放，鹅湖仍在它的梦中未醒。60多载光阴是这样，回溯800多载光阴，鹅湖何尝不也是这样呢！这种想法，让我独自的脚步不再孤单：我正行进着的山道上，800多年前，同样行进过朱熹的脚步、陆氏兄弟的脚步、吕祖谦的脚步、陈亮的脚步、辛弃疾的脚步……历史与现实的足音在想象中纷繁，一种奇异的感受传遍全身。

寂冷起伏的山野间，身后突然响起的车声特别醒耳。扭头一看，一辆车厢漏淌着泥水的农用小型卡车，正吃力地爬上坡来。我立在路旁招手，卡车在我身旁停下。司机主动推开那扇哐当作响、没有玻璃的驾驶室门，热情地请我上去。这是位满脸胡子脏乱、面容黑而憔悴的男人，估计应该在60岁上下。问他年纪，心里大吃一惊，他竟连50岁都不到。他车上拉的，是刚挖起来的山涧中的鹅卵石，"给儿子造房子填屋基用的"。他听说我是专程来看鹅湖书院的，神情变得很是自豪："不远，前面马上就到了。"确实，只有几分钟，转了两个弯，下一段长长的坡，男人把卡车停了下来。"看见了吗，书院就在下面。"我要付他坐车钱，原本热情的司机一下子非常严肃，他坚决拒绝！不仅如此，他还详细地向我解释：他的是货车，货车不是客车，货车搭人是坚决不能拿钱的。

山野之间，道之存焉。最终，我服从了这位憔悴而认真的卡车司机的意愿。

鹅湖到了。隔了几处零散的农舍，一片收割后残剩稻茬的田野，白墙的书院就在对面秀丽的鹅湖山脚下。

眼前，是无人的机耕路，是三两只慵懒觅食的鸡，是没有散尽午时炊烟的农家的短短烟囱,是细雨、猪舍和稻田混合而成的一股暖烘烘的淡淡白雾……"鹅湖山下稻粱肥,豚栅鸡栖对掩扉。"富庶安恬的南方乡村情状,千年一贯。

我所抵达的鹅湖书院,是一方空旷的、盛满丰满寂静的古老容器。

渗有鹅湖山峰绿意的寂静。

汉字书籍和人世深处的寂静。

置身于此,你会突然醒悟:中国文学(文化)的本质,就是寂静。

空荡荡的鹅湖书院内,只有两个人:一个是我,拜谒者;一个是行止缓慢的、从某个幽暗房间步出的中年人,护院者。简单交谈几句后,在他那个堆满古籍、宣纸,悬搁着毛笔的幽暗房间内(此前他正在写毛笔字),他递给我名片:"王忠强所长",名字上面还有两行繁写的印刷字体:"中国文物学会理事·上饶朱熹故里朱子学会理事·江西省书院研究会理事·鹅湖书院文物保护管理所"。

"大江以西古称文献之邦,书院之建不知有几,惟鹅湖之名与白鹿并称天下。"(明·李奎)

现在,我来了。一个人,立足于这座著名书院的廊下与庭间。

"斯文宗主"——书院内这座四柱三间五楼式明代石坊上的题额,笔酣墨饱,虽历经沧桑却气血充盈,不动声色间显露的自信，予我强烈震撼。山野之间，斯文之宗存焉。目睹此坊，我不禁又想起了来时路上载我的那位胡子脏乱、拒不收钱的卡车司机。

还有"敬惜字炉"。敬惜字纸，这是在南方民间各处可以遍见的箴言，于鹅湖相逢，又一次给我警醒。以虔敬、惜福之心，对待神圣汉字和承载汉字的纸张，我想，这应是我为文的最基本的准则之一。

泮池、仪门、讲堂、四贤祠、文昌阁、碑亭……这是一位青衫的中国古代书生身体的各部位。在我的真切感受中，鹅湖书院确乎如人，不炫耀，不自怨，自足，甚至自傲于世所不乐的清贫与寂寞，自身蓄盈已久的强劲精神辐射力，只给需要者、给真心的追慕者以无言的沐浴与启示——这是一种我所敬仰的魅力，人的大写的魅力。

书院之内，是细雨败枝之声；

是依然绿润叶上的雨珠滑坠之声；

是古老书院回应于一位拜谒者的、清晰的脚步之声……

（鹅湖镇，江西省铅山县所辖）

苏

戴埠：轮船码头湮没史

"黑色码头上是潮湿而且零碎的灯火。竹篮的把手很高，在黎明前清冽的浓夜微射细腻的光芒。长木椅子前残存菜叶、瘪稻和烂橘皮的凹凸砖地上，新捉的小猪在扭动的麻袋里拼命叫唤。叫声稚嫩、焦躁又带着明显的丝丝恐惧。它们又小又圆的年轻嘴盘，因为恐惧，使劲在磨拱着束缚它们于更深黑暗内的麻袋——有的肯定已经出血。明灭的烟蒂。新鲜而又温热的猪粪气息。讲话、咳嗽、嚼脆响的油条，动物的叫唤，清冽得让人感觉发冷的夜雾……黎明前简陋的乡镇候船室内，捉好小猪的乡人在等待早班的轮船回家。"

这是旧作《幻稻与火焰》中的一段，记录了我少年时代对于乡镇轮船码头的亲历感受。只是，这样的场景，在目前的江南各地已迹近于湮没。

在戴埠，我见到了类似的一处轮船码头的遗址。

天目湖近旁、溧阳市（县级市）所辖的戴埠镇，处苏浙皖三省交界地，由于地理位置特殊，历来为商埠重镇，是三省交界地区竹、茶、苗木、板栗、畜禽、水产品等的交易中心之一。我从小就听说的、流行于这一带的一句俗语是："金张渚，银湖㳇；蚀着本，上戴埠"。张渚、湖㳇、戴埠同为该地区具商品集散作用的重要乡镇，只不过前两镇属宜兴，戴埠则属溧阳；这句俗语的意思是，张渚、湖㳇固然金银遍地，但戴埠同样丝毫不弱，即使在别处做生意蚀了本，前往戴埠也会很快赚钱恢复元气，东山再起。

时至今日，戴埠仍然显现出山区和水乡风貌混杂共居的气质。镇内有淤塞的河流、弃用或还在使用的河埠、古老光滑的石桥、旧为热闹中心而今已经偏僻败落的古街陋巷，也有炼打农具的红焰铁匠店和制作篮子、椅子的竹器店（2003年，此地的毛竹价格是25元一担）。当然，更多的是错落遍布于闹市小巷的时装店、音像店、烟酒店和馄饨面条店。镇中心的三角地草坪上竖有一座雕像，为一健硕的太平军战士在奋力擂鼓，像座上有"江苏名镇·戴埠镇"字样。原来，太平天国时期，侍王李侍贤曾率兵驻扎于此，在戴埠民间流传下一套气势磅礴、动人心弦的太平锣鼓，据说上海音乐学院、江苏电视台、南京太平天国陈列馆曾先后来戴埠，录过这一套原汁原味的古老锣鼓。

同行的濮阳就是戴埠人，他的老家在戴埠镇外 3 里路远的陈家村（镇与村之间，有蜿蜒的青石板路沟通）。由濮阳带领，我们去寻访戴埠的轮船码头。

轮船码头在镇中河边。走过字体驳落冷清少人的"戴埠供销社"，镇中河驳岸边停满了庞大高耸的船只。一辆空着的载客残疾三轮车，冒着黑烟突突驶过身旁，河边路上顿时尘土飞扬。一个半边脸烫伤的绿衣妇女，从河边的一个粮油店里舀了豆油，正拎着塑料小油桶，跳上河边的一条空船，同时在回答着另一条船上一个男人对豆油价格的询问。船边，弥漫灰尘的空气里，濮阳指着河岸上一处低矮的、毫无人影、毫无生气的青砖平房对我说："喏，小时候我就是在这里乘的轮船。"

濮阳后来给我看过一则笔记，记录的是他父亲所说的有关戴埠船码头的若干情况，兹录于下。

戴埠的班船，早期是摇橹，也可以扯帆，而且可以逆风扯帆行驶。自日本人时期才有汽艇出现，但直到快解放才有汽艇拖木船的早期机器轮船。曾经自戴埠试航无锡。但主要目的地是县城溧阳，也有途经溧阳到南渡的。通常每天两班，头班船天不亮就开船了。特殊情况甚至开夜班船，即有白班夜班之分。开船前起初敲铜锣，后来鸣汽笛。船码头的上游不远处有一道石坝，名叫石驳坎，以此抬高镇内小河的水位。镇内小河两边一是东街一是西街，热闹处有一座名叫平桥的石桥。它的上面就是高桥。高桥底下的小巷叫双井头。我父亲最初与人合股的店号叫竟成昌南货的小店就在双井头巷口。当时的店主是龙潭村首富储材。我父亲入的是他的外股，可以分红，但无权干涉店内事务，有别于其他股东的内股。

溧阳到戴埠的公路到1958年才有，因此以前主要以木船水运为主。客船班船为桐油木船，大船可坐三四十人，小船坐一二十人。轮船是木船前加一艘动力船，早期班船就是人工摇橹。水路到溧阳约30里路，轮船开两小时，摇橹约半天时间。水道主要沿戴埠河走。河宽十多米。主要停靠码头有：新桥、江北村、步亭桥。船上有卖花生瓜子的。坐船人每看到一座桥就会一起叫起来，喊出这座桥的桥名，什么什么桥。由戴埠到溧阳水途中著名桥梁有马墩桥、思古桥、月潭桥、田舍桥、步亭桥、戴埠港桥、夏桥。过了夏桥就到溧阳了。南宋秦桧的弟弟跟秦桧意见不合，隐居于夏桥一带，所以至今那儿秦姓人家很多。夏桥旁有一座被日本人烧毁的报恩寺，新中国成立前后仍有石人、石马、石乌龟，现在一点儿痕迹也没了。眼下的天目湖游览区里的报恩寺，用的就是它的寺名。戴埠港桥是戴埠河的入口处，当年日本人的一艘汽艇沉没于此，班船经过时都特别小心，怕撞着沉船。

戴埠以前是山货集散地。运出戴埠主要靠水道运输。所以货船比客船多得多。毛竹则扎成竹筏,一篙子一篙子从河里撑出去。山区至戴埠有两条路,一是东头路,这是土路,由李家园、铜官而北至戴埠;一是西头路,由横涧而北至戴埠。西头路全是半尺厚的长条块石铺就,一块挨一块,从苏皖两省的分界处金牛岭至深溪岕至横涧至陈家村至戴埠,逶迤而来。山里人通常推独轮车送山货。会推的人一车载800斤毛竹或其他山货。石板上留下一道道几厘米深的木轮车辙。山货通常是毛笋、干果、毛竹、茅草等,山里人从山里出来,卖掉山货后要吃饭要喝酒,所以戴埠镇的餐饮业,以前在溧阳境内很兴旺,排在前面。溧阳有句老话:金南渡,银张渚;亏了本,归戴埠。意指戴埠做生意容易做,容易从头再来。新中国成立初期,戴埠人到深溪岕挑毛笋,两天一个来回,当时山货特别便宜,一担毛笋仅换一斤半米。

由这则笔记可以看出,在陆路交通替代水路交通之前,戴埠的船码头是相当热闹的。想象一下,当时局促的客船中,除了城乡乘客之外,这些乘客所携带的东西,应该总少不了下列溧阳特产:

(1)白芹。白芹是溧阳传统特色蔬菜,已有800多年的栽培历史。白芹约一二尺长,晶莹光亮,除清香的绿叶外,其茎柄银白，嫩脆异常，被誉为江南美食佳肴中的一绝。

（2）腌鹅。濮阳介绍，在他印象里，戴埠地区几乎家家养鹅。冬天杀掉腌制，春节时享用，腌鹅肉紧，有特别的香味。

（3）肥鸭。戴埠乃至溧阳的鸭也非常有名，有一种叫"鸭娇"的吃食，下面的描述是否会让人垂涎欲滴："鸭娇，是将肥鸭清炖得烂烂的，全是原汤，你要吃瘦些的，可取叫、跳、飞（即头、脚、翅膀），可以要腿子。后拖（鸭尾部，很肥）是一种特殊的吃法，即在后面加一碗面，添上原汤，称鸭娇面，真是好上加好了。"（见秦纯卿著《江苏省最光荣的县——溧阳》第49页）

（4）甘蔗。戴埠栽种甘蔗，艳红表皮，汁液甜蜜，现今街头仍寻常可买。

昔日繁华的戴埠轮船码头，就是眼前如此寂冷的四间青砖矮房（两端连墙都已搭建起了其他房子），门窗紧闭，一派幽暗，看不清里面到底是空的还是堆放了杂物。矮房附近的路边，两个当地中年男人，一个站着，一个是坐在三轮车内的驾手，正在抽烟聊天。向他们询问码头上的轮船是什么时候停开的，那个站着的男人仰头想了好半天，说："大概已经停了……有20年了吧。"

位于戴埠镇东面的丁蜀镇，与戴埠同属苏浙皖三省交界地区。我手头正好有一份丁蜀镇的水上客运材料，实际上，戴埠镇水上客运的兴起、发展、衰落和湮没史，也可以从丁蜀镇的历程中看到它的影子。

民国初年，丁蜀地区的客运往来，仍然沿用着原始落后的木帆船，载客的称"班船"，它仅依靠人力摇橹、拉纤和风力扯篷航行。以鸣锣为开航信号，招揽乘客，按时往返于各地。由于班船装有双橹加出跳，用6人摇橹，一般时速可达6华里，遇风扯篷，时速更快，所以又称"快船"。

民国十一年，常州新商轮船公司"新裕源轮""新裕禄轮"开始对开于常州至蜀山。从此，这里的水上客运才用上轮运。

民国二十六年抗日战争爆发，客轮运输被迫停航，个体班船运输又进入了兴旺时期……班船除载客外，还承运邮包、南北杂货、粮油、布匹、药材等生活日用品……当时的班船有大小之分，大班吨位10～30吨，可载客70～80人，条件较好，途中有客饭供应，对开于无锡、和桥等地；小班吨位7～8吨，以近地运输为主。

新中国成立后，客轮复业……因承运力不适应当地的货运需求，故个体班船仍然活跃于社会。

新中国成立后，在3年经济恢复时期，镇上班船运输业的10多家船主自发组织了"工友联谊运输小组"，专运南北杂货，往返于无锡等地。1956年3月成立了丁蜀初级木船运输合作社,实行统一经营后,"班船"运输才停歇。同年无锡江南运输公司在丁山建立了国营轮船站……每天有往返于无锡、常州、张渚、杨巷等客轮,日平均客流量达2000多人次……到60年代中期,由于陆路交通不断发展而影响水运,常州班客轮停航,改由无锡班带客至周铁桥中转常州……进入80年代,随着经济改革的深化,陆上交通运输有了新的发展,车运猛增,大量的旅客往来和物资运输转向车运。1984年,无锡、张渚班客轮也相继停航。

（以上引文见《丁蜀镇志》,中国书籍出版社1992年版,第339—340页）

戴埠镇的轮船停开了大概有20年,这与丁蜀镇的客轮停航于1984年正好时间相符。事实是,江南各地内河载客航运的衰败,大致都在20世纪80年代（在20世纪80年代和90年代之交,这一地区已经实现了乡乡村村通公路）。

我们转到戴埠轮船码头的临河一面。青砖房子和河之间的场地上,堆满了表面覆盖了彩色尼龙膜的柴草。原来供乘客上船的后门已经用红砖堵上。以前的水泥门框上端,用白石灰水刷了一块长方形,"水上加油站"五个字依然清晰可认——看来,在轮船站废弃后,这里曾经是过往行船的加油站,只是今日又已换作他用。紧挨船屋而搭的简易房的白墙上,有稚拙的红漆字:"收购铁船·买卖:013003304713、013701512527"。

昔日上下客人的青石台阶，现在是河埠。一个穿红毛线衣的年轻女子，在她的竹篮和红塑料桶旁，正举起木棒槌敲打石阶上的衣服。一个壮实的男人，也拎了满满一桶热乎乎的、浸透了肥皂水的毛巾——他应该是附近哪个浴室的员工——顺河埠走到水边进行汰洗。磨滑的青石台阶，缝隙间生出丛丛阔叶青草，石阶也已多处残损，显出沧桑的痕迹。目睹此景，不禁使我联想起若干年前写过的有关乡镇轮船码头的一首诗歌：

  迟缓但是准时。黎明浑浊呛人
  乡镇移动的铁多么坚硬
  柔软的，是舷窗外丰满的绿水
  是内部置身于新鲜猪粪、乡音、甘蔗渣子和明灭烟头
   间的温热肉体
  …………
  谁曾注意过这类日常的沧桑：腐黑的河水近乎干涸
  日渐坍塌的驳石，丑陋裸露着
  隐凝：早年的杂沓、熟悉的气迹以及一位
  抱着生病孩子挤上岸来的乡村妇女的焦急步履……

（戴埠，江苏省溧阳市所辖）

严家桥：江南

严家桥，锡剧发源地，处无锡、常熟、江阴交界地，典型的江南腹地水乡小镇。周甫保，严家桥人，青年时期曾受业于著名科学家竺可桢门下。退休后在乡安居，老人不顾年迈体弱，长年累月，耐心细致观察物候，认真踏实进行记录，撰就《严家桥地区物候分季自然律初探》一文。江南四季的物候变化，于此斑斓毕显。现摘要若干，一是从中可窥自然江南之真髓，二为纪念周甫保先生——老人因病于2003年7月10日辞世，享年83岁。

春季：春季4月、5月共2个月，3月28日—6月2日共67天，平均气温由10℃升到22℃。

物候记录：

1984年4月

4月1日：绿梅试花；樱花吐蕾。

4月2日：柳树开花盛期；楝树芽膨大、绽裂；木槿

（锦葵科）等开放。

4月3日：见两只燕躲在电视天线上鸣叫。

4月5日：桃树试花开始展叶；荠菜开花盛期；水杉开始展叶。

4月13日：桃树开花盛期；潘庆家的燕子已到了。

4月14日：有黄瓜葫芦秧出卖；榆树生出叶尚未展开。

4月15日：乌龟自从冬眠后至今尚未活动。

4月19日：桃树开花末期，留存着花萼和花蕊；枸骨花盛开；紫荆花盛开。

4月20日：梨树花一部分谢落；蚕豆盛花；油菜总状花序下中部结荚。

4月23日：菜花盛开下部结荚；蚕豆花盛开下部收花；楝树芽开放；桑树展叶盛期；车前草（车前科）抽穗开花；小麦花序大部分从苞叶中钻出；大葱花序从茎端钻出。

4月24日：蚕豆盛花下部结荚；紫荆花瓣下坠；紫苜蓿盛花；泡桐盛花叶芽开放。

4月25日：菠菜试花；金花菜盛花；蝙蝠初次飞出翱翔觅食；茼蒿结花蕾。

4月26日：刺槐展叶盛期，刺槐花序出现。

4月27日：朴树盛花后结子；傍晚一二十只燕子在油菜花麦穗麦叶面上穿梭觅食。

4月29日：小麦开花始期；大葱开花（伞形花序）。

4月30日：泡桐落花；柳树蒴果裂开子絮飞扬。

1995年4月

4月17日：看见一只土黑色小青蛙跳出来。

1984年5月

5月1日：泡桐开花末期；桑树试花。

5月5日：今日立夏。法国梧桐树结果；枫杨开始结果；小麦开花期。

5月7日：田野多处蛙声咯咯，晚上蛙声盈野。柳絮子从果壳中弹出；大麦腊熟。

5月12日：闪电打雷大雨。

5月16日：布谷鸟第一次鸣叫。

5月18日：收割大麦。

5月19日：枫杨结淡绿色翅果；小燕子出巢试飞；刺槐结淡绿色荚果。今年第一次吃新的嫩蚕豆。

5月21日：（5月20日小满）河边辣蓼试花；野蔷薇盛花。

5月26日：蒲公英开花；元麦黄熟收割；秧板上稻谷长出子叶。

5月31日：楝树花冠纷纷坠落，楝树结青果。

1988年5月

5月3日：入晚闪电，夜间雷阵轰鸣大雨。

5月13日：药芹试花；采食豌豆。

5月17日：半夜后听到青蛙叫；吃茭白；吃洋葱头。

5月21日：今日小满。开始做秧板落谷。

5月23日：黄瓜结2寸长的小果；番茄开始结小青果；葫芦结花蕾。

5月27日：房前矮墙上生出两棵小瓦花。

5月28日：小麦油菜籽都已成熟。

1995年5月

5月19日：上午半天大雨；小宝狗困（睡）在灶前头。

夏收：夏季6月、7月、8月、9月共4个月，6月3日—9月29日共117天，平均气温大于22℃。

物候记录：

1984年6月

6月3日：端午。收打油菜籽。

6月4日：开始割小麦。

6月11日：今日入梅。西瓜、香瓜试花。

6月12日：茄子试花；长豆出现花蕾。

6月13日：药芹开花；南瓜试花。

6月17日：垄田莳秧。茄子盛花；太阳花试花；冬青现蕾。

6月21日：今日夏至。茼蒿试花（头状花序菊科）。

1988年6月

6月1日：我家开始割麦。

6月2日：收大蒜头；枫杨翼果累累下坠。

6月5日：我家麦子轧好扬净。

6月6日：今日收油菜籽。

6月7日：楝树生出小青果。我家第一次收一条大黄瓜。

6月10日：今日入梅。热。雷雨倾盆而下。

6月14日：今日我家第一次采收葫芦。

6月20日：南瓜开了一朵大黄花。我家第一次收回六个菜椒；今日许多人家在莳秧。

6月22日：一棵凤仙开了一朵红色花（试花）。今日我家第一次采回六个茄子。

6月27日：太阳花现出一个红色花蕾，中午两朵太阳花开放。我家第一次采收长豆。

1984年7月（平均气温28.2℃）

7月1日：第一次蝉鸣；单季稻长出了3～4片真叶。

7月5日：晨燕在半尺高的河面上飞掠觅食，偶然抢食在水面游的小鱼。

7月11日：稗草盛花。

7月16日：水稻分蘖；玉米结果；蟋蟀初次叫鸣。

7月17日：马兰（菊科）盛花；河里长着四叶萍。

7月22日：今日大暑。莴苣开花。

7月25日：芝麻试花；法国梧桐开始落叶。

7月29日：合欢（属含羞草科）盛花后期；双季早稻收割；西瓜收瓜藤。

1988年7月

7月2日：今年第一次听到蝉鸣。

7月8日：正德家旁一棵合欢（属含羞草科）吐出红色花须。

7月21日：今天我家第一次吃冬瓜。

1983年8月（平均气温27.6℃）

8月2日：含羞草开花；车前草开花。

8月4日：蟋蟀草开小白花；蒲公英开花结子。

8月6日：木槿开花。

8月7日：晨蟋蟀叫鸣。

8月20日：台风中心在上海东南600公里的海上，中心风力有十二级。韭菜生花蕾；合欢结荚果。

8月27日：夜间蟋蟀高鸣；青蛙偶尔叫几声。美人蕉、夜饭花盛花。

8月29日：狗尾草结籽后连茎枯萎；刺槐荚成熟（褐色）。

8月31日：泡桐落叶；梧桐落叶。

1984年8月

8月7日：今日立秋。蝉鸣。

8月14日：蝙蝠黄昏出来飞翔觅食。

8月15日：扁豆盛花后期。蝉鸣。

8月23日：今日处暑。丝瓜棚下蟋蟀叫鸣。

8月25日：雷阵闪电，倾盆大雨。

8月28日：凤仙盛花后落花瓣；太阳花已盛开。

8月29日：韭菜盛花伞形花序；芝麻结果叶黄落；黄豆盛花有些已结果。

1983年9月（平均气温22.9℃）

9月6日：蕹菜（旋花科）开花。

9月8日：今日交白露。昨夜蟋蟀齐鸣；晨燕子飞翔觅食。

9月20日：枸杞子（茄科）现蕾开花。凌晨层积云，十五六只燕高空飞翔觅食。

9月23日：今日秋分25℃。万里晴空，三四十只燕飞翔觅食。

1984年9月

9月1日：蟋蟀草结籽。闪电响雷，倾盆大雨，蛙声夹在雨声中。

9月12日：梨上市，吃梨。

9月13日：楝树叶在变黄绿；稻穗已在灌浆。

9月17日：芦苇试花。

9月22日：红色辣蓼花盛花；单季稻有的粉熟有的腊熟有的乳熟。

9月26日：枫杨翅果已枯萎，整串吊在树上极少数脱落；一部分枸杞子已成熟变红。

9月28日：夜间蟋蟀长鸣；龙头泾青蛙叫几声；二三十只燕在高空飞翔觅食。

9月30日：潘英家燕子飞出。

1988年9月

9月1日：蟋蟀彻夜叫鸣；"夜知了"狂叫。

9月4日：见"子规"觅食。

9月13日：秋海棠试花；第一次采收扁豆；今日我家第一次吃茭白。

秋季：秋季10月、11月共2个月，9月28日—11月27日共61天，平均气温从22℃降到10℃。

物候记录：

1983年10月

10月1日：茭白（菰）开小白花。

10月13日：水杉叶有些边缘已枯黄；法国梧桐有些叶已呈现枯萎斑点；狗尾草有些已枯黄，花穗呈黄色。

10月14日：刺槐荚已变黄色。

10月15日：夜间听到蟋蟀微弱叫声。开始收割晚稻。

10月24日：今日霜降。田野间蟋蟀叫鸣。

10月28日：我家收割晚稻。

1988 年 10 月

10 月 1 日：几十只燕子集中起来，离开严家桥。

10 月 6 日：吃芋艿（天南星科）；吃菱（属菱科）。

10 月 11 日：扁豆尚有一餐可吃；丝瓜快要收藤。

10 月 24 日：野菊花生出了花蕾。今日收山芋。

10 月 25 日：大部分枫杨叶已下坠；向阳的野菊花盛开；单季稻成熟待割。

1983 年 11 月

11 月 1 日：韭菜（百合科）结籽。

11 月 2 日：向阳河边及田边蟋蟀微弱叫鸣。楝树果青色中变黄褐色。

11 月 11 日：桑树田里蟋蟀微弱叫鸣。女贞结籽；开始挖食山芋（属旋花科）。

11 月 13 日：今日第一次有霜。

11 月 15 日：芦苇开花结籽。

11 月 16 日：有一棵梧桐树叶已全部脱落；有一棵槐树叶已全部脱落。

11 月 17 日：晨有浓霜。

11 月 19 日：桑树叶全部变褐色，有的已枯萎。

11 月 23 日：今日小雪。大部分楝树叶已全部脱落；大部分柳树叶已全部脱落。

11 月 25 日：田野皆是白霜。潭子泾河边尚有蟋蟀微弱叫鸣。三棵枫杨叶已全部脱落。

11月29日：潭子泾河边蟋蟀最后叫鸣。

1988年11月

11月4日：开始轧稻；种油菜、种小麦。

11月7日：霜降节气未下过霜。今日已交立冬。生姜收起。

11月14日：听到"子规子规……"的叫声。

11月18日：昨夜有风雨，大量刺槐叶、梧桐叶下落；朴树叶已大部分下落。

11月29日：水泥洗衣板上的水冰冻。

冬季：冬季12月、1月、2月、3月共4个月，11月28日—3月27日共120天，平均气温小于10℃。

物候记录：

1983年12月

12月1日：鸭食盆里结了薄冰（河里还未结冰）。今年入冬第一次结冰。马攀茎草、茅草、狗尾草全已枯萎。

12月5日：龙头泾北端田间一只蟋蟀在下午3时微弱叫鸣。

12月13日：孟树泾严家河西梢河边的柳树叶大部分已脱落，极少数尚留在梢上；野菊花大部分已凋谢。

12月23日：小河潭结冰约3毫米。

12月26日：严家河全部结冰，冰厚8毫米。

12月29日：昨日下雪，是今年冬天第一次下雪，花台沿上雪厚2厘米。

12月31日：严家河冰厚8～9厘米。柳树、楝树、榉树、白榆、梧桐、枫杨等树的叶子已全部脱落。

1995年12月

12月24日：梅花（蜡梅）盛开，芳香四溢。

1984年1月

1月15日：小河潭冰厚3～4厘米；孟树泾结冰。

1月17日：柴箩上雪厚4毫米，花台沿雪厚1.5毫米。

1月18日：天井地面雪厚7厘米，花台沿雪厚8厘米；下午花台沿雪厚12厘米。

1月19日：花台沿雪厚15厘米。

1月20日：花台沿融雪余厚12厘米；小河潭冰厚7毫米；严家河冰厚10毫米；门前屋檐凌铎长23厘米。

1月21日：今日交大寒。小河潭边雪冰厚13毫米；严家河边冰厚8毫米；滴水檐全部结了15厘米左右长的凌铎。

1月22日：窗玻璃上结了冰花；花台沿雪厚11厘米；严家河边冰厚13毫米。

1月23日：花台沿未融雪厚11厘米；小河潭严家河边背阴处冰厚13厘米。

1月24日：花台沿未融雪厚10厘米；严家河昨夜结冰

厚3~4毫米；小河潭昨夜结冰厚7毫米。

1月25日：花台沿未融雪厚10厘米；严家河阴面结一些薄冰；小河潭昨夜结冰厚4毫米。

1月26日：窗玻璃上结冰花；花台沿未融雪厚9厘米；小河潭冰厚4毫米；严家河冰厚3毫米。

1月27日：花台沿未融雪厚9厘米；小河潭严家河昨夜未结冰；田野间仍覆盖着未融化的雪；田岸边有些地方雪厚仍有10厘米。

1月28日：飘些少的雪。花台沿未融雪厚9厘米；小河潭严家河未结冰。

1月29日：晨花台沿雪厚9厘米。飘雪。

1月30日：花台沿雪厚7厘米；小河潭未结冰；下雨则雪。

1月31日：积雪未融化。

1984年2月

2月4日：今日立春。下过零星小雪。桃树芽膨大；榆树芽膨大。

2月5日：向南屋面雪已融尽，向北屋面上尚留余雪。飘雪。

2月6日：窗玻璃上结冰花；麦田冰冻；路上泥水潭冰冻。

2月7日：窗玻璃上结冰花；小河潭冰厚14毫米；严

家河冰厚7毫米；麦田菜田冰冻。

2月9日：未结窗花；小河潭冰厚1毫米；严家河只有一小部分结薄冰。

2月10日：昨夜下雪。花台沿雪厚25毫米；小河潭严家河都未结冰。

2月11日：花台沿上积雪已融化；朝北屋面上尚留一些残雪。法国梧桐有芽苞。

2月15日：桑树芽苞开放。

2月16日：朝北屋面上残雪全部融掉。

2月17日：榆树花芽开花。

2月20日：马铃薯发芽。

2月21日：桃树芽开放；梨树芽开放。

2月24日：下午3时下一阵霰。梧桐发芽。

2月25日：柳树花序出现；水杉芽开放。

2月28日：楝树宿果尚留树上。今年第一次看到虹。

1988年3月

3月5日：今日交惊蛰节气。桃树芽从鳞苞中裸出；枫杨树长出花芽；楝树芽微裸。

3月8日：鸭食盆结冰。

3月14日：雷鸣闪电，倾盆大雨。

3月15日：下雪珠夹雨。

3月23日：今日看到了燕子。

3月31日：柳树展叶。

1989年3月

3月31日：桃树试花；榆树开始展叶；榉树开始展叶；油菜盛花。

（严家桥，江苏省无锡市锡山区所辖）

宝华镇：莲房之寺

首先是山门，就给我非常奇异的感觉。可以说，我阅过江南的无数寺庙，但在这座"护国圣化隆昌寺"的山门面前，先前入佛教寺庙的统一感受被彻底打破（只有进湖北黄梅五祖寺的体验有几分相类）。它的山门是如此低调、古朴、亲切，不事张扬但却让人油然肃敬。特别的八字墙门，由青砖砌成，山门极小，甚至不及我在皖南山村到处所见的那种徽式古宅之门——它令我联想起汗牛充栋的、中国古代所特有的那种青纸封面、褐黄内页的线装典籍；而且，僻小山门令人诧异地朝向北开。然而，就是它，隆昌寺，在中国佛教史上，有着"律宗第一山"的声名。

隆昌寺深藏句容市宝华山中。宝华山是宁镇山脉之名峰，海拔434米，山势崛起而中凹，周围36座山峰好像36片莲花瓣，环绕其下，寺宇则若莲房，端坐其中，史有"山为莲花瓣，寺在莲心中"之说。隆昌寺始建于梁天监元年（502年），扩建于明代，至今已有1500年的漫长历史。

踏入黛青质感的山门，我回过头来，看见内侧悬挂的一块旧匾，是赵朴初刚健秀挺的字迹（应该是壮年所书，因我见过赵老晚年为"无锡广播电视报"所写的报名，笔触颤抖欲断，已是衰态毕现——年华在每一样不经意的事或物上，都会留下最后让人触目惊心的痕迹。）："众山点头"。我品味这四字的妙处：其一，显示寺宇所处的山势之高；其二，表明寺宇自身的地位之尊。山门内是一块长方形的局促天井，十分幽暗潮湿，左侧是红漆的类似陈旧民居的楼宇，这是僧众吃饭的斋堂，右侧是一堵高墙。只有头顶一块长方形的青蓝天色，给人以呼吸——我又想起了徽州的古老民宅。右拐，穿过更为幽暗的像走廊的屋子，一下子便豁然开朗：盛满灿烂天光的大雄宝殿前的殿庭，就在眼前。

与僻小的山门相比，用大理石铺就的殿庭，大则可容千人，这种强烈的对比和反差，使建筑在沉默中强烈呈示出自己的品性：外表内敛，气度非凡！完全异于那种金碧辉煌、昂首高耸的流行风格。在这座佛寺，我第一次看到如此平朴的大雄宝殿，而且，也是第一次在佛寺大雄宝殿的瓦顶上，看见了细密、熟悉的苍苔（搜索无数关于大雄宝殿的记忆，看见苍苔，确实是第一次）！青色的凡间意味的瓦上苔痕，让我体验到此寺似乎无形实则劲拂的甚深气场。

殿庭，大雄宝殿，以及殿庭其他三面的楼舍（都辟有僧房），四合成方形，介绍说是"宛若法坛"，我更感觉这里是一处扩大了的四合院落——这与民宅式的山门，又形成照应。此处是整座寺宇的建筑重心。似我等俗界的游者不多，大理石殿庭显得相当空旷。庭南北两边建有排水沟，一个年轻僧人，正在南侧排水沟旁的自来水龙头下，用鲜红的塑料脸盆洗衣服。同行的戴公站在殿庭中央，双手捧住一束巨香，正向四个方向敬香。燃烧熊熊，香火极旺，他欣喜。大雄宝殿内，我们在一位仁慈的老僧处献缘，以示内心的虔敬，他则回应以亲切的祝福。

隆昌寺专弘戒律，前述其山门僻小与之有关，因该寺僧人功课极多，为使院内静谧，故将山门造得偏僻，以避干扰。信众云："围着庙宇转，不见有山门；听得念经声，不见僧人影。"作为律宗寺院（律宗，因着重研习及传持戒律而名），隆昌寺是国内明朝、清朝以来，直至当代影响最大的传戒道场。《宝华山志》有载："宝华山律院见月大师开戒七十余期，得戒僧徒遍于天下，以数十万计。"这个数字是惊人的，而且仅仅是一位大师所为。据传，我国竟有百分之七十的僧侣都是在此受戒！凡在此山受戒，取得隆昌寺戒牒者，不仅走遍全国名山古刹可受到热忱接待，也同时取得了候选方丈的资格。

隆昌寺现在影响加于海内外（因在东南亚国家也有极大声誉），而它在初创时期，却是筚路蓝缕，艰辛异常。南朝梁时，宝志和尚最初结庵于此。宝志圆寂后，此山此寺逐渐冷落。据隆昌寺山门内西侧墙上石牌记载，明隆庆年间，又有一位叫普照的和尚，为重振宝华山，仿效宝志再度结庵于此。其时宝华山，狼奔虎窜。寺之右侧有一洞，洞穴之中竟有一窝猛虎。虎狼当道，岂有信众！普照久思无策，乃断己臂以祭虎，祈之迁去。消息传开，众人深感其诚，纷来膜拜。此时猛虎亦惧人，退避三舍，成全了普照，宝华山得以再度振兴。

就是在这寺内，我闻到了2003年的第一阵桂香。那是在寻往铜殿和无梁殿的路上，也是在某段阴暗的走廊或房檐下（隆昌寺在我的感觉中结构复杂——寺内房舍，民间称有九百九十九间半之多），突然就闻到了浓烈的香气，接着便看见了香气之源：身旁狭长天井内，长着两棵枝叶苍黛、浑身披金的老桂。沁人心脾的香气，古老弥久而新鲜如初，似沾有自唐代道宣（律宗实际创始人）以来，《十诵律》和《四分律》的缕缕音味。梅花香自苦寒来，桂花香自戒律中。真正的香确实自苦而来，苦极便自生香，这是不争的老子辩证法。我所尊敬的弘一法师，作为律宗传人，他在修行时是极苦的，但正因这极苦，成就了今天他在文化史、宗教史上的洁净之"香"。

在桂花的余香里，曲折绕屋，登阶而行，终于寻到颇有名气的铜殿和无梁殿。铜殿形为楼阁式，供观音菩萨于内。古时，梁、栋、枦、桷、窗、瓦、屏、楹悉范铜为之，故名铜殿。我看见，殿内一年轻时髦女子正在跪地抽签；殿外，也有一两个当地闲男，搭讪着欲为游人算命。铜殿左右两侧，即是无梁殿，左名文殊，右曰普贤。两殿建于明万历年间，全部用青砖垒砌，不用寸木。在殿前长草的空地，我还见到三口高矮不一，饰有花纹,供和尚坐化用的有盖古陶缸,问一匆匆小僧,答,里面现在是空的。无梁殿内部空间很小,共有两层,我从漆黑一团仅能容身的石楼梯爬到二层,在很小的窗口俯视,差不多可以望见半座隆昌寺的瓦顶。

我们到隆昌寺的日子,正逢它在举行两年一度的传戒法会。未入山门时就曾看到告示:9月某日到10月某日,本寺举行传戒法会。法会期间,寺内不得喧哗。看完铜殿和无梁殿后,已近午饭时间。我们便抓紧时间,再去近山门处的寺内"食堂",寻看昔时烧成一锅可供千人食用的大铁锅。空落的寺厨一角,还没有来得及细辨几口蒙尘弃用的大铁锅,一位身体魁梧的老厨师提醒我们,快点走吧,马上大和尚进来吃饭你们就走不了了。为什么?大和尚吃饭时任何人都不许走动。于是,我们退出。在斋堂的木格窗户外,我们看见里面正在忙碌,有数个年轻僧人正在准备饭菜。极简陋的长条木桌,每个位置上,置一饭一菜一双筷子(排列得非常整齐,眯眼细察也是笔直的一条线)。饭和菜均用相同的瓷碗盛就。窗格内里和我们靠近的一位淮阴来的年轻僧人告诉说,这次传戒法会各地来了约400人。饭不够可添;菜只有半碗,我看到这半碗菜是"和菜",内容是白菜、油生腐、黑木耳、土豆片等。正在此时,前来进餐的僧人(均穿统一的土黄色僧服)鱼贯缓缓而入(队伍漫长),各自无声坐定。接着并不开始吃饭,而是全体诵经。400个年轻男人的合唱,在偏暗的、油湿的、有木柱长桌碗盏竹筷的拥挤空间有力浮起，进而溢至室外，在寺内低低的天空中浑厚回旋。集体的力量，纪律的魅力。绵长雄韧的数百男声（僧）合唱，让我又一次直接体会到此座古寺的甚深气场。

我们则在寺旁的一家素斋馆吃中饭。十个素菜一盆汤，100元。饱饭之后，辞别隆昌寺。有一条很好的盘山公路通往宝华山下。但我们一致同意不走公路，而想沿山间古代的小道步行一段。走下公路，立即感到浓荫蔽日的潮润植物气息剧烈扑面。两位迎面而来的僧人指点我们走的方向。宝华山中多千年古树，而且名木极多，尤以宝华玉兰为珍稀。森林曲折狭窄的古道两旁，随意就可以目睹胡桃、紫楠、青桐等名贵树种。走着走着，发觉方向不对，气喘吁吁之最终，发现我们几人竟迷路走到了隆昌寺的背后，出寺以后到现在，我们整整绕寺走了一周！虽然"错"走了路，但人人都很开心：我们和这座千年的律宗古寺竟是如此有缘！

无意间绕寺一周，于是，又一次看见寺前有数株古银杏泼荫其内的一个硕大水池——戒公池。《宝华山志》载，此池可日供数千人用水，"虽旱不竭，天光水影交映，而寺宇林木若入冰壶玉鉴中"。更为奇异的是，有谁知道，这古寺之水，竟是秦淮河——中国历史上那条著名的脂粉之河——的一处源头（东源）！

（宝华镇，江苏省句容市所辖）

鸿声：烈士与鸿儒

太湖北岸、京杭运河东侧的鸿声，确实是一方文化深厚的灵异之地。这一小块丰饶的苏南土地，既收藏安妥了专诸、要离这样一代刺客的肉体和灵魂，也诞生出钱穆这位杰出的世纪鸿儒。

鸿声境内有鸿山。专诸和要离，这两位春秋时期吴国最著名刺客的墓，就坐落在鸿山上。

司马迁说，"专诸者，吴堂邑人也"。堂邑，究竟是指现在的何处，有多种注释。按照鸿声人的说法，专诸就是当地鸿山西走马港人。这应该可信，因为在近旁的无锡市区原大娄巷内，昔有"专诸塔"，系吴王阖闾（公子光）为他安排的优礼墓。翻查无锡乡土资料，可以有趣地发现，为刺吴王僚，传说专诸曾专门在太湖边学习烧鱼之术，因此后人还把这位刺客奉为"厨师之祖"。旧时无锡城内居民前往"专诸塔"焚香祭奠的络绎不绝。

要离，据传家住鸿声的"要家里"，鸿山上的磨剑石，传说就是他当年磨剑之处。

专诸刺王僚后，王僚那个"筋骨果劲，万人莫当"的儿子庆忌便流亡境外，图谋报仇，于是才又有要离杀庆忌。专诸和要离都是伍子胥推荐给公子光的，都是为报知遇之恩而充当刺客，最后均壮烈而死。

《史记·刺客列传》这样记载专诸的行刺：

> 酒既酣，公子光详为足疾，入窟室中，使专诸置匕首鱼炙之腹中而进之。既至王前，专诸擘鱼，因以匕首刺王僚，王僚立死。左右亦杀专诸。王人扰乱，公子光出其伏甲以攻王僚之徒，尽灭之。

较之专诸，"细人"要离的事迹更富情节性。接近庆忌前，为获信任，不惜让阖闾"戮臣妻子""断臣右手"。《吴越春秋》这样记载要离最后的场面：

> 将渡江于中流，要离力微，坐于上风，因风势以矛钩其冠，顺风而刺庆忌。庆忌顾而挥之，三抨其头于水中，乃加于膝上："嘻嘻哉！天下之勇士也，乃敢加兵刃于我。"左右欲杀之，庆忌止之曰："此是天下勇士，岂可一日杀天下勇士二人哉！"乃诫左右曰："可令还吴，以旌其忠。"于

是庆忌死。要离渡至江陵，愍然不行。从者曰："君何不行？"要离曰："杀吾妻子以事其君，非仁也。为新君而杀故君之子，非义也。重其死，不贵无义，今吾贪生弃行，非义也。夫人有三恶以立于世，吾何面目以视天下之士？"言讫，遂投身于江。未绝，从者出之。要离曰："吾宁能不死乎？"从者曰："君且勿死，以俟爵禄。"要离乃自断手足，伏剑而死。

如此壮烈的故事，也许只有那种时代才产生得出来，无论刺客还是被刺者，都表现出一种让人叹为观止的气节与胸襟。

鸿山是鸿声境内的名山。在油菜成熟的平坦的苏南原野上，一峰突兀的鸿山虽然有些孤单，但还是林木葱茏，蔚然深秀。鸿山旧有四岭十八景之称，不过现在已难一一寻访。我从鸿山脚下泰伯墓侧（泰伯，吴地文明的开创者）寻阶上山，没走多久，就在向阳的坡上，找到了专诸和要离之墓。和专诸、要离墓一起的，还有东汉名士梁鸿墓（梁鸿、孟光，"举案齐眉"之模范夫妻，从中原隐居来此，山下尚有鸿隐堂），三墓现在呈"品"字形排列，墓前石碑，都是数年前新凿的。在墓前默立。千载之下，沧海桑田。和煦春阳里，侠士之魂，可以安息。

对于专诸和要离，我的一位朋友曾有过一段评论，我觉得恰如其分："可以说，与春秋时期的其他几位著名刺客相同，他们都是一批生活在民间，不图富贵，崇尚节义，身怀勇力或武艺的武士。他们与某些权贵倾心相交，为报知遇之恩而出生入死，虽殒身而不恤。与儒奉行'穷则变，变则通，通则久'的处世哲学不同，这个时期的刺客游侠是一批幼稚而又执着的理想主义者。不管后人的评价如何，他们的素朴和旷悍特质，使得这种'侠'文化在春秋战国时期时代大转换的背景中，显得固执而凝重。"

今天的乡人，知道钱穆这个名字的已经不多。春天午后的太阳已经显出热辣味道，我在车流繁忙的锡甘公路（无锡—甘露，穿越著名的苏南乡镇工业腹地）上逡巡，寻觅着一代鸿儒钱穆的出生地——鸿声七房桥五世同堂大宅。"这里就是七房桥。钱穆？不知道。"问了数人，都是此答。无奈，去当地村委，在村妇女主任的指点下，才终于找到目的地。

钱穆（1895—1990）是我特别心仪的一位国学大师。去七房桥之前的几日，我正在读先生的《中国思想通俗讲话》。此书前言中的一段话我想抄录在下："人类思想之开始，本都是共通的。如饿了想吃，渴了想饮，冷了想穿衣服。但后来渐趋分歧，如米食和麦食便分成两途，有些人在想如何烤面包，有些人在想如何煮米饭。饮也如此，有人在想如何制咖啡，有人在想如何焙茶叶。衣也如此，有人在想如何养蚕织丝，有人在想如何牧羊织毛。人类思想，如此般的分歧演进……"——学识宏富又悟通真义，这是超拔于纸堆之上，绚烂之极归于简素的真正学问。先生之道，于此可见。

18岁即为乡村小学教师，后历中学而大学，先后在燕京大学、北京大学、清华大学、西南联大等数校任教的钱穆，是中国传统学术史册里一棵苍劲的巨松，这棵巨松的最初根系，就生长扎根于七房桥。

钱穆在《八十忆双亲》中这样记述他在七房桥的故居：

七房骈连，皆沿啸傲泾，东西一线，宅第皆极壮大。一宅称一墙门……一宅前后共七进，每进七开间，中为厅堂，左右各三间，供居住。又每进间，东西两偏有厢房，亦供居住。宅之两侧，各有一长巷，皆称弄堂。长房七家由东弄堂出入，次房五家，由西弄堂出入。中间大门非遇事不开……五世同堂之大门，悬有五世同堂一立匾。第二进大厅为鸿议堂，为七房各宅中最大一厅，淮军讨洪杨驻此，集官绅共议防守事宜，因名。第三进为素书堂，后四进堂小无名。西弄堂五叔祖分得素书堂之西偏三间为其家屋。不知为何，一人亲自登屋拆除，惟素书堂，及堂匾尚保留……鸿议堂本有楠木长窗二十四扇，精雕《西厢记》全部，亦为宅中人盗卖。

现实中的七房桥展露在我面前。原先的七房墙门，均已不存。在钱穆故居鸿议堂，唯有堂前的花岗岩阶沿条石，默默地躺在原地。东备弄尚存一间屋进深的旧弄堂。昔日的墙基和门槛上，现在是青翠的细竹丛和高直的在风中瑟瑟抖动的榉树；那株含蕾欲放的苗壮桃树，应该正处于早先鸿议堂粗巨梁椽的阴影之下。东西向的啸傲泾依存，但已不是清波一脉，满眼满河，是锈黄的液体和日渐壅塞的生活垃圾（烂菜叶、碎报纸、破瓶子、白塑料袋）。只有人家檐下三二燕子遗在风中的几滴呢喃，还让人感觉到江南某种悠久未变的韵迹。

在鸿议堂废墟后面，有很新的楼宅民居。主人姓钱，是钱氏宗族后人。应邀进去小坐。他是一个举止缓慢、身躯微胖的乡村中年人。他有名片："鸿议堂钱穆公书画美术社·钱煜"。空荡却显杂乱的屋内，最引我注目的，是主人摆在屋中的一套联想电脑和配置的扫描仪。"闲在家里，用它替人家设计些东西。"钱煜的语调跟他的举止一样，缓慢，又宠辱不惊。

（鸿声，江苏省无锡市锡山区所辖）

深溪：苏皖交界地的星空

暮前

竹林深郁。无边无际起伏的竹林，是青翠深郁的大海，漫衍淹没了这片崎岖的苏皖接壤之域。我们从山顶下来，每个人都听得到各自比平时放大了数倍的"怦怦"心跳。阴暗的光线里（太阳虽未落山，但林间已经昏朦），古老残损的石头山径因为少人踩踏，铺满了不知累积了几年的脆弱青黄树叶。脚踩下去，叶脉碎断，散发"嘎吱嘎吱"的声响。筑成山径的褐黄石块，大小平凸不一，而且相邻的石阶落差很大，所以走时需要特别小心才会免于伤脚。有时看准了底下相对平整的几阶，便稍稍接连纵跃下去，这样，就会惊起附近榛荆堆里或细竹丛中的几只极其微型灵敏的青翅山雀。竹林的阴影愈加深浓地投射下来，每个人的脸面，都是深深的青绿颜色。

途经的某处坡上，十几棵挺拔粗壮、生命力强劲的苍黛古松，远远超出竹林的普遍高度，给我们留下深刻印象。

铺满落叶的石头山径，在未经察觉之间，已被平缓的赤红土路替代——浓烈如油画颜料的南方红壤，像泼翻的烫血，让人心惊。

终于下山了。山下即是一座小村。四周的群山围成盆地，这座有着几十户人家，新宅和开裂黄土旧屋间杂的山村，就处于这盆地的底部。一个似乎突然冒出的，后腰挂了竹刀的穿旧蓝衣裳的男人，轻捷地在我们的前面进入了村庄。

散步的狗。有坼缝的房屋山墙旁的丛丛艳红炮仗花。村中到处散落堆放着砍伐的青竹。成捆或散捆的青竹上（用竹皮捆扎），摊满了萎蔫失水的大青菜——这是山里农家入冬腌盐菜的原料，不要几天，它们将拌着粗粝雪白的盐粒，进入人家幽暗角落里的陶缸陶瓮，并且被沉重的石头压浸，最终，在凛冽结冰的冬晨，成为木桌上滚烫白粥的搭粥菜。

狭窄冷清的一条县乡柏油公路，擦着这座微小的山村而过。由于年代久远，群山间蛇行的公路并不是柏油的泞黑，而呈现为一种青白的类似往昔时间的颜色。路旁村代销店门口的一场麻将散了，旧褐的桌椅顿时空空地裸露在那里。几个站起来的人，使劲伸伸坐酸了的腰，说几句等于没说的话，便重新隐没于他们各自的家。一个妇女仍在没有生意的店前织毛线。两棵已经开始落叶的高大银杏，金黄耀眼，像两支巨大的火把，在由秋潜冬的此季，不分昼夜，燃烧在村中小店一侧。青白的公路上偶尔有车过去，这是从溧阳的戴埠镇开往广德的砖桥镇（江苏—安徽）的中巴。这座小小的山村，已经在溧阳的最边角，只要稍稍滑出几脚，便入邻省的广德县境了。

应该是一对夫妻。瘦韧的中年男子弯腰拖着长长板车，满满一车刚刚砍下的毛竹和竹子枝叶——粗竹的根部，砍削的刀痕如此清晰！车上的毛竹之间，还挤坐着他疲倦的妻子，一个弱小的、脸色红热的妇女。满载的板车和这对劳作返回的夫妻经过身旁时，剧烈、熟悉的青竹气息，又一次将我们陷住！

入夜

我们住宿在靠近公路的一户人家，他们把家命名为"古松山庄"，为两省之间的过路者提供食宿服务。"古松山庄"的长方形院落很大，院内有一棵小的枇杷树和一棵很高的杏树（据说每年都会结无数杏子），此刻凋零叶子的杏树，将疏朗的枝影映在一面旧屋上，像极一幅线条纵横的传统水墨画。和这座群山间的小村一样，这户人家给我们以一种特别的洁净和安宁的感觉。山村的若干人家，包括山庄，都挂有几只某酒厂的广告灯笼，灯影幢幢，透射柔和的红色。整座山村，因这燃红灯笼，在夜幕里顿然有了珍贵人世的缕缕温暖。山庄里的青年女子（有着新竹的清雅风气），姓徐，领我们到她家三楼的房间，四人住两间房，商量之后，每间45元。木头地板的房间很大，非常干净，还供应热水。她热情的微笑也是好看。

晚餐在一楼的一个房间。是他们安排的：一小锅热腾腾的辣羊肚火锅,还有可以不断添加进去的粉条、蔬菜、豆腐和细笋。炻器的火锅炉子像微缩碉堡,烧的是无烟木炭。我们喝"天目湖啤酒"。圆形餐桌很有特点,中间能够旋转的部分,不像其他地方是凸于桌面,相反这里是凹陷于桌面,应该说,这样更符合吃饭的人体工程学,一只颇有高度的火锅置于其上,吃饭的人依然可以俯视搛吃,十分便利。这和我们中午在山的另一面吃饭时的桌子一样,看来,这一带的餐桌均是如此异众。

饭后出去。山区的夜真黑啊。漆黑。强烈的漆黑。连远近偶尔飘浮的尖利或低沉的狗吠,也是漆黑的。脚下高高低低地小心走着,经常就会踩到人家摊于路边的、剥掉板栗后剩下的有刺空壳。过了好久,眼睛才渐渐适应这浓暗山夜。

甚至不需要抬头,就能感受到这处于两省交界地的山村的灿烂星空。我们肩上和头顶的星粒,不,是星石,真大真亮呵!四周高耸的群山,那些长满松树、毛竹、板栗、梧桐、枫杨、银杏以及无法数清的杂木的群山,在浓夜里似乎更紧地围拢起来,聚成一只深渊般的空碗(山村,就在它的碗底)。那璀璨流动的星群,一进入空碗的上端,便急剧地沿着碗壁倾泻下来——凹陷处的微小山村,于是,承接着亿万颗星石的持续暴雨!

"溧邑道咸之间,实在男丁四十余万,城陷后逃亡杀掠,至同治四年(1865)册报实在男丁不满四万云。"(周湘《溧灾纪略》)"广(德)、建(平)一带遭难最惨,或一村数百户,仅存十余家,或一族数千人,仅存十数口。"(《长兴县志》)"自庚申二月，贼窜州境，出没无时，居民遭荼，或被杀，或自殉，或被掳，以及饿殍疾病，死亡过半。……庚申至甲子五年中，民不得耕种，粮绝，山中藜藿薇蕨都尽，人相食，而瘟疫起矣。其时尸骸枕藉，道路荆榛，几数十里无人烟。"(《广德州志》)——这美丽灿烂的星空照耀之域，在历史上（太平天国时期），竟然曾是血瀑横溅的灾难之地！黑暗里，我记起暮前一位村人的介绍："这里讲溧阳话，一过界，那边就讲河南话了。"（太平天国之后，由于人口锐减，所谓"井舍烟稀，鸡犬绝声，遗民百不存一"，所以大量河南移民迁来江南此地。）——一句话中，依然存有历史的斑斑血迹。

同行者漫吹的箫声，低远、悠久，仿佛是从群山的灵魂内不经意地逸出。山夜的空气湿润、好闻。这种空气，裹挟了稻草、初露、山脉、林竹、屋顶、溪涧、田土和未腐烂的秋叶的气味，它在夜的世界中强劲地浸透一切，山村之内，我们的睡眠，酣实、无梦……

黎明

淡青色的岚气流拂，好似轻纱，使山村变得隐隐约约。整座村庄被饱满的露珠缀满：毛竹青皮上、花叶上、人家青石门槛上、萎蔫的菜梗上、木门表面、熄灭的灯笼上、瓦檐上、窗台的破罐子口沿、路旁的草茎上，甚至，在逡巡黑狗的鼻子尖上，都是亮闪闪的露珠。重新显现青翠的群山，这一刻，也是亮闪闪的。遍布于这山中世界的露珠，有的饱满，有的已经开始破碎——一亿，十亿，百亿，猛然间，我终于明白了：那漆黑夜晚的灿烂群星，那倾泻于群山凹陷处山村的星石暴雨，在白昼的，暂时归宿。

在"古松山庄"的三楼阳台，除了可以看到整座山村的黑瓦屋顶，还真的能够眺见古松，昨天我们下山经过的，那一群睥睨不群的苍黛古松。次第的炊烟，从新宅或旧屋的短短烟囱内袅袅升起，青白稍浓的热烟，一下子就顶开了淡青的岚气。山村醒了。

早饭：热气弥漫的白粥烧山芋，烫手的煮鸡蛋。山壤出产的山芋，甜厚，且细腻无丝络，像新炒的板栗味道。吃得浑身发热。仁慈、笑意盈盈的女主人——昨晚我们见到的青年姑娘的母亲——一个劲让我们多吃再添！她介绍她的家庭：丈夫在溧阳市上班，有三个女儿；昨天我们见的是她的大女儿；二女儿大学毕业后和女婿定居江苏扬中；三女儿目前在新西兰留学。她给我们大女儿的名片："溧阳市横涧古松山庄。徐静。地址：横涧镇深溪村67号。电话：0519-7938228。"一个幸福的家庭，我们赞叹。

应该已经金光四射的朝阳，还在竹林翻涌的山峰那面。告别"古松山庄"，我们徒步，朝最近的、十里路外的横涧镇走去。

（深溪，江苏省溧阳市所辖）

大塍：捕鱼者说

我是中途乘三卡进入大塍的。三卡是太湖西岸滨湖乡村的主要客运交通工具，车子十分简陋：三只轮子，几张蓝漆铁皮，牵牵挂挂的帆布或彩色塑料布雨棚，绳子，四面漏风的驾舱，局促的载客车厢（内里两侧分别有极窄的长条座席）——这就是它的全部。我招手拦车后，穿棉鞋、耳朵上搁了支香烟的驾手从驾舱内跳出，将我的自行车熟练地用绳子系挂在车身一侧，重新上车、发动。同样漏风的车厢内加上我只有三人，或许是所有的人都躲在家里过年（年初四），或许时间是冷寂的下午，因此乘客出奇地稀少。三卡在乡村公路上肆无忌惮地横冲直撞，噪音轰响。人必须抓紧支撑雨棚的铁质横梁，才能保证不致被摔出车外。十几分钟后，三卡停下：大塍到了。"多少钱？""两块。"穿棉鞋、耳朵上搁了支香烟的驾手（脸上是油黑的风霜痕迹），笑着耐心等我掏钱时，又加了一句："马上这种车就哦不坐了，今年开始不年审了。"

开阔的社渎河擦大塍而过，向东流入不远处的太湖。新砌的进镇水泥大桥很宽，很坚固，但这种自20世纪70年代以来常见的江南桥梁形制，其致命伤是仅具实用功能，而无审美价值可言。

桥头有一座闭门闭窗的破房子，边上的平台上竖着两支一粗一细的烟囱。看那样子，已经很久没有营业了。大门旁边是一块蓝色的长方形铁牌，上面用白漆写着：

旅社

饭店

快餐

内设：空调、卡拉OK

桥上空荡。偶尔有摩托车载着穿红着绿、拎了礼品的一家三口，在赶往孩子的爷爷奶奶家或外公外婆家。"为人民服务，树电力新风"，过街方块字横幅，在电线纵横零乱的空中显得有气无力。另一头的桥堍，一块白色铁牌靠着水泥电线杆（午后冬阳下的电线杆有长长的阴影）摆放，上面的红字分外醒目：

中堂画

家具城

下面还有指示方向的箭头：由此向前30米；电话：7591389。

桥下的街路两侧，停歇着三两辆面包车和小卡车；手臂粗的法国梧桐枝杈裸露。几家人家的烟酒店全部将春节商品摊放在门口，红红绿绿，大多是捆扎好的酒类和颜色艳丽包装夸饰的所谓滋补品。

下桥后我沿社淚河右拐。这是旧日老街。大门对河的供销社内，有一桌人正沉浸于手中的纸牌之中。供销社门外，堆满了"金六福"酒的金红纸箱和如小山样的插放空啤酒瓶的蓝色塑料方筐。异常冷落的旧街上，一个踱出来的中年男人，在接过我递上的香烟后感慨道："大塍，败落了！"站在"港虹系列饲料获中国知名品牌"的黄条幅前面，抽烟男人向我介绍，大塍原来是很热闹的，但是自从撤乡并归其他乡镇之后，就败落了；已经没有什么好企业，剩下来的是几家害人的生化厂，你不要看这河（他指着身边的社淚河）现在很清，因为现在是过年，厂里放假，平时半夜厂里放污水出来，颜色都是黑佬同绿佬！

河边埠头旁有一座样式普通的小房子，门前横七竖八地歇了很多自行车。透过窗子往里看，才知道这是茶馆，乡镇河边的茶馆——烟气水汽腾腾的里面，是五六桌喝茶打麻将的男人。房子外墙上还有许多的广告痕迹，如"红桃K""谓尔舒""性病+专科""热水器修理，免费上门，电话×××""买卖铁船"等等。

过了茶馆，就转弯了。路边仍是河，只是变成了与社渎河相接的支流小河。岸地上，一个面色黑红、蓬松头发（已有根根白丝）、穿蓝布中山装的瘦小男人在补织他的渔具。渔具是绿尼龙绳织成的狭长口袋形，等距离用方框铁丝撑住，全长二三十米，整个就像一条长长的绿色蜈蚣。捕鱼男人熟练地用特制工具和尼龙绳补渔具的豁口。一只敏捷的黄狗，在他的脚边亲昵地绕来绕去，脖子下的铜铃不断地发出清脆的叮当声。我停下来，和他聊天。下面即是捕鱼男人的说话要点。

我叫潘南生，今年56岁，捉鱼已经十几年了。

现在河里头的鱼是越来越少，一年不如一年了。

生化厂的水下来，毒到勿得了！鱼碰到就死！有的河，东西都勿好洗了！

这种捉鱼的工具叫地龙，鱼是只进勿出，进去了鱼就钻勿出来。一条地龙的成本大概是250块钱。我的船上有30来条地龙。

这只狗我已经养仔好多年了，名字叫"来富"，很机灵的。

现在河里甲鱼已经绝种了，我捉的都是小鱼，像"参条""混火郎"(方言)这些鱼。

捉的鱼没有一定,有辰光一天几十斤,有辰光一天一斤也捉不到。

这些鱼人不好吃,有味道,人家买去都是养鸡场喂鸡吃的。

(这时正好小河里有两只鸬鹚船摇过。)养"老鸦"(鸬鹚方言)捉鱼算不来,一只"老鸦"要400来块钱,平时它还要吃肚肺、豆腐或小鱼,花费大。

要不是老太婆(指他妻子)身体不好不能动,我老早就不高兴捉鱼了。

岸上有房子,但是十几年了,还是欢喜住在船上(他的船就歇在小河边,是一只桐油色的木头小船,机动的)。船上烧饭用煤气(液化气瓶)。

柴油现在3块3一升,我这只船开一个钟头要花7块钱。明后早准备开船出去捉鱼了。

一个穿棉袄的高个子老汉这时骑自行车出现,边下车边向修渔具的老潘打招呼。他是老潘的老朋友,来给他送酒。酒装在一只外表脏黑的绿色雪碧瓶里,"我从我们那里小店里买的,便宜到勿得了,但酒好佬,你吃吃看!"老潘立起身,拧开雪碧瓶盖子,喝了一口,"酒嘛,是好酒!"他们看来也是好久不见。我遂向两位告别。

冬日的夕阳是软弱的金色。离老潘修渔具不远，我经过一个杀猪场。空旷的房舍内，给我印象深刻的，是砖地上积聚的片片黝黑血污。整三卡被绳子勒出血痕的白猪恰巧运来，耳畔便充满猪的凄厉的叫声。穿皮裤的屠夫在粗暴地赶它们下车。他尚未开刀。杀猪场的侧后面，是大塍镇的农贸市场，长条水泥柜凳空无一物。我推着自行车穿越过去，那些待杀的猪的凄嚎，便越来越远，越来越稀。

（大塍，江苏省宜兴市所辖）

阳山：浸透汗血的文化巨石

"惊叹"！我到此地，真正切身体验了这一汉语之词的感性内涵。

六朝古都的金陵城外，三块与山体相连、尚未雕凿完成的巨型石碑——不，更准确的表述，应该是三座接近被雕凿完成的庞大岩石山体——一进入视线，内心的惊叹，是不由自主的。这就是被荒弃于汤山镇境内的阳山西坡，如果最后完成，则堪称"世界最大石碑"的阳山碑材。

我又一次看到大自然中似乎微弱的人类，所潜藏并于此呈现的、足够震古烁今的力量与壮举！

碑材分碑座、碑额、碑身三大块，皆硕巨无朋，直接从山体上雕凿而出。

越宁杭公路边的田野，再穿过新近开发出的一恶俗无比的明代文化村（因碑材而附生的人工旅游景点，由杂耍、工艺品小店、照相器材出租点、模拟赌馆、餐饮小铺、拉洋片摊、锣鼓表演、各色幌子等组成，男女经营人员皆身穿褐色的所谓明代服饰，似乎已经很久没有浆洗），从西麓攀登阳山，不要多久，首先映入我的眼帘的，是黝黑苍古的碑座。碑座呈长方体，据资料介绍，长29.5米，宽12米，高17米，若以一般石灰岩的比重2.7计算，重达16250吨！远远看去，碑座极像是一只形体逼肖的巨龟，卧伏在山坳之中。

沿陡峭的崖壁登山，再上行300多米，便可见巍然矗立着的椭圆形碑额。碑额高10米，长22米，宽10.3米，重量为6118吨。可以看出，碑额通体已经留有拟雕蟠龙的14个凸出石牙，石牙上，龙头爪尾虽然尚未刻出，然而已经初具神韵，显得虎虎生威。

在碑额旁边，就是横卧着的巨神般的碑身，长51米，宽14.2米，厚4.5米，重约8800吨。碑身的东、南、西三面均与山体完全剥离，只留下几个窄窄的支撑点驮负着这一庞然大物。几近掏空的底部，一群在这里举行活动的附近警校的小伙子正喧杂地行坐其间，在巨大碑身的腹下，他们只如一只只蹦跳的渺小青蛙。将碑身凿离山岩（体）处，现在成了一条狭长过道，宽仅容身，一手扶碑身，一手触山壁，行于其内仰观苍穹，顿有"一线天"之感。

由此计算，若将碑座、碑身、碑首垒起，合成一座完整的巨碑，则高度将达78米，足有20多层楼高，重量有31100多吨！

这几乎是一个梦想的事物,但是竟然有了可睹可触的雏形。清代随园主人袁枚当年一见之下,同样惊叹:"碑如长剑青天倚,十万骆驼拉不起"(《洪武大石碑歌》)!

那么,碑由谁造?为谁而造?

这源自一个皇帝——明成祖朱棣——内心复杂的意志。

事情是这样的。太祖朱元璋称帝后,曾立其长子为太子,封其他20余个儿子为王。但长子早亡,朱元璋死后,就由其孙朱允炆继位,即明惠帝。势力强大的朱元璋第四子、燕王朱棣不服,遂以清君侧为名,出兵进攻南京政权。经过4年的残酷战争,死伤无数,叔叔终于打败了侄子,朱棣自立为明永乐皇帝。

朱棣执政,估计他的内心总是不得安妥,因为给人的感觉是他这个执掌天下之权是抢过来的。为了证明自己皇位的正统性、合法性,也为了向天下百姓表明他对其父朱元璋的赤胆忠心,他必须要做一件事情来吸引眼球。于是,他想到建碑,为其父孝陵修建撑天柱地的"神功圣德碑"。因为建碑的目的仅仅在于动机,而不在结果,所以注定建碑这件事情是形式、过程远远大于结果的事情。形式、过程一定要夸张、隆显,具体来说,碑最终能不能拉出去、竖起来我不管,重要的是我现在在为我父亲建这座前无古例后无来者的纪念巨碑,这就够了——成祖的内心如是在想。按此逻辑推理,不要说78米的碑,如果山岩够大，材料够用，成祖下令雕凿780米的碑也是完全可能的。

不去考虑其他方面，单就事情本身而论，朱棣确乎是一位具有大气魄的诗人型浪漫气质的人物。建巨碑；主持编纂卷帙浩繁的《永乐大典》；派遣郑和通使西洋，以联系世界；完成迁都北京……这一系列的壮举，都是这位永乐皇帝所为。

皇帝下旨建碑，官吏火速驱赶数千工匠上阵。据说规定每人每天必须凿出三斗三升碎石屑，如果三天之内完不成定量，一律砍头。附近现存一座名叫坟头的村庄，相传就是当年掩埋惨死工匠的地方。600年过去了，雄伟壮观的碑材上，一锤一凿的痕迹，在我的抚摸中依然清晰如昨。这锤凿之痕，浸透了那些早逝工匠们的艰辛苦乏的生命汁液，如若剖开巨碑，我想，现在这岩石内里，一定是渗满了亿万缕已经变得冰凉的暗红汗血！

随着建碑目的（为了动机的"作秀"）的达到，随着迁都北京，一年半（永乐三年即1405年始建）后这项皇帝的形象工程便中途下马，不了了之。留下三块已具雏形的庞大碑石，欲立犹仆，就这样永久地被弃于蒿草之间……

辞别碑材的下山途中，同行的马汉兄以此行为内容口占的一篇文章，模仿某一历史时期的典型散文风格，我觉得颇有点后现代色彩。口占文章结尾大意如下：

封建帝皇费尽心机造碑而终究不成，只有在人民当家做主的今天，才真正能够炼石为材（此地的石灰岩体可以烧石灰、制水泥），进而运送到祖国的四面八方，去矗立起一座座社会主义的丰碑！

他给这篇口占文章取了题目，名叫《丰碑》。

（阳山，江苏省南京市江宁区所辖）

马地村：落叶骤雨

我进入这座偏僻的、破败的山村。不，"破败"这个定语在这里用得很不恰当。表象的破败之下，山村给人的感觉并不是凄凉，而是寂静，还有甚至是带着幸福和睡眠意味的安然。对，就是在这种幸福和睡眠的安然之中，一座山村，在慢慢解除掉作为人类聚居地的古老疲乏之后，正在重新归隐自然，重新成为苏皖两省交界处那连绵青色群山的一分子。我目睹了这座山村最后的容颜。

山间落叶如雨。山径、颓墙、涧石、破屋、深院、栅栏、草丛、危窗，到处都在承受深秋落叶的喧哗骤雨。枯黄的、黄中隐绿的、其他色彩斑斓的——不仅是现实之中，就是线装的、中国古典文学书籍中秘密庋藏的所有落叶，此刻，也似乎全部纷泻于这山间空中，不断地，那些脆裂如蝶的美丽叶脉，撞上我的头发、肩膀、鼻尖、背包，然后积累。某块从砖缝间挤长出杂草的庭地上，两个刚刚学会蹒跚走路的婴孩在为一个玩具而争夺，终于，稍大的一个取得了胜利，于是，另一个哇哇大哭。飒飒落叶里的婴孩哭声,沾有植物悠远清香的气味。庭地近侧的房屋,一半已经坍塌,也许是曾经的卧室,现在露天,碎土瓦砾的"卧室"地上,已生长出一株手指粗的、我说不出名字的小树,它努力上蹿的枝梢,与黛青屋墙外的一棵粗壮老梧桐的枝杈,已经相接。

躺满卵石的村中涧道普遍失水,但从它们的宽度和深度来看,可以想象出夏天雨泉的汹涌暴怒程度。那肯定如条条白蛟,在翠绿林木之间,在山农人家白昼或黑夜的窗下,惊跃而过。如雨落叶同样覆盖眼前数不清的涧内卵石。涧道之上,有很多座或大或小、独具此地特色的圆拱石桥,均由不规则的山石筑成,工艺极其精妙。但这种石头涧桥,如果不仔细观察,你就很容易忽略,因为苍黑峥嵘、恣肆爬缠的藤络,现在已经将它们包裹得严严实实。

农民潘德富坐在自家屋前的场地上,正用山藤和竹枝在编扫帚,身边小凳上一只脏污的小收音机在响着滋拉滋拉的声音。场地上有陈年欲腐的草堆,有散乱的圆形石础(更为古老年代的房子部件),有搁在三两石础上的一块缺角的灰青石牌——一张简易石桌这就诞生,还有撑成三角的晾衣竹篙,空荡荡地竖在那儿。55岁的潘德富热情,好谈,贴着头皮的短短头发虽然已经夹杂许多白丝,但他的皮肤,却显示出特别的洁净和细腻(被山间日夜的清气所熏润?)。跟随他进屋。谢谢他要倒茶的诚意。屋内是凹凸不平的坚硬泥地,偏暗,局促的地方堆满杂物,歪斜的木柜，老式的叠了棉被的木床，墙上贴了许多卷角的、粘挂蛛丝的年画。"这个村里现在人是越来越少了。他们都到山下公路边造新房子，都搬下去了。"老潘说。这条公路，就是县城溧阳到县域边界的"南山竹海"的公路，我乘坐的车走过。"这座村很老，喏，"老潘指着屋背后的一棵高直大树说，"这棵朴树有700年了！"——"前榉后朴"，这是江南人家栽树的习例：庭前种榉，意为"早日中举"；屋后栽朴，意为"俭朴持家"。700年的朴树，山村历史，从中可以管窥。

离开老潘家，踩脆响的落叶山径，过一座圆拱敦实的涧桥，又是一幢无人居住的荒废大屋（这座山村，有着太多的、在等待萎为泥土的空废宅屋）。桥头屋前，有一株巨歪的鸡爪槭树，叶子几乎落光，枝头零落残剩的浓艳几片，在微风里摇曳，像几朵遗留至今的夏天的火苗。四周空寂，视线里只有一个穿旧红毛衫的老妇，她踽踽微小的背影，渐逝于远处的乱木深处。眼前的这幢大屋，面阔有数十米之长。它的大，只从一个细节，便可看出。屋门两侧的墙内，各砌有一块巨大方整的青石，每块青石上挖出的门闩洞，足有一张四方小板凳大——大屋闩门的木杠，应该是巨粗无比！但现在大屋已经完全失却了人气。大门业已卸掉；屋顶半裸，望得见头顶的日色天光；里面堆满了无人打理的杂草柴火。构筑全屋的青或土黄的方砖（"空斗"砌法，这些薄砖也许当时就没有完全烧结），因为风雨漫漶，风化严重。后屋的一堵墙倾坍,角落山虫跳动,墙头爬满了纵横野蔓,其间还结有一只只拳头大的红色浆果,令人惊异。午后的太阳光,从山间杂树缝里漏射下来,这幢巨大荒屋半明半晦,欲坍犹立。

落叶依旧如雨。后来无意发现山村的一座"土庙"(由墙上三个很小的毛笔字提醒,房子已无任何庙宇的外观和气息)。进去,里面没有什么供奉,有的只是四个神情缓然的老者,围着一张小木桌在打麻将。对于外人的贸然闯入,他们似乎漠然,只回过头看了一眼,又继续凝神于他们的游戏。拿着采在手里的红色浆果,问他们叫什么名字,其中一个戴眼镜的老人再回过头来,看了一下,说,这里土话叫"野西瓜"。

无限时光里的一个下午。落叶、深草、充沛烂漫野性伸展的古健杂乱之树,就要将一座山村彻底淹没。这个下午,在这座正在重新归隐为山脉和山林的山村,我见到了八个人:两个婴孩、潘德富、一位穿旧红毛衫的渐逝背影的老妇、四个在土庙内打麻将的凝神老者。

我见到了两省交界处这座山村的最后的容颜。

(马地村,江苏省溧阳市所辖)

大浮：旋转庙会

红的衣裳。黑的衣裳。蓝的衣裳。青的衣裳。白的衣裳。绿的衣裳。黄的衣裳。紫的衣裳。棉布的。皮质的。尼龙的。涤纶的。毛线的。扣着扣子的。拉着拉链的。敞开胸怀的。搭在肩上的。挽在手上的。男的脸。女的脸。老的脸。少的脸。荡漾笑意的脸。沉默枯寂的脸。被日色晒黑的脸。洋溢青春的脸。丰腴的唇。坼裂的唇。涂口红的唇。失水的唇。饱满的唇。拖鼻涕的唇。黑发。白发。卷发。长发。短发。没发。布鞋。棉鞋。球鞋。皮鞋。光亮的鞋。沾满泥星的鞋。

上端是木条，下面是竹竿，这样绑成的"T"字形架子竖在路旁的油菜花田里，架子上插满或挂满了花花绿绿的儿童玩具。打足气的气球。水车状风车。向日葵状的风车（其中部花盘上还画了眼睛和鼻子）。内部装有响铃的塑料榔头。会伸缩的金箍棒。充气大锤。黄、红、白相间的塑料圆球。孙悟空面具。机器人形的充气奥特曼。长耳朵兔子。各种颜色的天线宝宝。倒挂的有黑斑纹的红老虎。蝴蝶。会发出来电声音、会唱《常回家看看》的儿童手机。白色或橙色或紫色的充气鹅、鸭、象。那个卖玩具的瘦男人走开几步，正在田里向着一丛油菜花撒尿，一边"放松"一边还不忘回头看好他的玩具摊（架）子。

女人在削菠萝。然后将削好的菠萝切成一块一块，插上竹签。身旁是一只玻璃大水缸，里面满满地沉浮着切好的、带竹签的、金黄色的新鲜菠萝。

凹凸不平的泥地上摆满了铁丝小笼子，每只笼子内或是一只惊慌的荷兰鼠，或是一只上蹿下跳的虎皮鹦鹉——这是套圈比赛的奖品。两元钱五只竹圈。竹圈弹性太好，圈又不大，所以很难套中。一位爷爷级的老人套中了一只鹦鹉，蹒跚的孙子兴奋地举着笼子朝里瞧。

一个面色酡红、毛衣皱皱的胖姑娘，掮着一根小竹棒游走，上面悬挂着数不清的草编饰物，名称分别为"吉祥如意""一帆风顺"等。

"苏锡常（注：即苏州无锡常州）各式炒货大卖场"——硕大的红布横幅。铁杆搭的篷子，蓝布顶，彩条化学编织布挡住另外三面，铁布篷子足有几十米长。铺面上，一长溜摆开几十只方形浅底白搪瓷盘，里面是西瓜子（椒盐的和奶油的）、葵花子（本色的和咸味的）、松子、南瓜子、油脆蚕豆、葡萄干、牛肉干……穿白大褂的售货员在忙碌称重。一旁的电热搅拌锅在搅拌，就要成熟的大半锅板栗，在散发热腾腾的香味。

戴褪红的棒球帽、鼻上架眼镜的半老头子坐在自带的折叠小椅上，面前同样是一张可以折叠的木条案，他在拥挤的路边为人写"鸟书"。帽子底下显露的头发一派花白。彩色的鸟书他写起来已经游刃有余。你叫什么名字？然后，这个姓名的汉字，在他笔下的白纸上就变成了两只或三只色彩绚丽、展翅欲飞的轻灵鸟雀。

一只狗，不知被谁恶作剧地在它头上套了一只塑料背心袋，它正狂叫挣扭着想把让它难过的袋子甩掉。

成捆成捆的甘蔗。紫红色的甘蔗皮在卖蔗人的刨刀下，像浪花一样不竭卷落。卷落的甘蔗皮堆成小山。青白的甘蔗肉身裸露出来。再用刨刀砍成数段。用牙齿咬断，撕下，咀嚼，甜蜜清凉的汁液沁人心脾。然后是吐出的白花花的甘蔗渣，在灰黑的泥路上触目狼藉。

"一块一块，每样一块！不要犹豫，不要犹豫！亲爱的顾客，你们好！你走过路过，千万不要错过……"临时搭起的"一元百货超市"内，破喇叭的电声在刺着所有的鼓膜。

穿黑色长靴画淡绿眼影的姑娘，在她的平头皮夹克男友身旁，咬下一只鲜红欲滴的糖葫芦。

三两张明显刚从某户人家抬出的桌子（桌子残留有漫长家居的幽暗气息）。长条凳或方木凳。锈蚀外壳的蓝色液化气钢瓶。喷吐的火焰。滚开锅里翻转的馄饨。露天围桌吃馄饨的各种各样的人。红色塑料水桶内的脏碗。油腻桌上的汤汁和零星蒜花。

式样新颖做工粗糙的服装，像一面巨大的屏风，一件紧挨一件全部努力地挂在一面墙上。20～60元一件。服装摊后的主人眼神热切又空洞。

一个满面脏污头发蓬乱的女孩，跪伏在一张硬板纸后面。硬板纸上有粗笔写的歪斜标题：请可怜一个遭遇灾祸的孤儿！

泥地的塑料纸上，是散发浓重过去味道的旧鞋展览厅。数不清的旧皮鞋。男鞋女鞋。低跟的，中跟的，高跟的。黑色的，灰色的，棕色的，褐红的。都已经磨损。像它们曾经的主人一样都历经沧桑。现在重新抹上虚伪光亮的鞋油，但无法掩饰太深的旧迹。一处旧皮鞋"卖场"。

纸箱内还有塑料袋，敞开的袋内，是饼干。"厂方特卖，隆重酬宾！"十几只如此的纸箱。方形饼干。圆形饼干。字母饼干。动物饼干。朱古力饼干。华夫饼干。牛奶饼干。聚集在一起的饼干在狂欢，在喷香。

特写：四瓣的油菜花金黄颤动。五瓣的桃花灼灼其艳。狭窄乡路的两旁：十字花科的油菜花如波如云，从身边一直漫上远处山坡的遍野桃花正在盛开。蜜蜂飞舞。

脱去了外套、扎辫子的女儿骑在父亲肩上。一只手，在啃油炸鸡腿；另一只手，牵了两只会飞的大红氢气球。

摩肩接踵！浓郁的春天和腥烈的泥土气息间，混有强劲的陌生人的衣服和肉的气息。以及相碰时身体与身体之间肉的触觉。

旧书摊。《万山红遍》《一个陌生女人的来信》《钳工手册》

《知音》《武林》《无锡文史资料》《绿牡丹》《三侠五义》。拿了一套《金陵春梦》的戴眼镜男人，正将钱付给叼着烟的中年卖主。

在一棵爆出绿芽的柳树下张开的大小渔网，银光熠耀，像写意的水墨。可惜，似乎已有很长时间没有人来光顾这个卖渔网的摊头。

两个烧烤架上的一串串羊肉正在红红的炭火上吱吱作响。

巧力打弹子赌博游戏。一块小方木盘内有：牛筋和木头撞针，玻璃小球，几个落口。落口处分别标明50元、40元、20元、0元。可以先试一下。1元钱打两下。很多人试的时候往往中了40元或20元，但真打时总是"落空"。

三个乡镇少女，每人怀里都抱了一大捧映山红（野杜鹃）。粉红色的花簇将她们的年轻的脸映得美丽透明。

卖土制乐器的人在人群中游走。肩上的褡裢里插满了竹笛和竹箫。手中的二胡在响着《二泉映月》的旋律。

电脑显示器上显示着一个彩色性感女性的身体和面容。一旁的招牌上书写：电脑算命，科学准确。坐下来算命的人，先将自己的姓名和出生年月日写出，再由算命者输入电脑。随后，打印机便会吐出一张结果：你的印刷体的情运、财运或官运。

人潮中的一个喧杂波动。一个小偷被抓住了。无数的人在聚拢、围观。渺小的小偷恐惧地蹲在人群中的地上。两个大盖帽的警察大步走来。

民间艺人在捏面人。三夹板做的小型工作台。栩栩如生、色彩逼真的小鸟小鸡小狗小虎由竹筷挑着展示游人。几小块各色的橡皮泥，在红衣男子手中，轻易就变成一只白兔子在捧吃一只鲜嫩的红萝卜。

白搪瓷脸盆放在高低不平的地上。艳红金鱼，在白脸盆的水里游来游去。有大金鱼，有成群的小金鱼。卖金鱼的人还兼卖蔬菜种子。黑芝麻似的将来会长出叶茎花果的蔬菜种子。

一座巍峨大寺的大雄宝殿。新漆的朱红大柱耀晃人眼。龙寺。原名孚泽庙，后叫成性寺。因为此地躲藏过古代某位倒霉的皇帝，所以又有"龙寺"之称。

红纸或黄纸包裹的一把把香。成捆的香被垒成宝塔形状。

滚烫的蜡油流淌成河。粗巨的红烛燃烧火光。蜡烛火焰扑面而来的成排热浪。

佛像前磕头膜拜的人。一个。一个。一个。一个。一个。一个。

龙寺被深翠的龙竹包围。龙竹，异于别处的竹子，竹叶特别阔大。进香过后的人们，大多采摘几片龙竹大叶，带回家去。

沿途无数的花绿大伞。残破的。簇新的。半旧的。无数的彩色塑料布搭成的临时摊位。无数的黑压压的人头。铃声。笑声。喇叭声。鸟叫声。烧烤声。脚步声。倒水声。讨价还价声。春天山泥的酥松声。桃花和油菜花遍野的开花声。

俯视：伸入太湖的翠绿低矮群山。雪白的湖波拍打山岸。

桃花盛放。油菜金亮。柳树新绿。某条细如灰线的山间土径上，是赶赴庙会的人群——密密麻麻像黑蚂蚁一样的人群。

时间：农历三月初三。

（大浮，江苏省无锡市滨湖区所辖）

宜城：M 先生的少年经历

那是风雨如晦、战乱动荡的年代。空寂的青砖江南小城，在这样的年代，尤其显得荒凉、落寞，似乎总是笼罩着如旧血般剥不去的夜色。

我那时刚上小学。一个幼小少年，跟随着父母，一家三口租居在小城一处荒僻古老的大宅内。

说大宅毫不为过。宅屋深长，共有四进，三个天井，最后面还有一个杂树森森、野草萋萋的广阔后园。

大宅的主人，大家都叫她汤师母，是个身上总是干干净净的微胖的女人。和汤师母同住的，有一个年纪比她稍轻，满脸胆怯的瘦女人——据说，这是汤师母丈夫当年的小妾。昔时发迹的丈夫已经暴病而亡多年，这幢大宅，就是丈夫留给汤师母的唯一遗产。

除了汤师母她们两个女人外，另有三户人家租居在这幢空旷的大宅内。

第一进大门旁边的平屋里，住着沈姓一家四口；第二进是空荡荡的幽暗大厅;第三进西侧的房间内,是宋木匠一家,包括宋木匠夫妻和他们三男两女五个孩子;贴着阴郁后园的第四进,西面房间住着汤师母她们,我家住中间,东侧是杂物间。我家房门口有红漆驳蚀的木楼梯,通往无人居住的位于我们头顶上的神秘木楼。

父亲在银行很辛苦地挣一份微薄的薪水,通常总要很晚到家。母亲在家料理,偶尔出去打些零工以贴补家用。

每天放学之后,我都是一人回家——

一个人背了书包,穿过极长极长而又阴湿的白果巷(这条狭窄的巷子,墙脚爬满了鲜绿狰狞的苔藓,似乎终年晒不到太阳);

费力抬腿跨过很高的木门槛,进古老宅屋的大门;

绕过沈家住的平屋,进半圆形的拱门;

天井,一东一西是两棵蓊郁的桂树,像两个始终孤单立着的人形;

幽暗大厅,有模糊墨字的粗大木梁上的残破燕巢,是一颗永远睁着的、深渊似的泥眼睛;

狭隘的天井,在中秋节的夜晚会落下一条线似的月光;

宋木匠家总是散发出煮螺蛳的气息;

天井,这处天井里汤师母窗前的那棵玉兰树,除了白蜡烛般的花朵和光秃秃的枝条,好像从来没有看见它长过叶子;

看见红漆驳蚀的木楼梯;

看见闭紧的杂物间；

抬头，是无人居住的神秘木楼；

到家。

（大风吹动后园杂树和野草的森然声响，会弥漫向前，慢慢灌满这所宅屋每一处积落物质和时间灰尘的隐秘空间。）

古老的宅屋有一种古老的平静。

夜晚，万籁俱寂，浮动的，只有房子、梁柱、暗角、后园和睡于其中的人的平静呼吸。

古老宅屋似乎永恒的古老平静，在深秋的一个浓暮被打破。

那个浓暮，我正和父母在吃晚饭。忽然，宅屋里响起潮涌般的杂沓人声。一群黄衣服的兵，斜挎着短或长的枪，拥着一个年轻女人，像旋风般经过我家房门，沿着红漆驳蚀的木楼梯，上楼去了。

那个年轻女人，虽只匆匆一瞥，但给幼小的我刻下极其深的印象：

披散的长发，

揉皱的湖绿旗袍，

苍白的脸，

不洁的黑高跟鞋，

苍白脸上一双痛苦的、微微张开的猩红嘴唇……

父母也很吃惊，不由自主地都放下了碗筷，却又不敢出门看或问。

神情紧张的汤师母，举着点燃的烛火，有些踉跄着跟着上楼。

未几，那群黄衣服、斜挎着短或长的枪的兵们，又旋风般从红漆驳蚀的木楼梯上嗵嗵嗵地下来，经过我家房门，消失了。

这个女人暂时（暂时！——我的强烈的预感）留在了古老的宅屋。

从此以后，一日三餐，汤师母会用一个暗红的木案端了，送上楼去。

从此以后，寂静的夜晚，父母和我都会听到木楼上传出的声响：

缓慢的、有规律的踱步声；

让人听了难过的、时断时续的凄凉唱歌声。

我有时溜进去的后园里，树木已经掉光了叶子。

从父母偶尔的小声议论中，我大概获悉了这些信息：房东汤师母有个儿子在国民党部队里当官，这个来到大宅后就从不下楼的年轻女人，约略跟汤师母儿子有关。

又是一个浓暮。不过，已经是初冬的浓暮。

那群黄衣服、斜挎着短或长的枪的兵们，又杂沓地进入了宅屋。

从红漆驳蚀的木楼梯上嗵嗵嗵地下来，拥着那个年轻女人，旋风般经过我家房门,消失了。

我又一次看见了这个年轻女人:

依然披散的长发,

依然揉皱的湖绿旗袍,

依然苍白的脸,

依然不洁的黑高跟鞋,

苍白脸上一双依然痛苦的、微微张开的猩红嘴唇……

人走了。楼空了。

古老的宅屋应该重新恢复古老的平静了。

但是,令父母和我都吃惊和恐惧的是,寂静夜晚,头顶的木楼上,依然会传出以前的声响:

缓慢的、有规律的踱步声;

让人听了难过的、时断时续的凄凉唱歌声。

父亲忍不住去跟汤师母讲,夜里不对劲啊,汤师母,木楼上一直有"响动",你们听到没有?微胖的汤师母好像是在故意掩饰:不会的,不会吧。那个年纪比她稍轻,满脸胆怯的瘦女人,躲在屋内的阴影里,似在摇头。

然而,客观的现实毫不留情地在击碎着汤师母的"不会"。

持续地,寂静夜晚,我们家头顶的木楼上在传出声响:

缓慢的、有规律的踱步声;

让人听了难过的、时断时续的凄凉唱歌声。

父亲睡不住了。善于算账的父亲虽说不上魁梧,但也长得高大。父亲走到前面宋木匠家门口,小声地叫开门。宋木匠一家也在吃惊和恐惧中早就"聆听"到楼上的声响。父亲、宋木匠,还有手里握了锋利斧头的宋木匠大儿子,三个男人,拿着电筒,顺着黑暗里红漆驳蚀的木楼梯,冲上楼去。

声响没有了。神秘木楼上一间一间的房间仔细检查,空无一人、一物。

租居的旷大、古老宅屋,自此,确乎恢复了平静。

腊月的一天。天寒地冻。放学之后,我不知何事,去了父亲谋职的银行。在那里做好作业,原想和父亲一起回家。但临时,父亲又有一笔年终的账要赶着算出,我便只好一人先回家。因为外面的天黑了,父亲特地拿了他的电筒给我,让我照着回家。

一个人,我走回小城中那个荒僻古老的大宅。

幼瘦的身影,在路上,寂寞地变幻着长短。

穿极长极长而又阴湿的白果巷(心里无端地发紧害怕);

费力抬腿跨过很高的木门槛,进古老宅屋的大门;

绕过沈家住的平屋,进半圆形的拱门;

天井,一东一西是两棵蓊郁的桂树,像两个始终孤单立着的黑色人形;

更为漆黑的大厅,粗大木梁上的残破燕巢,像一只永远睁着的、深渊似的泥眼睛在盯着我；

（心，咚咚咚咚地跳着。）

狭隘的天井，没有月光；

闭门的宋木匠家，果真散发出煮螺蛳的气息；

天井，汤师母窗前的玉兰树，现在只有光秃秃的枝条；

电筒照见红漆驳蚀的木楼梯；

电筒照见闭紧的杂物间；

下意识地，我把电筒抬高，照向了无人居住的神秘木楼——

一股强烈刺激的电流，霎时击连起我的后脑勺、脊背和脚后跟！暗夜的古宅，电筒晃过的木楼临窗处，我照见了一张脸：

披散的长发，

苍白的脸，

苍白脸上一双痛苦的、微微张开的猩红嘴唇……

（宜城，江苏省宜兴市所辖）

祝塘：民间藏书家李中林

1999年：关于李中林的文字

（1）李中林。（2）火车驶向大海。丰满的海体被坚锐的铁器撞割开来，白色的肌肤分开、翻卷，甚至来不及渗出暗蓝色的血。——在对书籍的阅读过程中，脑中总会显现类似斑斓的幻象。

一个名字和一段幻象，神异书籍是两者的联系之桥。书籍，闪耀深邃、庄重和在野之光的汉字。民间藏书家、乡镇中学历史教师李中林（已经年逼花甲）踱过祝塘镇中心的崭新水泥平桥，走在用青砖铺成人字形的短巷内，与刚从农贸市场出来的那个侏儒镇人大声笑打招呼。去学校，教书，返家——这是李中林日常的"官方"生活，此外，他的生命中几乎全部充满了书：已经购买的、尚待购买的、正在阅读的、尚待阅读的、正在写作的和已在构思的书。

古镇祝塘地处江南腹心，与徐霞客的祖居地不远。时代热气腾腾的巨手也在拨动着这块小世界,各处的旧房陆续被推倒老墙,掀去椽瓦;代之而起的是簇新的小镇商厦和各式铺子,外面嘈杂的最新流行歌曲通过劣质喇叭,同样响彻街巷狭窄的上空。江南乡镇的今天。

北街9号,建于20世纪80年代的沿街两层楼房,是李中林的家。时代的热量不可避免地漫进这个家中(源自生存的需求?)。两层楼房的底层是李中林妻子的牙医诊所,来自四乡八邻患有牙疾的男女,总在这里,仰头对着明亮的光,尽量张开鲜红的、有着各种气味的口腔,由他妻子判断并且进行相应的操作。血肉模糊的衰老牙根("光拔出的牙齿就有一面口袋了"),叮当作响形制怪异的不锈钢器械,因为隐痛而略歪的嘴角和微动的耳朵。——而他的妻子一眼看去就是一位善良女人。底层还有一个很大的厨房,每天中午由他女儿主勺,操持一顿可以称是"庞大"的饭食,进餐者除了李氏家族大小成员以外,还有他儿子摩托车修理铺的若干伙计。然而,在家中的另外一些地方,我还是强烈地嗅到了另外的气息。在临街房屋的里侧,仍有半爿未拆的旧宅(古镇保留在当代的碎片或遗痕)。李中林介绍,这是他家的老屋,最早曾被太平天国的战火焚毁过。开裂干燥的墙内木柱深埋记忆,半爿漏进光亮的瓦屋顶下,现在是这个家族废弃物品的堆放地:铁锈农具、一只黑胶套鞋、歪扭木桌、塑料桶、长竹篙以及各式各样的蒙满灰尘的脏污杂物。我注意到靠墙角放着的一只石井栏——井口一圈石头上三两条深深的、被绳子磨出的印痕令我心惊——一个家族的历史和秘密，原来顽强地隐匿于此，月夜或清晨，春夏或秋冬，这个家族中无数次拉绳提水的手，全被灵性的石头默默地刻写了下来。

后来，踏着简易陡窄的水泥板楼梯，李中林带我们进入了他的天地，真正的李中林的天地。汉字的汪洋。古老浓郁的汉字芳香，充溢了二楼两间不规则的大小房间。粗糙的水泥地面，有些驳蚀和蛛网的石灰墙。请牙医妻子熟识的木匠打的一排又一排没有油漆的书架（李中林嫌书架打得不好，"不结实，不牢，但又不好说"。对生活无比宽容的他对此却总是耿耿于怀），占领了东面大房间90%的空间（站立的书架放得很密，两架之间人很难蹲下翻看底层的书籍），西面小房间的书架，则环壁而立。所有的架子上，堆满、挤满、插满了他的财宝。我看见了老子、孔子、庄子、司马迁、曹雪芹、陈寿；《新华文摘》《世界文学》；卡夫卡、纳博科夫、克洛代尔、契诃夫、鲁迅；《二十五史》和《中国古代笔记小说大全》。步行去镇东北角新建的中学，教学生中国历史和世界历史，穿半个镇子返家，经过托住人家嘴巴探究着的忙碌妻子——日常生活——踏上简易陡窄的水泥板楼梯，李中林便到达真正可以个人呼吸的自由沉浸之地。汉字，汪洋般活泼或深沉的汉字血液，经由目光和大脑，汩汩流入他的体内（这种不同于医学意义的输血，使得隐身于繁杂小镇芸芸众生中的李中林具有了某种超拔的气韵。南方民间生活中隐秘的精神梦游者？）。汉字的血液在李中林的体内翻卷、融合、新生，并喧腾地、跃跃欲试地需要倾诉。但是，至少小镇缺乏倾听的耳朵。因此，月夜和休息日的李中林是孤独的，小镇上的李中林是孤独的——好在还有笔，便也就有了"躲进小楼成一统"的倾诉通道。诗歌、小说、散文，他野心勃勃地想要写尽祝塘小镇的"百年风云"。那些遥远的外部世界的回应——刊登在各种报刊上印有"李中林"名字的诗与文，在我看来，就成了他如醉酒般梦游的历历证据。

我见过他的"写作地"：东面房间的东南墙角，一张堆放杂乱书报的简易小桌。桌上有一盏"台灯"——裸露的白炽灯泡昂首向天，上面沾满了日积月累的灰尘。李中林说，地方虽小，但在这里写灵感很好。其实西面小房间南窗下有一张面积大得多的老旧书桌，而李中林更多地利用它进行阅读。西房给我留下深刻印象的，除了一排排的中国古籍之外，就是挂在墙上的那幅边角已经残损的郑板桥印刷对联："删繁就简三秋树，领异标新二月花"——他在"文革"中所买，起先一直卷着，后来就把它挂了出来，"经常看看"。"删繁就简、领异标新"，坐在小镇李中林这间房内的长条凳上，喝着红茶，想着兴化前辈的这八个字，我一下子觉得触摸到了写作的某种本质，在技法和方向上的本质（耳中又响起苏东坡、博尔赫斯的类似声音）。

午饭就在楼上的书房（真正的书房）里吃的。不擅喝酒的李中林一个劲地要我们多喝。他女儿烧鱼的手艺好极了，尤其是掺了静静书香的鱼香。菜、汤的热气在充满书籍的（水泥地面、石灰墙壁）房内袅袅——这是民间书痴李中林的世俗生活。

2004年：关于李中林的文字

清明时节的细雨江南，麦子和油菜，那大块大块耀眼的深绿和金黄，是两种最为突出的颜料，纵横交错着，拧抹在酥松湿润的土地上。祝塘还是江南乡镇的旧面貌，但李中林却有了不少的变化。为了能够专心读书写作，2001年9月，李中林以"内退"方式，已经提前离开了学校。北街9号的沿街旧宅，也已拆去重新翻造，于2003年元旦落成了四开间的三层新楼。底层四间店面，三间出租作了一家小型百货店，一间为李中林妻子崭新的牙科诊所（可以称得上宽阔的楼上两层，尚还空着）。李中林的宝贝，他的13000余册藏书，现在有了全新的去处——2000年3月，在北街9号斜对面的一幢住宅楼里，李中林购买了一间面积约130平方米的房子。这里现在是真正的"书房"，打开房门，视线里便到处都是书架，到处都是书架上各种色泽、各种开本、新旧不一的书。除了书以外，李中林夫妇目前也住在此处。

在铺了木地板的新书房里，我又一次享受到了李中林女儿烹制的味道绝佳的美肴（酱色的糖醋小排晶莹诱人）。饭桌一侧，我的身后，宛如一堵黑色的书墙：由一套110本、杂志大小开本的《历代笔记小说集成》层层码放而成；我对面的书架上，也蔚然大观，计有：《四库笔记小说丛书》（红色，48本，上海古籍出版社)、《太平御览》《清诗纪事》《明诗话全编》《太平广记》《曾国藩全书》《全唐小说》《李渔全集》《词话丛编》《唐人轶事汇编》《郑孝胥日记》《翁同龢日记》等等(这些仅仅为客厅书籍之一斑)。书香之间散漫的喝酒聊天最为惬意。李中林告诉我,2003年春天,在江苏省读书节期间,他被评为"首届江苏新华书缘杯十大藏书家"。李中林说,现在书买得明显少了,原因是"现在的书出得太滥,重复太多";他非常怀念20世纪80年代的出版,他指点着商务印书馆的"汉译名著"、人民文学出版社的"外国理论丛书"感慨,那时候的书多好!

李中林的藏书是真正意义的藏书,他热爱书籍的目的,并不是让家里成为书的仓库,而是藏以致用——他在使劲汲取万千书籍营养的同时,更在汩汩地输出,他拥有良好的个人生态循环。"内退"至今的两年半时间内,李中林已经写下约50万字的书稿!其中18万字的《暨阳轶事》,上海三联书店已于2004年10月出版。他欲写尽祝塘小镇"百年风云"的宏大计划,正在一点点儿实现(祝塘,在李中林而言,已是所有江南乡镇的一个象征):由30个短篇组成、总计25万字的一部有关祝塘的短篇小说集已于2003年完成;目前正在进行中的,是100个乡镇各色人物的"列传",计划于年内完成(已经写下20多个);明年,也即2005年,李中林的写作设想是写一部《梧塍笔记》(梧塍,祝塘的古称);已经发表的、有的还产生了广泛影响的20多篇儿童小说,正有待编成一部集子……离开学校的李中林很忙，很充实。

新书房里李中林的写作室中，四壁依然是顶至天花板的书架书籍。在写作室的窗口，可以看见一条有600年历史的河流，名字叫大宅浜，它的开凿与徐霞客的远祖有关，只是现在的河水已经显现很深的黑意。写作室内有两台电脑，一台"清华同方"的液晶显示器电脑，是他写作所用（有时，他仍然喜欢传统的笔写）；另一台淘汰下来的，据介绍已经转作孙子、外孙的游戏工具。年已花甲的李中林，他现在的心态平和得令人羡慕，"名利对我已经没有意义，读和写的过程，就是最大的享受和幸福"。零乱的书桌之上，我看见一本翻开着合在桌上的《吴方言词典》；"清华同方"的前面，是1983年湖南人民出版社出版的《千家诗》（我特意看了定价：0.54元），翻开的一页上，是那首著名的《清明》诗：

"无花无酒过清明，兴味萧然似野僧。昨日邻家乞新火，晓窗分与读书灯。"

（祝塘，江苏省江阴市所辖）

屺亭：一位画家的一生

将那座微小乡镇分为东西两半的暗青河流上，有屋顶和灰墙投过来的淡淡阴影。乡镇中心的拱形石桥高大、特立，站在上面，我可以俯视周围一面又一面低矮牵连的人家屋顶。长有稀落瓦松的屋顶，由黑瓦细细覆满，像凝滞不动的陈旧蝴蝶。暗青的河流总在闪光。水草样的光影，摇晃在桥身，使沉重的石头镇子在一刻变得美丽和轻盈。似乎被废的河埠，歪斜且枯干，缓缓的河水也是十分落寞。只偶尔有运输的船队驶过，从那"嘭嘭嘭"的声音里，这一两百户集聚的世界才会感到某种生机。那么多的屋顶，像有生命似的，生长继而衰老，由乡镇的中心向东南西北渐渐蔓延，最后消失于镇外金黄浓郁的油菜花地。越过触目的菜地，在东面的原野远处，可以看见像馒头一样的圆形屺山（屺，没有草木的山。乡镇因山而名）。

这样一座普通的江南乡镇，曾经诞生又死去过多少人？我要叙述的是这样一个——

1岁。1895年6月18日,诞生于这座乡镇临河的一户贫寒人家。取名寿康,为家中长子。父亲系民间画师。

10岁。随父学画。每日午后摹晚清连环画家吴友如人物画一幅。学设色。

14岁。家乡水灾,随父外出谋生。两年后因父病返乡。

20岁。在地方学校任图画教员。首次赴沪谋职,未果。

21岁。再次赴沪,谋职未遂,走投无路,几欲跳黄浦江自杀。幸得商务印书馆一职员帮助,渡过难关。

22岁。考入法国天主教主办的震旦大学,攻读法文,为时半年。应征为上海哈同花园作仓颉像并入选。结识康有为,并被康收为弟子。结识在沪的宜兴同乡之女蒋棠珍,即蒋碧微。

23岁。偕私自逃婚的蒋碧微赴日本东京考察美术。数月后归国。

24岁。结识蔡元培,被聘为北京大学画法研究会导师。在刘半农邀饮席上,与鲁迅会面。

25岁。偕蒋碧微赴欧洲留学。辗转伦敦、巴黎。在法结识梁启超、蒋百里等人。

26岁。考入巴黎高等美术学校。结识法国写实主义大师达仰,并拜其为师。

27岁。迁居柏林。在德结识徐志摩、陈寅恪等中国留德学生。

29岁。返回巴黎,继续师从达仰。油画《老妇》入选法国国家春季沙龙。在法国与周恩来会晤。

31岁。在巴黎自编绘画作品集两册，寄国内中华书局，次年出版。在广州结识李宗仁。

32岁。田汉为其在上海举办小型作品展览会，展出油画人物四十余幅，包括蔡元培、林风眠、郁达夫、郭沫若、叶圣陶、郑振铎等百余位文艺界人士与会。作油画《箫声》。

33岁。游瑞士和意大利的米兰、佛罗伦萨、罗马等地，遍览古今艺术名作。

34岁。与田汉、欧阳予倩在上海组织"南国社"，成立南国艺术学院。任北平艺术学院院长。

36岁。完成巨幅油画《田横五百士》。

37岁。编辑《齐白石画册》，并作序。完成巨幅水墨画《九方皋》。

39岁。偕蒋碧微赴法，在巴黎举办"中国近代绘画展览"。在比利时举办个展。在柏林举办个展。在意大利举办"中国近代绘画展览"。

40岁。在德国、苏联举办"中国近代绘画展览"。

41岁。与宗白华一起保释田汉出狱。

42岁。在《广西日报》撰文，公开斥责蒋介石。

43岁。在香港、长沙举办画展。

45岁。在新加坡举办义卖画展。

46岁。为印度诗人泰戈尔画像多幅。为印度圣雄甘地绘速写像。创作巨幅中国画《愚公移山》。

48岁。在云南等地举办画展，卖画所得全部捐献抗战。在桂林为中国美术学院招考女资料员，廖静文被录取。

50岁。患高血压和肾炎，在重庆住院四个月。

51岁。与蒋碧微办理离婚签字手续。

52岁。与廖静文举行结婚典礼。被聘为国立北平艺专校长。与周恩来、郭沫若会晤。

55岁。中央人民政府任命他为国立美术学院院长。被选为全国美术工作者协会主席。

56岁。带病创作油画《人民的毛主席》（未完成）。中央美术学院成立，任院长。

57岁。完成《鲁迅与瞿秋白》素描稿。患脑出血，住院四个月。

59岁。1953年9月23日，全国第二次文代会召开，任执行主席。会议期间脑出血复发，于9月26日在北京医院不幸逝世。周恩来等前往吊唁。

——这就是源自眼前这座江南的微小乡镇——屺亭——的一个人：徐悲鸿（1895—1953）。

——他出生的故宅，深陷于人家的屋顶之间。门前的河上，是一列缓缓驶过的铁船队；镇河对岸，白浆流泻的豆腐坊，此刻，仍是百年一贯的沉默和繁忙。

（屺亭，江苏省宜兴市所辖）

万石：颜色博物馆

万石。亿万块石头。在沪宁杭所组成的三角形地区的中部，有一座乡镇，用亿万块花岗岩和大理石垒成的石头乡镇。无法穷尽的石头，璀璨各异的色泽。由石头作为载体，"万石"，成为一处名副其实的颜色博物馆。

红

将军红、杜鹃红

贵妃红、桃红

秋枫、石岛红

平邑红、岑溪红

少林红、太行红

雪枫红、砾红

安吉红、云花红

东方红、一品红

樱花红、龙泉红

古山红、安溪红

西丽红、连州红

崖州红、和龙红

奶油红、玛瑙红

雪花红、万山红

芙蓉红、鸡血红

凤凰红、荷花红

灵红、广州红

龙胜红、南江红

海底红、秋景红

天山红、双井红

托里红、博乐红

乌苏红、天池红

宜昌红、三峡红

西陵红、玫瑰红

湘红、咖啡红

映山红、大悟红

黄

云南米黄

木纹黄

桂林黄

木纹米黄

平花米黄

金丝米黄

松香黄

香蕉黄

芝麻黄

密黄

米黄

黄花

散花黄

灰黄玉

绿

天全绿

米易绿

宝兴绿

斑绿

三峡绿

宜昌绿

瑰宝绿

墨绿

承德绿

芙蓉绿

罗甸绿

翡翠绿

丹东绿

莱阳绿

翠绿

栖霞绿

沱江绿

荷花绿

碧绿

孔雀绿

天山翠绿

蓝

天山蓝

燕山蓝

白

文登白、晶白

影晶白、雪花

风雪、墨晶白

海仓白、洪塘白

残雪、汉白玉

曲阳玉、雪花白

水晶玉、湘白玉

蕉岭白、圳白玉

宝兴白、青花白

蜀金白、草科白

白海棠、江西白

上白玉、天堂玉

灰

晶灰

锦灰

驼灰

杭灰

衢灰

冰琅

齐灰

贺县灰

云灰

雅灰

黑

墨壁

墨夜

双锋黑

邵阳黑

桂林黑

武隆黑

天全黑

西阳黑

晶墨玉

易县黑

和龙黑

黑雪花

黑冰花

黑珍珠

黑纹玉

平山黑

昌平黑

墨玉

大连黑

乳山黑

莱芜黑

赣榆黑

临海黑

福鼎黑

芝麻黑

黑金刚

少林黑

青

万年青

太白青

虎皮青

螺青

济南青

蟹青

沂南青

仕阳青

艾叶青

其他

海涛

银河

凝脂

晚霞

橘络

山水

裂玉

珍珠花

樱花

五莲花

锈石

四彩花

冰花

高山花

虎斑

虎纹

大芦花

金山石

芙蓉

墨彩

紫黛

芙蓉花

一品梅

黑白花

夜玫瑰

穗青花玉

翠竹花玉

银网墨玉

雪夜梅花

银丝倩影

云花

秋景

木纹

碧云

彩云

附：新闻一则

新"华东石材市场"成聚宝盆——万石镇千余农民吃"石头饭"，人均年收入可达5万元

本报讯（记者许元强、通讯员周克平）近日在宜兴市万石镇锡宜公路边发现，原先马路两边的石材市场几乎不见了，而一个规模宏大的、比较正规的市场已在马路西边崛起，这就是最近被评为"全国十大石材工业基地"的华东石材市场。万石镇党委书记吴辉说："这个石材市场现在已成为我们农民的聚宝盆啦，有上千农民在直接或间接从事石材业或市场服务业，他们一年可直接从这里拿到5000万元！"

万石镇的石材市场从10年前开始形成，不久就迅速发展

成为全国最大的花岗岩和大理石板材集散地,在全国甚至全世界都有一席之地。因为该镇有上千人直接或间接从事石材行业,万石镇党委和政府将吃"石头饭"作为该镇经济发展的重点。他们以增加农民收入为出发点,以科学发展和可持续发展为准则,对这个市场进行了重新规划和建设。该镇从去年起走出第一步:将粗放型的"马路市场"变为集约型的"棋盘市场",既整治了公路干线的乱堆乱放,又方便了经营活动。

新建设的华东石材市场已初具规模。镇政府投资成立了宜兴华东石材发展有限公司。一期工程总投资3.5亿元,实现了投资主体多元化。目前一期工程堆放区、加工区、行政区、服务区布局科学合理,电力、电信、广电、自来水等基础设施基本完成。绿化、亮化工程正在配套建设,整个市场可容纳1000个经营户。目前已有600多户进场经营,他们来自全国各地20多个省市自治区,带来了全国各地的石材,又销往全国各地,甚至出口国外。今年销售额可超过10亿元。这个市场还可吸纳上千周边农户进场从事经营或服务,他们从事租房、运输、装卸、餐饮、娱乐服务等经营活动的年收入可超过5000万元,在这个市场上工作的农民人均年收入可达5万元。据有关部门估计,"华东石材市场"的无形资产有一个亿!(原载《无锡日报》2004年6月7日第1版)

(万石,江苏省宜兴市所辖)

南方泉：湖滨友人

友人的信

黑陶兄：

你好！

时间匆匆，如白驹过隙，又到春暖花开的季节。好久不曾通信，十分想念。

前一时期，我拜读了你的大作《夜晚灼烫》，感慨颇多，从中也看到了你的一些以往。我很喜欢里面浓郁的生活气息以及带着乡土的吴侬软语，使人很感亲切。

由于前一阶段，我原先的业主因故迁移锡城，我们几个伙计又顾恋家室没有跟随，就各易业主。我现在在做外圆磨床（M84160 轧辊磨床），工作不很理想。几个月干下来，自我感觉可以了……每个班给老板干的活越来越多，可还是无法满足老板的欲望。虽然还有两处工作我可以去做，但我还是犹豫：一处在华庄，那边厂里也要我去，可路较远（15里）；另一处工作较现在轻松，可薪水太低。

面对现实生活，我是个俗人。我觉得自己变得"老"了，不光是容颜的老，还有心理的老，感悟了低调的《生活梦》。

好了，我不多说了，你有时间到我家来做客，来聊聊，看看建设中的环太湖公路。我随时恭候。

祝生活愉快！

陈荣华

2004年3月27日

友人的文章

生活梦

人在中年，我回忆年轻时的梦想。觉得有许多是可笑的，不切实际的。

年轻时，我曾有许多设想。如用四五年时间一边工作，一边进修自己爱好的文学。争取在经济保障的同时，在文学方面有一些提高；我曾想在成家后5年内，争取家庭经济有质的飞跃。现在看来并没有实现，而自己不知不觉已步入中年。上有老、下有小；为人子，为人父，瞻前顾后，事业无成，阮囊羞涩，心中忧忧今后的日子。

年轻时，我看不惯上了年岁的人的生活方式。他们穿得土，吃得粗，生活精打细算，斤斤计较。现在明白（感悟），他们的好多做法是对的，而自己也在渐渐步入他们的生活圈，这就是人们常说的生活的艰辛吗？

年轻时，我刚愎自用，只要自己认为是正确的事，就会与别人争，现在别人说月亮是方的，我会保持沉默。人到中年，我学会了一些为人的世故和圆滑。这也算是被生活磨炼出来的吧！

当体内的荷尔蒙越来越少，许多雄心和豪气也在慢慢地消失，生活的平淡快要把青春活跃的激情湮没了。我觉得自己没有棱角，生活如同机械的老钟，滴答滴答重复着单调的日日夜夜，有时有一种落寞感，有一种什么也抓不着，自己又无可奈何的感觉。

（地址：南方泉滨湖村何巷97号，邮编：214128）

友人的家·友人

时令虽已立秋，但仍如盛暑，骄阳当空，射在人的头顶感觉火辣辣的。接近中午的南方泉街上空洞冷落。下了公共汽车，坐在路边一香樟树荫里，给荣华打电话：我已经到了。没过多久，骑着摩托车的荣华便出现在眼前。他带我，先到街上的农行办事处，"叫小朱等会儿一起去吃饭"。小朱在农行工作，是我们共同的朋友。小朱正在柜面上忙，我们的突然出现，让他意外，他忙着与同事商量调班，"你们先走，吃饭时我自己过来"。距离吃饭还有点时间，荣华便领我看看南方泉老街。像绝大多数南方乡镇一样,南方泉的老街已经衰败、式微。一条小河,梧桐树荫下的歪斜石桥,几片残剩的青瓦屋顶,几间生意清冷的老店,即为全部内容。我高兴的是,在老街我看见了著名的南方泉——开化方泉。

摩托车出了镇街,扑面而来的,便全是青翠稻田所散发的旺盛植物气息。好闻!大约十分钟后,车子停下,到了,靠近太湖高大堤岸的、陷于大片青翠稻田中的荣华的家。和前两次来不一样,这次到荣华家,发觉眼前的景物已经大变。原先,荣华家和太湖之间的一片区域内,依次是小河、田野、鱼塘、湖堤,现在,田野和鱼塘不见了,蓝天和翻卷的白云底下,代替它们的,是一条白花花的(尚未摊铺沥青)、正在修建的凸起公路,这就是荣华信中所指的"建设中的环太湖公路"。从有关新闻报道中我也了解了这条公路,它的完成时间要求在2004年年底。

荣华家在一长排相连房子的东首,建于20世纪90年代初。两层,门朝南,面阔4米,进深很长,有22米。从前门到后门,分别是客堂间、灶间、天井、杂物间、卫生间。砌房子的时候,荣华在门前种了一棵水杉和一棵柿子树,如今水杉粗壮挺拔,柿子树也是枝繁叶茂,结果累累(可惜所结柿子很涩,不好吃)。坐在他家的客堂间里很是风凉,因为从太湖水面上吹来的风特别凉爽。和传统的无锡乡间民居一样,荣华家的大门也是由一门一闼组成。门好理解,所谓闼,也是一扇相对固定的门,只是它的上半部分是活动的,可以掀起来,即使把门关闭,只要把闼掀开,也一样可以采光、通风。

因为妻子上班中午不回家,所以荣华骑摩托车接我前,就在家自己做好了四道菜,回家后又烧冬瓜汤(自留地上结的大冬瓜)。他家的封闭天井里真有一口井,我吊一桶水洗脸,冰凉清澈的井水,真舒服啊。荣华11岁的儿子陈炜斌从楼上下来,他和隔壁的小孩一直在上面看动画片。他瘦瘦的,笑嘻嘻的,乐于接近陌生人。他说喜欢数学,但是期末考试只得了八十几分。吃饭时和我干杯喝了一玻璃杯冰啤酒。

把靠中堂画的八仙桌搬开,小朱还没有到,我们边吃边等(中堂画旁,一张穿蓝色军装骑马的十大元帅年历画引我注目)。闲聊间荣华讲了许多他以前的事。

荣华最早的记忆是7岁,因为他记住当时周围大人讲的一句话,"7岁了,荣华还不会爬树呢"。小时候的生活一句话就是很清贫。吃饭的菜似乎总是青菜和咸菜,有时候会在咸菜里滴两滴油,放在饭上蒸一下。一年吃肉的次数是数得清的,顶多三五次,不是过年,就是有亲戚来。黄鳝、螃蟹、泥鳅、田螺等倒是有的,但那时候普遍认为不是好菜,不好吃,而且有客人来是不好意思将这些东西端上桌的。荣华初中毕业就弃学开始做工。先跟着人家做了一年油漆,后来就进厂,南方泉农机厂。荣华非常清楚地记得,在1987年1月22日,他花162元钱在街上供销社买了一台常州产带闪光灯的照相机。那时候热心拍照，从书上学，看电视里的摄影讲座。家里的电视机是1986年下半年买的，那年家里宰了一头牛，卖了以后就买了一台黑白电视机。

荣华的妻子是安徽庐江人，当时在南方泉打工，经人介绍后相识成婚。依当年地方上的价值取向，是宁娶当地身心不健全的姑娘，也不娶外地人。但荣华还是看中现在的妻子，现在他为当年的这一决定庆幸。如今儿子已经长大，妻子在当地一家企业开行车，已经会说一口标准的无锡方言。

小朱骑着摩托车赶到。我们一起吃饭。

饭后，小朱单骑，我仍坐在荣华车后，不顾烈日，两辆摩托车在长满野草的太湖大堤上狂奔。天空湛蓝，白云朵朵，能见度非常好，放眼远眺，能看见太湖对面的山头，荣华说，那是苏州的原镇湖公社。湖滩上芦苇丛丛，水里有许多人拿了黑轮胎在游泳。荣华说，前两天和几位厂里的同事下班后到湖里玩水，摸到了很多大蛤蜊。后来下湖堤，穿越村庄田野，到一处叫"夏庄下"的自然村落，荣华带我看他的一位朋友，退休医生曹友伦。曹医生家门前有一大片竹林，非常令人羡慕。他退休后在家享受天伦之乐，但找他看病的人依然络绎不绝，因为他拥有看肝病的绝技秘方。稍坐，喝了曹医生自制的决明子茶，我们告辞。返回时不走湖堤，从下面走，顺道看了就在路边的荣华上班的厂，"这就是我干活用的车床"，荣华很骄傲。再到一个叫周潭的一小段老街上转了一圈，我们重新回到荣华的家。喝水。井水冲洗。很爽。在杂乱的楼上，我看到了荣华的若干藏书，有缺封面的黎汝清的《皖南事变》，有老版的《东周列国故事》，这些都是在旧书摊上买来的，荣华介绍。在堆满杂物的桌子上，我发现一本作业本，摊开的一页上写了一些注了音的字、词，还有词解，内容是刘白羽的《长江三峡》。"是儿子的作业？"我问。"我看书的笔记，"荣华有些不好意思。原来，这是他的用功所在。

时候不早，我要走了。荣华和小朱骑摩托车送我到镇上。小朱还要到农行上班，他先走。荣华一直陪我站在路旁。汽车来了。在已经西斜但依然热烫的夕阳里，我和荣华挥手道别。

（南方泉，江苏省无锡市滨湖区所辖）

淹城：春秋故事

方形的淹君殿，处于三河两城环绕的王城之内。王城是一个神奇之地，它的神奇，在于城中拥有两口井：金井和玉井。

王城中的金井，有精致细腻的金井栏。风调雨顺之年，每当天空出现"七巧云"的时候，井中便鼓乐声声，井口金光闪闪。

除了金井，王城中还有两口玉井。玉井又名玉龟井，淹君养有一对白玉龟，是淹国的护国之宝。为了保护白玉龟，淹君特地在殿后花园内挖了两口井放养。白玉龟每天生下一蛋，蛋白如玉。玉龟天天生蛋，玉蛋在井底堆积，越积越多，以致井内光亮耀眼。

淹城，位于常州市南郊7公里处，建于春秋晚期，是我国目前同时期古城遗址中保存最为完整的一座。相传为淹君所筑。从里向外，它由子城、子城河，内城、内城河，外城、外城河三城三河相套组成。这种建筑形制，在我国的城池遗存中，可谓举世无双、绝无仅有。子城，俗称王城，又称紫罗城，呈方形，周长500米；内城，亦称里罗城，呈方形，周长1500米；外城，也叫外罗城，呈不规则椭圆形，周长2500米。另外，还有一道外城廓，周长3500米。淹城遗址东西长850米，南北宽750米，总面积约65万平方米。淹城面积的大小，正好和《孟子》"三里之城，七里之廓"的记载相吻合。淹城的城墙，系用开挖护城河所出之土堆筑而成，其方法是从平地起筑，因淹城土质黏性较大，故筑城墙时不挖基槽，不经夯打，一层一层往上堆土。因不以版筑，故城墙较宽。淹城的三道城墙均呈梯形，现高3～5米，墙基宽30～40米；三护城河平均深4米左右，宽30～50米，最宽处达60余米。

已近暮年的淹国之君，此刻沉浸在他酣甜的午眠中。卧榻之侧的青铜酒器（青铜尊，酒器，淹城出土。侈口，翻沿，圆唇，扁鼓腹，圈足外撇至近根部呈垂直状。颈、圈足与腹部相邻处各饰一周变体云雷纹，颈部云雷纹带上部及圈足云雷纹的下部又各饰上下对称的锯齿纹一周。腹部通体为蟠螭纹，蟠螭上布满芒刺。蟠螭纹的上下各饰一周连珠纹带，每周珠中心亦有芒刺。三组装饰图案分界清晰，又浑然一体。整器口径26.4厘米，腹20.5厘米，底径19.9厘米，高24.2厘米。）内，是残剩的琥珀美酒。粉白的殿室之壁上，斜斜地挂着那支淹君心爱的紫竹之箫。"洞箫清吹最关情",淹君是吹箫高手,每当清虚淡远、甘美幽雅的箫声传出殿外,那水中的无数游鱼,都游拢在王城之外,悬停不动,听得如痴如醉。

酣眠的淹君正在做梦。他的梦中出现的,首先是鱼,成千上万条金红炫耀的鲤鱼,从水中跃出,进而飞升上天,镶成了黎明斑斓的朝霞;其次是米,盛夏铺天盖地的圆润雨珠,幻化成莹灿的白米,无穷无尽的,流泻进国度的幽暗仓廪。

百灵公主是淹君的掌上明珠。

她将如云的盘发拆解,披散下来的长发,像闪亮的黑瀑。伶俐的婢女,正用灵巧的兽形舀水之器(青铜三足匜,舀水之器,淹城出土。侈口,平折沿,方唇,浅腹,平底。器前部呈流状,流微上斜,尾部带錾,錾为平板式略上翘,其上部为一组两两相对之夔纹。腹部饰一周云雷纹装饰带,云雷纹上下共四层。器下为三兽蹄足,前两后一。整器口径34.7厘米,流高14.1厘米,尾高11.2厘米。),将清澈的温热之水,倒进有三个轮子的青铜盘(三轮青铜盘,淹城出土。侈口,方唇,浅腹,平底,圈足。盘足下装有三轮,前轮安装在底部向前伸出的一对L兽形器尾部的转角处。盘腹饰一周云雷纹,云雷共五层。前轮两侧上竖的兽体,头部有眼、嘴和角,颈部为鱼鳞纹,背部像有两只羽翅,腹肚为空心,背部下端各有一条尾巴。整器通高16.3厘米,口径26.4厘米,腹高5.2厘米,转轮直径7.6

厘米。）内。百灵公主在洗她含香的长发。

百灵公主长得真美啊。她也喜欢听父亲吹箫，每当她循着箫声走向父亲，那些因箫声而游拢过来的群鱼，因为目睹了公主皎洁的脸容，都羞涩得重又纷纷游散；连淹君殿旁欲开的令箭荷花，都使劲收敛住身子，要等到公主走过后，才难为情地绽放开自己的美丽。

淹城城外长满了茂密的甘露棵，甘露叶又阔又长，每天早晨，甘露叶上总是聚满了欲滚又停的无数露珠，它们像一颗颗透明的珍珠，晶莹发亮。每个黎明的百灵公主，都要用一只墨绿色的青瓷碗（原始青瓷碗，淹城出土。敞口，口沿略外折，圆唇，折腹，圈足。口沿上饰三个"S"形堆贴。除底外，满施墨绿色釉，釉色均匀，造型规整。整器口径16.7厘米，底径8.7厘米，高5.5厘米。），喝上小半碗莹绿的、甘露叶上的露珠。所以，人们都说，百灵公主的美，有着和早晨露珠一样的纯真。

淹城的东北隅有座留城。留王的儿子觊觎淹城已久。

他经常带了整坛的美酒和顶尖工匠制作的竹箫，驾着独木舟（在淹城内城河中，先后出土了4条独木舟，其中长11米和4.2米的两条独木舟，分别收藏于中国历史博物馆和南京博物馆；还有两条收藏于武进淹城博物馆，其中一条长7.45米的独木舟，经碳-14测定，距今约有2800年的历史，这是我国目前发现的保存最完整、最古老的独木舟，有"天下第一舟"的美称。淹城出土的独木舟有梭形和敞尾形两种,所用木材为楠木、楮木和柏木),穿过淹城外城门和内城门两道水门,到王城淹君殿拜访淹君。

他和淹君对饮,吹箫——他也是此中的好手。百灵公主见过这位留王之子,虽然玉树临风,面含微笑,但从他的眼神里,百灵公主总感觉到有一丝人所不察的游移和阴毒。

他看上了百灵公主。迟暮的淹君欣然同意。接受是多么痛苦!但美丽善良的公主从来不曾违背过父亲的旨意。

他被招为后代所谓的"东床驸马"。

已是驸马的留王之子向淹君建议,在外城墙上遍种狗蒺藜。淹君见狗蒺藜遍生锐刺,密密匝匝长满城头,连狗都钻不进,认为这是加强城防的好主意。驸马见建议被纳,遂又出了第二个点子,在内城墙上遍种扁豆。扁豆花开丽紫粉红,红霞一片。炎夏,淹君站在城头观赏,非常高兴。

冬天到了。原野萧瑟,阴云惨惨。狗蒺藜和扁豆藤都枯萎了,像厚厚的干柴,堆伏在淹城城头。

不知为何,王城中的金井,已经沉寂了很久,再不见井口的闪闪金光;玉井中原先活跃讨喜的一双白玉龟,也噤若寒蝉,不再生蛋。

衰弱的淹君和消瘦的百灵公主莫名地忧心忡忡。偶尔,只有那位驸马肆无忌惮地狂笑,在空旷的宫殿内回荡。

寒冬的一个午夜。沉睡的淹城百姓，被青铜箭镞（青铜箭镞，淹城出土。前端扁平，尖锋呈三角形，两翼锋利。圆铤，铤前端呈三角形。长3.95厘米，宽1厘米，厚0.7厘米。）和空气摩擦所产生的恐怖"嗖嗖"声惊醒。来不及披衣就跑到室外的人们，惊恐地看见，满天都是闪光疾飞的毒蛇——飞行的箭杆上，全部绑了浸了膏油的棉团，燃烧的棉团。携带火焰的乱箭，雨点似的落在城头枯干的狗蒺藜和扁豆藤上，顿时，火海汹涌。

寒水里的倒影，是一个熊熊燃烧、剧烈疼痛的艳红国家。

火光狰狞。狰狞的火光中，留王之子、淹城驸马一边疯狂踩踏着已从井中捉出的白玉龟，一边指挥着如豺狼般呼啸拥进的士卒去杀人，去掠抢殿中珍藏的财宝。

愤悔难抑的淹君，无力回天，抽剑自刎。

哈哈哈哈！淹国是我的了！淹城是我的了！狞笑着狂喊的留王之子，根本没有注意身后的动静。

已经没有眼泪，滑嫩的肌肤已经多处被火焰灼破的百灵公主，双手紧握父亲自刎所用的那把青铜宝剑（青铜剑，淹城出土。出土时仅剩剑的前端，截面呈菱形，刃部锋利。残长15.3厘米，宽3.3厘米。），深深地，用尽全身力气，从后面，将它刺进了留王之子的心脏。

乱刀。一拥而上的豺狼士卒的乱刀，将娇弱的姑娘，砍作三段。

多年以后，人们怀念美丽的百灵公主，在淹城，垒起了三个墓冢，以作永远的纪念。

在淹城外城的西部，现在南北向排列着三个高大的土墩，俗称头墩、肚墩、脚墩，传说即为百灵公主头、肚、脚三个墓葬地。头墩和脚墩高近10米，占地约6亩；肚墩高约4米，占地约2亩。

"毗陵县南城，故古淹君地也。东南大冢，淹君子女冢也。"(《越绝书·吴地传》)

（淹城，江苏省常州市武进区所辖）

丁蜀镇：陶都

宁杭（南京—杭州）公路擦丁蜀镇西端而过。尚未进镇，公路两旁鳞次栉比、连绵不绝的个体陶器店（那些大小不一、色泽各异的盆、瓮、瓶、罐、壶、盘全部露天堆垒在路旁），首先就给人极其浓郁的"陶都"印象。同在公路边上，镇西端团山脚下一座堪称气势恢宏的民族风格的琉璃瓦大楼，会让所有过路人注目，它就是"中国宜兴陶瓷博物馆"。我非常喜爱这个博物馆，它目前的门庭冷落观者稀少，更让我明显地感受到馆内隐隐回旋、少人干扰的强劲的陶瓷之气流。

有关说明资料上的资讯：馆区建筑依山而筑，占地4万平方米；分布有古陶、名人名作、紫砂、均陶、青瓷、精陶、艺术陶瓷、世界陶瓷等16个展厅。该馆最大特色，是陈列品自新石器时代到当代没有间断，有距今6000余年的完整陶瓷器皿，也有当代制壶大师顾景舟的紫砂壶真迹，共计藏有各类陶瓷精品万余件。

前些日子回丁蜀镇，我又一次到博物馆。是在下午，馆内非常落寞。那个收门票的妇女在一张陶瓷台子旁埋头结着毛线。有的展厅没有开灯，昏暗与灰尘似乎成了这个馆的底调。

最吸引我的仍然是古陶馆。内里若干藏品，我印象深刻。其一是"明代龙头荷花缸"，硕大端稳，釉色光亮，缸外壁用手工搓泥堆贴法，分别塑有牡丹、兰花、菊花、蜡梅四组栩栩如生的画作。其二是西晋的"青瓷谷仓罐"，距今约1700年，此罐十分奇特，罐口装饰繁复，共饰有24只鸡、6条苍龙，还恰到好处地将7个人物堆贴其间，工艺精湛，近乎完美。其三是汉代"印纹红陶泡菜坛"，距今约2000年，为汉代早期作品，古朴生韵，表面用拍印方格纹装饰，据称是我国目前发现的汉代最大的泡菜坛之一，有陶瓷专家甚至称其为宜兴陶瓷博物馆的"镇馆之宝"。

直到我看完出馆，仍然没有第二个参观者。馆门旁那些烂漫近乎凋零的春花，大有"寂寞开无主"的情状。

丁蜀镇是我的出生地。在中国地图册上，它处于沪宁杭三角地的中心，野秀的太湖和东方浩瀚的大海，昼夜不息地，熏染着江苏省南端的这个古老乡镇——泥土与火焰交织的一个神奇之域。

外人进入丁蜀镇区，即进入一个闪亮、灼热的陶器世界。本地文人这样描述："三步一个窑货铺，五步一爿陶器店，一间间橱窗陈列着陶瓷艺术的珍品。商店的字号是陶土烧的，工厂的大门是琉璃砌的,蟠龙的路灯电杆是彩陶装饰的,连放在路边的果壳箱,也是一个个别具匠心的陶塑……这里住的是陶屋,用的是陶器,走的是陶径,连人的话音也带有陶都特有的一种韵味。"

我的家乡丁蜀镇是江苏省宜兴市境内山区和水乡的交界地,其西南作为天目山余脉的南山山区,有丰富的竹木薪炭资源,特别是蕴藏在泥盆系石英砂岩上部的原生沉积型黏土质岩,是制造陶器最理想的原料;东北皆通太湖的河汊密布,交通运输畅达。这两方面,是本地陶业得以兴盛不衰的物质基础。

考古发现,丁蜀制陶历史已达5000年之久。目前生产的紫砂陶、均陶、青瓷、精陶、彩陶,争奇斗妍,各呈异姿,被誉为陶瓷艺术的"五朵金花"。"五朵金花"中,最具代表性的当推独步海内外的紫砂陶。紫砂陶是介于陶和瓷之间属半烧结精细炻器。专家认定,宜兴丁蜀一带是世界炻器的发祥地。

丁蜀紫砂茶壶天下闻名。紫砂壶艺,始于宋而成于明。丁蜀镇羊角山古龙窑1976年出土的大量紫砂残器证明,紫砂陶器在宋代确已开始烧造。至明代,紫砂发达,供春、时大彬、李仲芳、徐友泉等制壶名家辈出,绍兴人徐渭已在诗中记载他的宜兴买壶经历:"青箬旧封题谷雨,紫砂新罐买宜兴。"

家乡的紫砂茶壶可谓天下独绝。明末清初生活艺术家、《闲情偶寄》的作者李渔就认为:"茗注莫妙于砂,壶之精者,又莫过于阳羡。"丁蜀出产的紫砂茶壶作为最理想的注茶器,原因有五:其一,壶系用当地少土气的粗砂制成,"茶壶以砂者为上,盖既不夺香又无熟汤气,故用以泡茶不失原味,色、香、味皆蕴"。其二,紫砂茶壶"注茶越宿暑月不馊"。这是因为砂制壶壁透气性好,具较高的气孔率。其三,砂质茶壶能吸收茶汁,久用内壁会增积"茶锈",空壶以沸水注入也有茶香。其四,"壶经久用,涤拭日加,自发暗然之光,入手可鉴"。其五,紫砂茶壶冷热急变性好,寒冬沸水骤注而不会胀裂,且由于砂质传热缓慢,握壶不易炙手。正因为此,现在名家制作的一把茶壶,甚至可以"价埒金玉",正像前人感叹的那样:"人间珠玉安足取,岂如阳羡溪头一丸土!"

老家户户做坯,处处皆窑。随意漫步,总能听到从人家窗内传出嘭嘭的捣泥之声。制陶,这一火焰和泥土的古老手工艺,依然是当前绝大多数丁蜀百姓赖以生存的劳作方式。我的父亲,就是一位熟知制陶各种程序、跟窑火打了大半辈子交道的老陶工。

泥制陶器须经火焰的煎炼,才会最后变为成品。火焰的居所,就是窑炉。丁蜀镇作为陶都,是一处露天的窑炉发展历史陈列馆。据《文博通讯》1976年1月号《宜兴古窑址调查》一文载,在丁蜀镇附近先后发现古文化遗址七处,其中新石器时代的遗址有五处;另有古窑址一百多处,其中汉窑十六处,六朝窑三处，隋唐、五代窑九处，宋元窑二十处，明清窑六十多处。

陶器烧成用的窑炉，按历史发展顺序，主要有原始的圆形升焰窑、龙窑、倒焰窑和隧道窑等数种。在这几种窑型中，龙窑使用时间最长，从唐代中晚期一直沿用至当代，已有千年历史。丁蜀地区的龙窑，已知的考古发现，唐代有涧众古龙窑，宋代有羊角山龙窑，明清以降，更是不计其数。

其中，位于镇东前墅的一条明代龙窑，是唯一目前仍在使用的古窑。

龙窑是中国古代陶业工人的伟大创造，以形状像传说中的龙而得名。丁蜀地区的龙窑，依山势倾斜用砖砌筑而成，一般长约30米至70米，顶高约12米，倾斜角在8至20度之间，结构简单，分窑头（龙头）、窑床（龙身）、窑尾（龙尾）三部分。在龙窑穹状脊上的两旁，每距1米许，开凿用以观火和放燃料的小洞，俗称"鳞眼洞"。另在窑身开有少量作为装窑、开窑进出的"户口"。龙窑建在山坡，利用火焰自然上升的原理，故造价低，又能充分利用余热。龙窑以南山松柴为主要燃料，取其发热量高，火焰长，灰粉质较少的优点。

每次从无锡城里回宜兴老家，一般总要去探看一下如老友般的前墅龙窑。最近一次，是在一个春雨蒙蒙的上午，骑自行车前往的。苏南平原麦苗碧绿，油菜花汹涌。置身于这金黄和碧绿相间的大海中的古龙窑，依然在喷吐它所生育的各类陶器。

374

现在，一个叫吴永兵的当地人承包了这条龙窑。我到的时候，帮扬州个园烧的一窑施釉罐头，正好在出窑，随手敲一下釉色金亮尚带余热的罐身，会发出当当的金石声音。吴师傅介绍，这座明代古窑已有400多年历史，窑长43.6米，高17.8米，有42对"鳞眼洞"。现在龙窑的生产流程，一切均是传统的原汁原味，燃烧用松枝，产品是瓮罐之类的日用陶。精于窑务的吴师傅讲起"窑经"头头是道：一窑货约5000件，装窑约花4小时，从点火到熄火需40小时，消费松枝100担（5000公斤），熄火后冷却15小时后即可开窑，烧成温度在1200摄氏度左右……

关于龙窑的来历，丁蜀民间还有传说。相传古时太湖里有一条乌龙，被天上玉帝派遣，专管耕云播雨之事。因太湖西岸丁蜀一带百姓不敬天神，玉帝便惩罚他们，不施雨水。一日，乌龙巡视经丁蜀上空，见底下田地圻裂，民不聊生，便心生恻隐，吸水播雨。玉帝因此大怒，派天兵天将捉拿乌龙。乌龙不服，奋力抵抗。终因寡不敌众，被乱枪戳得浑身是伤，从天上摔到地下，头朝下，尾朝上，恰好跌落在丁蜀白宕的一座小山坡上。当地百姓感激而又悲痛，便自发挑土，掩埋乌龙。不知过去多少年，葬龙的土堆上出现了许多洞口，有人钻进去一看，乌龙的尸骨不见了，里面成了空空的倾斜隧道。后来，人们就尝试在龙肚中烧制陶器，龙嘴是烧窑点火的地方，龙身上的大伤口作"户口"，小伤口就是"鳞眼洞"。这种方式效果很好，陶器烧得又多、又快、又透、又省柴。从此，龙窑就流行开了。

父亲年轻时众多龙窑尚存，他烧过龙窑，也用一根木杠走几十里地从南山挑回青郁的松枝。犹记得儿时烈日的夏天，烧窑回家的父亲，瘦小的身躯被窑火烤得黑红油亮，背上、胸脯汗珠暴绽，一只大陶罐里的红茶，一口气能被他汲掉大半罐。"千度成陶"，现在年迈的父亲，对当年龙窑火焰颜色与温度之间的关系，依然了如指掌：暗红色，400摄氏度；桃红色，600摄氏度；鲜红色，800摄氏度；黄色，1000摄氏度；浅黄色，1200摄氏度；白色，1400摄氏度。因为泥料和火焰温度等综合因素，烧成出窑的陶器，色泽千变万化，展示出一个斑斓响亮的色彩王国：朱砂紫、葵黄、墨绿、白砂、淡墨、水碧、冷金、闪色、榴皮、新桐绿……

2002年被列为江苏省文物保护单位的前墅龙窑，虽经数百年沧桑，却依然在显示着它强劲的生命力。黑沉沉的夜里遥望它，窑火逸出洞眼，龙身金鳞闪闪，宛如时光倒流，给人带来一种古老而又奇异的美感。

我总会想象，在往昔，假如在月夜的空中俯视丁蜀故乡，会看见金色和银色两条河流。

金色的河流，是蜿蜒的露天龙窑窑火；银色的河流，是波光粼粼的蠡河。只是时至今日，由于工厂隧道窑的普遍使用，金色河流已不复裸现，但蠡河，供我们洗菜汰衣饮水活命的蠡河,还是像闪耀的银练,静静流淌在陶都的土地上。

蠡河源出宜兴西南山区,由西南向东北贯穿丁蜀全镇,出镇后北折,最后东流汇入太湖,全长约15公里。丁蜀一镇的兴盛,与蠡河一脉关系密切。

蠡河之名,为的是纪念春秋时楚人范蠡。丁蜀陶业,过去一直奉范蠡为祖师,并立庙塑像,奉他为"陶朱公""造缸先师"。相传范蠡助越王勾践覆灭吴国后,即带西施弃官潜行,出没于太湖之滨,最后来到宜兴定居。他看到丁蜀山区的泥土,粘力甚强,宜作陶器,便发动当地人民致力于制陶事业。为使自己免于暴露,将姓改为陶,人称"陶朱公"。现在丁蜀镇的蠡墅,传说就是范蠡当年住过的村庄,嘉庆重刊《荆溪县志》"遗址补遗"条下,有"蠡墅在鼎山之西,范蠡成功泛湖,尝居于此"的记载;而蠡河,也认为是范蠡定居丁蜀后,带领百姓开凿而成的。

现今丁蜀镇的蠡河两岸,闪耀发光的各式陶器堆积如山。清波荡漾的河水,则像一条永不停息的输送带,承托着满载窑货的一列列"火车驳船",将陶都的产品运往四面八方。

在丁蜀镇东北,紧挨蠡河,有一座青葱秀丽的小山,这就是我儿时无数次攀登过的、现在每次返乡也总要一爬的蜀山。蜀山古时原名"独山",因其"屹然特立,旁无附丽"。蜀山得名,跟北宋苏东坡(1037—1101)有关。明万历《宜兴县志》载,苏东坡居丁蜀时,"爱其风景类蜀,乃改今名"。当年,苏学士偕宜兴友人登临独山,见远峰叠翠,清溪萦绕,触动怀乡之情,脱口赞说:"此山似蜀。"后乡人为纪念这位大文豪,遂改"独山"为"蜀山"。

蜀山南坡槐、松、泡桐等组成的茂密杂木林中,积有成万上亿酱釉色的碎陶片,这是昔日龙窑的累累遗迹;山北,则是漫坡的修挺翠竹,风吹过,便发出灌耳的沙沙声。登上山顶,东眺,可见渔帆点点的太湖烟岚;南俯,是连绵民舍、块块厂房和参差烟囱错落杂糅的古老陶都,一条蠡河飘行其间,给灼热的古镇注入清凉和灵气;西望,映入眼帘的是宜兴境内的铜官高峰;北面,则是苏南广阔的平原河汊,在春天,会有黄金般浓厚的灿烂油菜花,一望无际地燃烧于登眺者的视野。

蠡河与蜀山夹住的,是一条长长窄窄的南街。磨损的青石板铺就的街道,两列对峙的两层砖木旧楼,发褐的数不清的木门板,幽暗的人家,头顶的一线日色或一线星光,这些,就是构成丁蜀镇这条明代老街的主要元素。

在炽烈窑火之旁近乎幽暗的南街,我度过了我的童年和少年时代。

旧时,由于以水路运输为主,南街在较长时间内是宜兴东南八乡最繁华的地方。当年的蜀山南街,在不到千米的街道两旁,店铺商家林立。计有:茶馆三家,餐馆三家,豆腐店两家,烟店一家，书店一家，生面店两家，百货店两家，中药店一家，理发店两家，竹器店一家，私人诊所一家，还有一个京剧票友社，当然，最多的要算前店后作的陶器店，大约有二三十家。抗战期间，统治宜兴地区的伪和平军团长史耀民的团部就设在蜀山南街的潘家，由于史部设在南街，这条古街一度成为丁蜀地区政治、经济、文化的中心。

南街现在是被时间浇铸的一块琥珀。江苏省第一批古建筑保护单位、宜兴市文物保护单位——南街终究老了，因陆路交通的发达，往昔附靠蠡河兴盛的南街，终究无法避免趋于衰败的命运。年轻人讨厌这里的窄、暗、湿，只要有可能，便会搬离他们的故居，去住结实明亮的水泥公寓。在此坚守不移的，更多的只剩他们的祖辈。南街，正在成为一段被人遗忘的朽坏陈迹。

"买田阳羡吾将老，从来只为溪山好。"中国文化史上最为潇洒无羁的名士苏东坡，与丁蜀镇缘分深厚。他曾打算在丁蜀附近"买一小园，种柑橘三百本"，种橘愿望后因故虽未实现，却在当地留下了"传之后世为不朽"的《楚颂帖》。苏轼一生，除自己数度来宜，其长子苏迈、次子苏迨等都曾在宜兴生活多年（宜兴由此衍有一支苏姓后人），他还将自己的外甥女嫁给了一位叫作单锡的宜兴才子。

四川人苏轼的影、音、气、味，至今存留于故乡的空气里。

除了蜀山的命名与之有关，一则"焚契还屋"的故事，在陶都也是家喻户晓。据南宋无锡人费衮所撰《梁溪漫志》载，苏轼晚年辞官，在宜兴丁蜀买下若干田宅，准备定居。某次，东坡与当地友人月下散步，路过一座村庄，闻听一个老婆婆的伤心哭声，他们便推门进去询问原因。老婆婆答："祖上传下的房屋，已被败家的儿子卖掉。"仔细问后得知，被卖房屋正是东坡所买。苏学士听完，立即返家取来屋契，还给老人。不料老婆婆连连摇手："卖屋所得缗钱，已给不争气的儿子稀散几尽，拿什么赎屋？"东坡答："屋还给老婆婆，钱就不要还了。"说完，便将契纸凑在灯上焚尽。也正因如此，"坡自是遂还毗陵（常州），不复买宅，而借顾塘桥孙氏居暂憩焉"，原准备在丁蜀建橘园的设想最终没有实现。

"松风竹炉，提壶相呼"，苏东坡在丁蜀的饮茶雅事一直传为美谈。宜兴丁蜀地区应该是饮茶者的胜地。镇西南山区是我国产茶的名地之一，在唐代皇帝就点名进贡，唐诗人卢仝有诗云："天子须尝阳羡茶，百草不敢先开花。"故所产茶叶，有唐贡茶之称。丁蜀附近的金沙泉水也极佳，杜牧曾有"泉嫩黄金涌"的题赞。作为饮器的丁蜀紫砂茶壶，更是天下独绝。嗜于饮茶的坡翁居此，如鱼得水，留下"饮茶三绝"的佳话。所谓"三绝"，即茶要唐贡茶，水须金沙泉，至于壶，则用他亲自设计的提梁式紫砂壶，今称"东坡壶"或"提苏"。

世俗生活的享乐主义者苏轼，除了嗜茶，还爱吃肉。他所创制的"东坡肉"，在现今丁蜀寻常人家的餐桌上仍寻常可见，也是我最为喜爱的一道家乡菜肴。制法极其简单，在锅里的猪肉中加入酱油、黄酒、茴香、花椒和少量水，文火煨熟煮烂便成。盛放在高脚的大陶碗中，一大块叠着一大块，赤艳、油亮、喷香——东坡肉，这是南方普通百姓热爱的珍馐和文化。

位于蜀山东南麓的东坡书院，大概是苏轼留在丁蜀的唯一可以目睹并触摸的物质纪念地。东坡书院，又称"东坡祠堂""蜀山书院"，是明代天顺年间工部侍郎沈晖为纪念东坡先生而发起建造的。清咸丰十年（1860年）书院被毁，光绪十七年（1891年）重建。书院共四进，每进七间，总面积达1000多平方米。正对书院，原有"书院浜"小河一条，少年时，越过清波粼粼的河面，能够眺望到一抹青色的南山，惜河现已被填埋，变成了一个小菜场。现在的书院门楼上，悬挂着著名书法家舒同手书"东坡书院"匾额。进入门楼，是一条长达30米的青砖甬道直通第一进门厅。右侧山坡上有石牛池，池内有天然石牛一只，牛身刻有"饮水思源"四个隶字。甬道上有小石拱桥一座，两旁为砚池。过桥为石板铺设的天井。第一进正屋七间，进深六架，西面两间悬有原存匾额三块：一为清翰林院编修吏部侍郎周家眉手书"东坡买田处"，一为清浙江巡抚任筱园手书"讲堂"，一为清道光江宁布政使杨能格手书"似蜀堂"。在一、二进天井西侧墙根，立有珍贵的东坡手迹"楚颂帖"石刻一方。第二进七间，进深八架，系书院主要建筑，体制宏伟，檐下木枋浮雕云鹤、卷草，栩栩如生。第三进大天井内有东西对厅各三间，进深六架，院中原有百年以上的桂树两株，"文革"期间被砍。第三进七间，进深八架，正中为礼堂。最后一进是七间楼房，房后，即是细竹丛聚的蜀山山影。东坡书院长时间内系当地小学所在地，也是我就读5年的小学母校。从石鼓相对的门楼中，走出过无数卓有建树的丁蜀人物，如有"中国会计之父"之称的潘序伦，著名数学家、教育家崔东伯，著名作曲家倪维德，当代紫砂工艺大师顾景舟等。为保护东坡书院这一文物建筑，20世纪80年代初，小学已搬迁至紧邻书院的东侧新址；2002年，当地政府又多方筹资，对已被列为江苏省文物保护单位的书院进行了彻底修缮。东坡所遗的浓厚文风，仍然泽惠着一代又一代的故乡子民。

（丁蜀镇，江苏省宜兴市所辖）

后记：双重感激

这是一册凭借亲历体验，用个人视角努力呈示真实江南的地理空间和文学空间的文字集。

"脂粉苏杭"是对江南的一种以偏概全式的粗暴文化遮蔽。此种遮蔽，时日已久。就我而言，江南是一个巨大、温暖的父性容器，它宽容地沉默着，让我任性地在其中行走和书写。作为一名在场者和见证者，我所努力追寻、说出并倾心热爱的，是"江南"这块土地久被遮蔽但确实存在的另一种美，江南的异美——激烈、灵异，又质朴、深情。

江南的核心层面，当属乡镇。本书五十篇文章，叙写了大约五十座江南乡镇，地域范围涉及江苏、浙江、安徽、湖北、江西五省。所写乡镇，全系亲历。为逼近真实，同时也是因为个人的好恶，在写作对象的选择上，我自觉避开了那些世所熟知、已然丧失内里的江南旅游热点地。

散文，中国文学里这一古老而又伟大的文体，使我在本书的写作中充分享受了表达的自由。按照我的理解，散文永远包含着除韵文之外的一切汉语文章。由此,散文的疆域接近于无限。书中,我贪婪地使用了传奇、新闻、诗的断片、公共语言抄录、书信、故事、日记、访谈、科学笔记、蒙太奇、年谱等等体裁(手法)。虽然时时节制,但写作的过程仍给予了我秘密的、近乎酣畅的书写幸福。

是"江南"和"汉语",使我获赠了这册来自底层,犹如漆蓝色书简的文字集。因此,我的内心,充满了双重感激。

黑陶